de amor
e de sombra

Da autora:

A casa dos espíritos
De amor e de sombra
Eva Luna
Contos de Eva Luna
O plano infinito
Paula
Afrodite
Filha da fortuna
Retrato em sépia
Meu país inventado
Zorro
Amor
Inês da minha alma
A soma dos dias
A ilha sob o mar
O caderno de Maya
O jogo de ripper
O amante japonês
Muito além do inverno
Longa pétala de mar
Mulheres de minha alma
Violeta
O vento sabe meu nome

Trilogia *As Aventuras da Águia e do Jaguar*

A cidade das feras
O reino do dragão de ouro
A floresta dos pigmeus

ISABEL
ALLENDE

de amor e de sombra

Tradução
Suely Bastos

24ª edição

BERTRAND BRASIL
Rio de Janeiro | 2024

Título original: *De amor y de sombra*

Imagem de capa: Ilustração de Ana Juan

Texto revisado segundo o
Acordo Ortográfico da Língua Portuguesa de 1990

2024
Impresso no Brasil
Printed in Brazil

CIP-BRASIL. CATALOGAÇÃO NA PUBLICAÇÃO
SINDICATO NACIONAL DOS EDITORES DE LIVROS, RJ

Allende, Isabel, 1942-
A428d De amor e de sombra / Isabel Allende; tradução Suely Bastos. –
24ª ed. 24ª ed. – Rio de Janeiro: Bertrand Brasil, 2024.
280 p.; 23 cm.

Tradução de: De amor y de sombra
ISBN 978-85-286-2411-3

1. Romance chileno. I. Bastos, Suely. II. Título.

CDD: 868.9933
19-57865 CDU: 82-31(83)

Vanessa Mafra Xavier Salgado – Bibliotecária – CRB-7/6644

Direitos exclusivos de publicação em língua portuguesa somente para o Brasil
adquiridos pela:
EDITORA BERTRAND BRASIL LTDA.
Rua Argentina, 171 – 3º andar – São Cristóvão
20921-380 – Rio de Janeiro – RJ
Tel.: (21) 2585-2000

Atendimento e venda direta ao leitor:
sac@record.com.br

Sumário

Esta é a história de uma mulher e de um homem que se amaram plenamente, salvando-se, assim, de uma existência banal. Eu a levei na memória, conservando-a para que o tempo não a desgastasse, e somente agora, nas noites silenciosas deste lugar, posso finalmente contá-la. Eu o farei por eles e por outros que me confiaram suas vidas dizendo: toma, escreve, para que o vento não as apague.

I. A.

PRIMEIRA PARTE

OUTRA PRIMAVERA

Só o amor com sua ciência
nos torna tão inocentes.

Violeta Parra

O primeiro dia de sol evaporou a umidade acumulada na terra pelos meses de inverno e aqueceu os frágeis ossos dos anciãos, que puderam passear pelas veredas ortopédicas do jardim. Apenas o melancólico permaneceu na cama, porque era inútil levá-lo para o ar puro se seus olhos só viam os próprios pesadelos e seus ouvidos estavam surdos ao alvoroço dos pássaros. Josefina Bianchi, a atriz, vestida com o longo traje de seda que usara meio século antes para declamar Tchekhov e levando uma sombrinha para proteger sua cútis de porcelana trincada, caminhava devagar entre os canteiros que logo se cobririam de flores e besouros.

— Pobres rapazes — sorriu a octogenária ao perceber um tremor sutil no não-me-esqueças e adivinhar ali a presença de seus adoradores, aqueles que a amavam no anonimato e se escondiam na vegetação para espreitar sua passagem.

O Coronel se deslocou alguns centímetros apoiado no cercado de alumínio que servia de suporte a suas pernas de algodão. Para festejar a primavera que nascia e saudar o pavilhão nacional, como era preciso fazê-lo todas as manhãs, ele pusera no peito as medalhas de papelão e lata fabricadas para ele por Irene. Quando a agitação de seus pulmões o permitia, bradava ordens à tropa e mandava que os trêmulos bisavôs se afastassem do Campo de Marte, onde os infantes podiam esmagá-los com seu garboso passo de desfile e suas botas de couro envernizado. A bandeira ondulou no ar como uma invisível ave de rapina junto ao fio telefônico e seus soldados se perfilaram rígidos, o olhar à frente, rufar de tambores, vozes viris entoando o sagrado hino que somente seus ouvidos escutavam. Foi interrompido por uma enfermeira em uniforme de batalha, silenciosa e furtiva, como em geral são essas mulheres, munida de um guardanapo para limpar a baba que fluía pelas comissuras dos lábios do homem e molhava sua camisa. Quis lhe oferecer uma condecoração ou uma promoção de grau, mas ela deu meia-volta e o deixou plantado com suas intenções no ar, depois de tê-lo advertido de que, se emporcalhasse as calças, lhe daria três palmadas, porque estava cheia de limpar porcaria alheia. De quem fala esta insensata?, perguntou-se o Coronel, deduzindo que sem dúvida referia-se à viúva mais rica do reino. Só ela usava cueiros no acampamento, devido a uma ferida de canhão que transformou seu sistema digestivo em pó e a derrubou para sempre numa cadeira de rodas, mas nem mesmo por isso era respeitada. Ao menor descuido roubavam-lhe os grampos e fitas, o mundo está cheio de velhacos e trapaceiros.

— Ladrões! Roubaram meus chinelos! — gritou a viúva.

— Cale-se, vovó, os vizinhos podem ouvi-la — ordenou-lhe a enfermeira movendo a cadeira para colocá-la ao sol.

A inválida continuou soltando acusações até ficar sem ar e teve que se calar para não morrer, mas lhe restaram forças para indicar com um dedo artrítico o sátiro que furtivamente abria a braguilha para mostrar seu pênis deplorável para as senhoras. Nenhuma delas se preocupava com o fato, a não ser uma pequena dama vestida de luto, a qual observava aquele figo seco com certa ternura. Estava apaixonada por seu dono e, à noite, deixava a porta de seu aposento aberta para que ele tomasse uma resolução.

— Rameira! — resmungou a viúva abastada, mas não sem evitar um sorriso, porque de repente se lembrou dos tempos mais antigos quando ainda tinha marido e ele pagava com patacões de ouro o privilégio de ser recebido entre suas grossas coxas, o que acontecia com bastante frequência. Chegou a ter uma bolsa cheia, tão pesada que nenhum marinheiro podia carregá-la nos ombros.

— Onde estão minhas moedas de ouro?

— Do que está falando, vovó? — respondeu distraída a empregada atrás da cadeira de rodas.

— Você as roubou! Chamarei a polícia!

— Não perturbe, velha — respondeu a outra sem se alterar.

Haviam ajeitado o paralítico em um banco com suas pernas agasalhadas em um xale, sereno e digno apesar da metade deformada de seu rosto, a mão inútil no bolso e um cachimbo vazio na outra, com sua britânica elegância de jaqueta remendada com couro nos cotovelos. Esperava correspondência, por isso exigiu que o sentassem de frente para o portão, para ver Irene entrar e saber ao primeiro olhar se trazia carta para ele. A seu lado tomava sol um ancião triste com quem não falava porque eram inimigos, embora ambos tivessem esquecido o motivo da discórdia. Por engano, às vezes se dirigiam a palavra sem obter resposta, mais por surdez do que por hostilidade.

Na sacada do segundo andar, onde o amor-perfeito ainda não dera folhas nem flores, apareceu Beatriz Alcántara de Beltrán. Vestia calças de camurça verde-escuras e blusa francesa do mesmo tom, combinando com a sombra de suas pálpebras e o anel de malaquita, maquiada para a manhã, fresca e tranquila, depois de sua sessão de exercícios orientais para relaxar as tensões e esquecer os sonhos da noite, com um copo de suco de frutas na mão para melhorar a digestão e limpar a pele. Respirou profundamente, notando a nova brandura do ar, e contou os dias que faltavam para sua viagem de férias. O inverno fora muito rigoroso e ela perdera o bronzeado. Observou de modo sério o jardim a seus pés, embelezado pelo despontar da primavera, mas ignorou a luz nas pedras do muro e a fragrância da terra molhada. A hera perene sobrevivera às últimas geadas, as telhas brilhavam ainda com o orvalho da noite, e o pavilhão dos hóspedes, com seus artesoados e postigos de madeira, luzia desbotado e triste. Decidiu que mandaria pintar a casa. Seus olhos contavam os anciãos e reviam os mínimos detalhes para garantir o cumprimento de suas ordens. Nenhum deles faltava, exceto aquele infeliz depressivo que permanecia na cama mais morto de angústia do que vivo. Atentou também às enfermeiras, reparando nos aventais limpos e engomados, nos cabelos presos e nas sapatilhas de borracha. Sorriu satisfeita, pois tudo funcionava bem e passara o perigo das chuvas com seu cortejo de epidemias, sem levar-lhe nenhum cliente. Com um pouco de sorte teria a renda assegurada por mais uns meses, já que até o doente mais debilitado poderia sobreviver no verão.

De seu observatório, Beatriz avistou sua filha Irene entrando no jardim de A Vontade de Deus. Verificou com desgosto que não utilizava a porta lateral de acesso ao pátio particular e à escada do apartamento do segundo andar, onde haviam instalado sua moradia. Fizera construir uma entrada à parte especialmente para não passar pelo lar dos idosos quando chegava ou saía de sua casa, porque a decrepitude causava-lhe depressão e preferia espreitá-la de longe. Sua filha, ao contrário, não perdia a oportunidade de visitar os hóspedes, como se sentisse prazer na companhia deles. Parecia ter descoberto uma linguagem para vencer a surdez e a memória fraca. Agora circulava entre eles distribuindo guloseimas macias em consideração às dentaduras postiças. Observou-a aproximar-se do paralítico, mostrar-lhe uma carta, ajudando-o a abri-la porque ele não podia fazê-lo com sua única mão útil, e permanecer a seu lado cochichando. Depois a moça deu um rápido passeio com o outro ancião e, embora da sacada a mãe não ouvisse suas palavras, imaginou que falavam do único tema que interessava a ele: o filho, a nora e o bebê. Irene dedicou a cada um deles um sorriso, um carinho, uns minutos de seu tempo, enquanto na sacada Beatriz pensava que nunca chegaria a entender essa jovem peculiar com quem tinha tão pouco em comum. De repente o avô lúbrico aproximou-se de Irene e colocou as duas mãos em seus seios, apertando-os mais por curiosidade do que lascívia. Ela parou imobilizada por instantes intermináveis para sua mãe, até que uma das enfermeiras percebeu a situação e correu para intervir. Porém, Irene a deteve com um gesto.

— Deixe-o. Não faz mal a ninguém — sorriu.

Beatriz deixou seu posto de observação mordendo os lábios. Dirigiu-se à cozinha, onde Rosa, a empregada, cortava as verduras para o almoço acalentada pela novela do rádio. Tinha o rosto redondo, moreno, sem idade, os seios fartos, a barriga mole, as coxas enormes. Era tão gorda que não podia cruzar as pernas nem coçar as costas sozinha. Como você limpa o traseiro, Rosa?, Irene lhe perguntava quando pequena, maravilhada diante desse volume acolhedor que a cada ano aumentava um quilo. Mas que ideias você tem, criatura! A gordura faz parte da beleza, respondia Rosa imutável, fiel a seu costume de falar usando provérbios.

— Irene me preocupa — disse a patroa sentando-se em um tamborete e tomando lentamente seu suco de frutas.

Rosa não respondeu nada, mas desligou o rádio convidando-a para trocar confidências, e a senhora suspirou, tenho que falar com minha filha, não sei com que diabos anda metida, nem quem é essa gentinha que lhe faz companhia. Por que não vai ao clube jogar tênis e aproveita para conhecer jovens de sua própria categoria? Com a desculpa do trabalho, faz o que lhe dá vontade, o jornalismo sempre me pareceu um negócio suspeito, próprio de gente baixa; se o noivo soubesse das coisas que acontecem a Irene, não aguentaria, porque a futura esposa de um oficial do Exército não pode se dar a esses luxos. Quantas vezes já lhe disse? E não me digam que cuidar da reputação está fora de moda, os tempos mudam, mas não tanto. Por outro lado, Rosa, agora os militares pertencem à melhor sociedade, não são como antes. Estou cansada das extravagâncias de Irene, tenho muitas preocupações, minha vida não é fácil, você sabe muito bem. Desde que Eusebio se foi, me deixando com as contas bancárias bloqueadas e uma série de gastos digna de uma embaixada, preciso fazer milagres para me manter em um nível decente; mas tudo é muito difícil, os velhos são um peso, no fim das contas, acho que dão mais dispêndio e cansaço do que lucros, custa muito fazê-los pagar a conta, sobretudo essa maldita viúva, sempre atrasada com sua mensalidade. Este negócio não se revelou nenhuma maravilha. Não tenho ânimo para andar atrás de minha filha, cuidando para que passe um creme no rosto e se vista como Deus manda para não espantar o noivo. Já está na idade de se cuidar sozinha, você não acha? Olhe para mim, não fosse minha própria tenacidade, como estaria? Estaria como tantas de minhas amigas, com um mapa de rugas e pés de galinha no rosto, com estrias e pelancas por toda parte. Em vez disso, mantenho o corpo dos vinte anos e a pele lisa. Não, ninguém pode dizer que eu tenho uma vida ociosa; ao contrário, os sobressaltos estão me matando.

— A senhora vive com o rosto na glória e o rabo na miséria.

— Por que você não fala com minha filha, Rosa? Acho que ela te leva mais a sério do que a mim.

Rosa pousou a faca sobre a mesa e observou sua patroa sem simpatia. Por princípio, sempre estava em desacordo com ela, sobretudo no que dizia respeito a Irene. Não aceitava críticas a sua menina, mas admitiu que neste caso a mãe tinha razão. Também lhe agradaria vê-la vestida com um véu vaporoso e flores virginais, saindo de braço dado com o Capitão Gustavo Morante pela porta da igreja entre duas fileiras de espadas erguidas, mas seu conhecimento do mundo — adquirido através das novelas de rádio e televisão — lhe indicava o quanto se sofre nesta vida e quantos imprevistos é preciso suportar antes de atingir um final feliz.

— Melhor deixá-la em paz, patroa. Aquele que nasce cigarra morre cantando. Além do que Irene não terá vida longa, isso se vê nos olhos distraídos.

— Mulher, por Deus! Como você fala besteira!

Irene entrou na cozinha envolta num remoinho de saias amplas de algodão e cabelos selvagens. Beijou as duas mulheres no rosto e abriu a geladeira para fuçar o interior. Sua mãe esteve a ponto de proferir um discurso improvisado, mas num instante de lucidez compreendeu que qualquer palavra era inútil, pois essa jovem com uma marca de dedos em seu seio esquerdo estava tão longe dela como um astrônomo.

— Chegou a primavera, Rosa, logo florescerá o não-me-esqueças — disse Irene, com uma piscadela de cumplicidade que a outra soube interpretar, pois ambas estavam pensando no recém-nascido que caíra da claraboia.

— O que há de novo? — perguntou Beatriz.

— Preciso fazer uma reportagem, mamãe. Vou entrevistar uma espécie de santa. Dizem que realiza milagres.

— Que espécie de milagres?

— Tira verrugas, cura a insônia e o soluço, reconforta a desesperança e faz chover — riu ela.

Beatriz suspirou sem dar mostras de apreciar o humor da filha. Rosa voltou à tarefa de cortar cenouras e sofrer com a novela do rádio, enquanto resmungava que quando há santos vivos os santos mortos não fazem milagres. Irene saiu para mudar de roupa, buscar seu gravador e esperar Francisco Leal, que sempre a acompanhava em seu trabalho, para tirar as fotografias.

Digna Ranquileo contemplou o campo e notou os sinais que anunciavam a mudança de estação.

— Logo os animais irão entrar no cio e Hipólito partirá com o circo — murmurou entre duas orações.

Tinha o hábito de falar com Deus. Nesse dia, enquanto se ocupava com o café da manhã, perdia-se em longas rezas e confissões. Seus filhos lhe haviam dito muitas vezes que esse costume evangélico provocava a zombaria de todo mundo. Por que não o fazia em silêncio e sem mover os lábios? Ela não lhes prestava atenção. Sentia o Senhor como uma presença física em sua vida, mais próximo e útil do que seu marido, a quem só via durante o inverno. Tratava de pedir-lhe poucos favores, porque comprovara que os pedidos incomodam os entes celestiais. Limitava-se a pedir conselho em suas infinitas dúvidas e perdão pelos pecados seus e alheios, aproveitando para agradecer qualquer pequeno acontecimento benéfico: parou a chuva, passou a febre de Jacinto, amadureceram os tomates na horta. Contudo, há algumas semanas importunava com frequência o Redentor, implorando por Evangelina.

— Cure-a — rogava esta manhã enquanto atiçava o fogo da cozinha e arrumava quatro tijolos para apoiar a grade de ferro sobre a lenha ardente. — Cure-a, meu Deus, antes que a carreguem para o manicômio.

Nunca, nem mesmo diante da procissão de suplicantes que imploravam por um milagre, julgou que os ataques de sua filha fossem sintomas de santidade. Acreditava menos ainda em demônios provocadores, como asseguravam as comadres maldizentes depois de ver na cidade um filme sobre exorcismos, em que a espuma na boca e os olhos perdidos eram sinais de Satanás. Seu senso comum, o contato com a natureza e sua longa experiência de mãe de muitos filhos permitiam-lhe deduzir que aquilo era uma doença física e mental, sem nada maléfico ou divino. Atribuía-o às vacinas recebidas durante a infância ou à chegada da menstruação. Sempre se opusera ao Serviço de Saúde, que ia de casa em casa agarrando as crianças escondidas nos arbustos da horta e sob as camas. Embora esperneassem e ela jurasse que já haviam sido tratadas, mesmo assim as procuravam e aplicavam injeções sem piedade. Tinha certeza de que esses líquidos se acumulavam no sangue, provocando alterações no organismo. Por outro lado, a menstruação constituía acontecimento normal na vida de qualquer mulher, mas a algumas afogueava os humores e lhes punha ideias perversas na mente. Qualquer dessas coisas podia ser a causa do terrível mal, mas de algo tinha certeza: sua filha se debilitaria, como acontece com as piores doenças, e se não se curasse em um prazo razoável, acabaria louca ou na cova. Outros filhos seus haviam morrido na infância atacados por epidemias ou surpreendidos por acidentes irremediáveis. Assim acontecia em todas as famílias. Se a criatura era pequena, não era lamentada, pois subia diretamente às nuvens com os anjos, de onde intercedia pelos que restaram na terra. Mas perder Evangelina lhe parecia mais doloroso, já que devia responder por ela diante de sua verdadeira mãe. Não queria dar a impressão de ter-se descuidado dela, porque as pessoas murmurariam às suas costas.

Em sua casa, Digna era a primeira a se levantar e a última a ir para a cama. Ao cantar do galo, já estava na cozinha, arrumando a lenha sobre as brasas ainda mornas da noite anterior. A partir do momento que punha para ferver a água do café, não voltava a se sentar, sempre ocupada com as crianças, a lavagem, a comida, a horta, os animais. Suas jornadas diárias eram todas iguais, como um rosário de contas idênticas determinando sua existência. Não conhecia o descanso e as únicas vezes que fez repouso foi quando deu à luz os filhos. Sua vida era feita de rotinas encadeadas sem variações, salvo aquelas marcadas pelas estações. Para ela, existia apenas trabalho e cansaço. O entardecer era o momento mais ameno do dia, quando pegava a costura acompanhada pelo rádio de pilha e se transportava para um universo longínquo de que pouco entendia. Seu destino não parecia melhor nem pior que outros. Às vezes concluía que era uma mulher de sorte, porque ao menos Hipólito não se comportava como um camponês bruto, trabalhava no circo, era um artista, percorria estradas, via o mundo e, no seu regresso, narrava fatos admiráveis. Bebe seus tragos de vinho, não o nego, mas no fundo é bom, pensava Digna. Seu desamparo era grande na época de preparar os pastos, semear, colher, mas esse marido itinerante tinha qualidades que compensavam. Só se atrevia a bater nela bêbado e só se Pradelio, o filho mais velho, não estivesse por perto, porque, diante do menino, Hipólito Ranquileo não lhe levantava a mão. Gozava de maior liberdade que outras mulheres, visitava as comadres sem pedir licença, podia assistir aos serviços religiosos da Verdadeira Igreja Evangélica e criava seus filhos conforme sua moral. Estava acostumada a tomar decisões e somente no inverno, quando ele regressava ao lar, ela inclinava a cabeça, baixava a voz e o consultava antes de agir, por respeito. Mas também essa temporada tinha suas vantagens, embora muitas vezes a chuva e a pobreza parecessem se eternizar sobre a terra. Era um período de repouso, descansavam os campos, os dias pareciam mais curtos, amanhecia mais tarde. Deitavam-se às cinco para economizar velas e na calidez dos cobertores podia apreciar quanto vale um homem.

Graças à sua profissão de artista, Hipólito não participou nos sindicatos agrícolas nem nas outras novidades do governo anterior, de modo que, quando tudo voltou a ser como nos tempos ancestrais, deixaram-no em paz e não houve nada funesto a lamentar. Filha e neta de camponeses, Digna era prudente e desconfiada. Nunca acreditou nas palavras dos assessores e, desde o começo, soube que a reforma agrária acabaria mal. Sempre o disse, mas ninguém lhe prestou atenção. Sua família teve mais sorte do que os Flores, os verdadeiros pais de Evangelina, e do que muitos outros trabalhadores da terra que perderam as esperanças e a vida nessa aventura de promessas e confusões.

Hipólito Ranquileo tinha virtudes de bom marido, era tranquilo, nada revoltado ou violento, ela não sabia de outras mulheres nem de vícios maiores. Todo ano trazia um pouco de dinheiro para o lar, além de algum presente na maioria das vezes inútil, mas sempre bem-vindo, porque o importante é a intenção. Tinha um caráter galante. Nunca perdeu essa virtude como outros homens que, tão logo se casam, tratam suas mulheres como animais, dizia Digna, por isso ela lhe deu filhos, com alegria e até com certo prazer. Ao pensar em suas carícias, ruborizava-se. Seu marido nunca a viu nua, o pudor antes de tudo, afirmava, mas isso não diminuía o encanto de sua intimidade. Apaixonou-se pelas coisas belas que ele sabia dizer e decidiu ser sua esposa diante de Deus e do Cartório Civil, por isso não deixou que ele a tocasse e chegou virgem ao casamento, tal como desejava que suas filhas fizessem, assim as respeitariam e ninguém poderia criticá-las como cabeças de vento; mas aqueles eram outros tempos e agora está cada vez mais difícil cuidar das moças, a gente vira o rosto e vão para o rio, mando-as à cidade comprar açúcar e se perdem por horas, me preocupo em vesti-las com decência, mas elas levantam as saias, abrem os botões da blusa e pintam o rosto. Ai, Senhor, ajude-me a criá-las até o casamento e então poderei descansar, que não se repita a desgraça da maior, perdoe-a, era muito jovem, e quase não se deu conta do que fazia, foi tão rápido para a pobrezinha, nem deu tempo de ela se deitar como os humanos, fez de pé contra o salgueiro do fundo como os cachorros; proteja as outras meninas para que não venha um desavergonhado aproveitar-se delas, porque desta vez o Pradelio o mata e a desgraça cairia sobre esta casa; com o Jacinto já tive minha parte de vergonha e sofrimento, pobre menino, ele não tem culpa de sua desonra.

Jacinto, o menor da família, era na realidade seu neto, fruto bastardo de sua filha mais velha e um forasteiro que chegou no outono pedindo que o deixassem passar a noite na cozinha. Teve a boa sorte de nascer quando Hipólito percorria os povoados com o circo e Pradelio prestava o serviço militar. Desse modo, não houve um homem para vingar-se, como era necessário. Digna soube o que devia fazer: agasalhou o recém-nascido, alimentou-o com leite de égua e mandou a mãe empregar-se como doméstica na cidade. Quando os homens voltaram, o fato estava consumado e tiveram de aceitá-lo. Depois se acostumaram à presença da criatura e acabaram por tratá-la como mais um filho. Não foi o único bastardo criado no lar dos Ranquileo, antes de Jacinto outros foram acolhidos: órfãos perdidos que alguma vez bateram à sua porta. Com o decorrer dos anos esqueceram o parentesco e só ficou o costume e o carinho.

Como toda manhã, quando a aurora surgia atrás dos montes, Digna cevou a erva do mate para seu marido e colocou sua cadeira no canto perto da porta, onde o ar corria mais puro. Queimou uns torrões de açúcar e distribuiu dois em cada xícara de lata, a fim de preparar a infusão de poejo para os filhos maiores. Umedeceu o pão do dia anterior e o colocou sobre as brasas, coou o leite dos meninos e numa frigideira de ferro, enegrecida pelo uso, misturou um tanto de ovos e cebola.

Quinze anos haviam passado desde o dia do nascimento de Evangelina no hospital de Los Riscos, mas Digna podia lembrar dele como se tivesse ocorrido recentemente. Tendo parido tantas vezes, deu à luz com rapidez e, tal como fazia sempre, se apoiou sobre os cotovelos para ver o bebê sair de seu ventre, comprovando a semelhança com seus outros filhos: o cabelo grosso e escuro do pai e a pele branca da qual ela se sentia orgulhosa. Por isso, quando levaram para ela uma criança enrolada em panos e reparou numa penugem loira cobrindo-lhe o crânio quase calvo, soube com certeza que não era a sua. Seu primeiro impulso foi repeli-la e protestar, mas a enfermeira estava com pressa, negou-se a escutar os motivos, pôs o volume em seus braços e se retirou. A menina começou a chorar e Digna, com um gesto antigo como a história, abriu sua camisola e a colocou ao peito, enquanto comentava com as vizinhas no quarto compartilhado da maternidade que certamente havia um erro: essa não era sua filha. Ao terminar de amamentá-la, levantou-se com alguma dificuldade e foi explicar o problema à parteira do andar, porém esta retrucou que ela estava enganada, nunca acontecera algo assim no hospital, isso de trocar crianças ia contra o regulamento. Acrescentou que certamente estava mal dos nervos e sem mais delongas injetou-lhe um líquido no braço. Depois a mandou de volta para a cama. Horas depois Digna Ranquileo acordou com os berros de outra parturiente, no extremo oposto do quarto.

— Trocaram minha menina! — gritava.

Alarmados pelo escândalo, acudiram enfermeiras, médicos e até o diretor do hospital. Digna aproveitou para expor também seu problema da forma mais delicada possível, porque não desejava ofender. Explicou que trouxera ao mundo uma criança morena e lhe entregaram outra, de cabelo amarelo, sem a menor semelhança com seus filhos. O que seu marido pensaria ao vê-la?

O diretor do estabelecimento sentiu-se indignado: ignorantes, sem consideração, em vez de agradecer por atendê-las me armam uma desordem. As duas mulheres optaram por calar-se e esperar uma oportunidade melhor. Digna estava arrependida de ter ido ao hospital e se acusava pelo acontecido. Até então todos os seus filhos haviam nascido em casa, com a ajuda de Mamita Encarnación, que acompanhava a gravidez desde os primeiros meses e aparecia à véspera do parto, permanecendo até que a mãe pudesse ocupar-se de seus afazeres. Ela trazia suas ervas para fazer parir rápido, suas tesouras benzidas pelo bispo, seus panos limpos e fervidos, suas compressas cicatrizantes, seus bálsamos para os mamilos, as estrias e os rompimentos, sua linha para costurar e sua indiscutível sabedoria. Enquanto preparava o ambiente para a criatura a caminho, falava sem parar para entreter a doente com os mexericos locais e outras histórias que ela inventava, cuja finalidade era fazer o tempo passar mais rápido e diminuir o sofrimento. Essa mulher pequena, ágil, envolta num aroma permanente de fumo e alfazema, ajudava a nascer quase todas as crias da região havia mais de vinte anos. Nada exigia por seus préstimos, mas vivia de seu ofício, porque os agradecidos passavam diante de seu rancho deixando ovos, fruta, lenha, aves, uma lebre ou uma perdiz da última caçada. Mesmo nas piores épocas de miséria, quando se perdiam as colheitas e o ventre dos animais secava, não faltava o necessário no lar de Mamita Encarnación. Conhecia todos os segredos da natureza relativos ao ato de nascer e também alguns infalíveis sistemas para abortar com ervas ou toco de vela, os quais só utilizava em casos de reconhecida justiça. Se seus conhecimentos falhavam, empregava sua intuição. Quando finalmente a criatura abria caminho para a luz, cortava o cordão umbilical com as tesouras milagrosas para dar-lhe força e saúde, em seguida examinava-a dos pés à cabeça para ter certeza de que nada tinha de estranho em sua constituição. Se descobria uma falha, prenúncio de uma vida de sofrimento ou de um peso para os outros, abandonava o recém-nascido à sua sorte; mas se tudo estava na ordem de Deus, agradecia aos céus e passava a sua iniciação nas vicissitudes da vida com um par de palmadas. Dava borragem à mãe para expulsar o sangue negro e os maus humores, óleo de rícino para limpar as tripas e cerveja com gemas cruas para garantir abundância de leite. Durante três ou quatro dias encarregava-se da casa, cozinhava, varria, servia a comida para a família e cuidava da ninhada de crianças. Assim havia sido em todos os partos de Digna Ranquileo, mas quando nasceu Evangelina, a parteira estava na prisão por exercício ilegal da medicina e não pôde atendê-la. Por essa razão, e tão só por isso, Digna recorreu ao hospital de Los Riscos, onde se sentiu tratada pior do que um condenado. Ao entrar puseram-lhe um esparadrapo com um número no pulso, rasparam suas partes íntimas, lavaram-na com água fria e desinfetante, sem considerar a possibilidade de secar seu leite para sempre, e a colocaram em uma cama sem lençóis com outra mulher nas mesmas condições. Depois de mexerem, sem pedir-lhe licença, em todos os orifícios do seu corpo, fizeram-na dar à luz debaixo de uma lâmpada à vista de quem quisesse bisbilhotar. Suportou tudo sem um suspiro, mas quando saiu dali com uma filha que não era a sua nos braços e suas vergonhas pintadas de vermelho como uma bandeira, jurou não voltar a pôr os pés num hospital pelo resto da vida.

Digna acabou de fritar o mexido de ovos com cebola e chamou a família para a cozinha. Cada um apareceu com sua cadeira. Quando as crianças começavam a andar, ela lhes designava um assento próprio, pessoal e inviolável, única posse na pobreza comunitária dos Ranquileo. Inclusive a cama era partilhada e a roupa era guardada em grandes cestos de vime, de onde toda manhã a família retirava o necessário. Nada tinha dono.

Hipólito Ranquileo sorvia seu mate ruidosamente e mastigava com lentidão o pão, devido aos dentes ausentes e aos outros que dançavam em suas gengivas. Parecia saudável, embora nunca se mostrasse forte, mas agora estava envelhecendo, os anos se precipitaram de súbito sobre ele. Sua mulher atribuía isso à vida errante do circo, sempre perambulando sem rumo fixo, comendo mal, pintando o rosto com esses indecentes cosméticos permitidos por Deus às perdidas da rua, mas danosos a uma pessoa decente. Em poucos anos o garboso moço que aceitou como namorado converteu-se nesse homenzinho encolhido com um rosto enrugado à força de fazer caretas, em que o nariz parecia uma moringa, que tossia demais e caía dormindo no meio de uma conversa. Nos meses de frio e de inatividade forçada, costumava divertir as crianças vestindo seus trajes de palhaço. Sob a máscara branca e a enorme boca vermelha aberta em gargalhada permanente, sua mulher via os sulcos do cansaço. Como já estava um tanto decrépito, tornava-se cada vez mais difícil para ele conseguir trabalho, e ela cultivava a esperança de vê-lo estabelecido no campo e ajudando-a nas tarefas. Agora se impunha o progresso à força e as novas disposições pesavam como fardos nos ombros de Digna. Os camponeses também deviam se adaptar à economia de mercado. A terra e seus produtos entravam na livre concorrência, cada um prosperava de acordo com seu rendimento, iniciativa e eficiência empresarial e até os índios analfabetos sofriam o mesmo destino, com grandes vantagens para aqueles que possuíam dinheiro, pois podiam comprar por centavos ou arrendar por 99 anos as propriedades dos agricultores pobres, como os Ranquileo. Mas ela não queria abandonar o lugar onde nasceu e criou seus filhos para habitar um dos modernosos vilarejos agrícolas. Ali os patrões apanhavam toda manhã a mão de obra necessária, evitando problemas com os inquilinos. Isso representava a pobreza dentro da pobreza. Ela queria que sua família trabalhasse as seis quadras de sua herança, mas cada vez se tornava mais difícil defender-se das grandes empresas, especialmente sem o arrimo de um homem para ajudá-la em tantas dificuldades.

Digna Ranquileo sentiu pena do marido. Reservava para ele a melhor porção do guisado, os ovos maiores, a lã mais suave para tecer seus coletes e meias. Preparava-lhe ervas para os rins, para despertar as ideias, para purificar o sangue e ajudar o sono, mas era evidente que, apesar de seus cuidados, Hipólito envelhecia. Nesse momento dois meninos brigavam pelos restos do mexido e ele os observava indiferente. Em tempos normais teria intervindo com tapas para separá-los, mas agora só tinha olhos para Evangelina, segui-a com o olhar como se temesse vê-la transformada num monstro como os do circo. A essa hora a menina era uma a mais no monte de crianças friorentas e despenteadas. Nada em seu aspecto indicava o que aconteceria dentro de algumas horas, exatamente ao meio-dia.

— Cure-a, meu Deus — repetiu Digna cobrindo o rosto com o avental para que não a vissem falando sozinha.

A manhã se anunciava tão tranquila que Hilda sugeriu tomar o café da manhã na cozinha, resguardada apenas pelo calor dos fornilhos, mas seu marido lembrou-lhe que não podia se descuidar dos resfriados, pois quando menina sofrera dos pulmões. Segundo o calendário era inverno ainda, mas pela cor das madrugadas e o canto das cotovias se adivinhava a chegada da primavera. Precisavam economizar combustível. Eram tempos de escassez, mas, em consideração à fragilidade de sua mulher, o Professor Leal insistia em acender o aquecedor a querosene. O velho artefato circulava pelos aposentos de dia e de noite, acompanhando o trânsito daqueles que ali viviam.

Enquanto Hilda arrumava as louças, o Professor Leal, de casaco, cachecol e pantufas, saiu para o pátio para colocar grãos nos comedouros e água fresca nas vasilhas. Notou os minúsculos brotos na árvore e calculou que em pouco tempo os galhos se encheriam de folhas, como uma verde cidadela para abrigar os pássaros migratórios. Gostava de vê-los voar livremente tanto como odiava as gaiolas, porque considerava imperdoável aprisioná-los só para se dar ao luxo de tê-los diante dos olhos. Também nas minúcias era coerente com seus princípios anarquistas: se a liberdade é o primeiro direito do homem, com mais razão devia sê-lo para aquelas criaturas nascidas com asas nas costas.

Seu filho Francisco chamou da cozinha, avisando que o chá estava servido e que José chegara para uma visita. O professor se apressou, porque não era comum recebê-lo tão cedo num dia de sábado, solicitado sempre por sua interminável tarefa de socorrer o próximo. Viu-o sentado à mesa e reparou pela primeira vez que começava a perder cabelo na nuca.

— Qual é o problema, filho? Aconteceu alguma coisa? — perguntou tocando-lhe o ombro.

— Nada, velho. Estou com vontade de tomar um café da manhã decente feito por mamãe.

Era o mais robusto e rude da família, o único sem os ossos grandes e o nariz aquilino dos Leal. Parecia um pescador meridional e nada em sua aparência denunciava a delicadeza de sua alma. Entrou no seminário logo que saíra do secundário e essa decisão não surpreendeu ninguém, exceto seu pai, porque desde menino tinha atitudes de jesuíta e passou a infância vestindo-se de bispo com as toalhas de banho e brincando de rezar missa. Não havia explicação para essas inclinações, porque em sua casa ninguém praticava abertamente a religião, e sua mãe, embora se confessasse católica, não ia à missa desde que se casara. O consolo do Professor Leal diante da decisão do filho era que não usava batina, mas calças de operário, não vivia no convento, mas num povoado proletário e estava mais próximo dos trágicos sobressaltos deste mundo do que dos mistérios eucarísticos. José vestia uma calça herdada do irmão mais velho, uma camisa desbotada e uma malha de lã grossa tecida por sua mãe. Tinha as mãos calejadas pelas ferramentas de encanador com que custeava os gastos de sua existência.

— Estou organizando cursilhos de cristandade — disse em tom manhoso.

— Já sei — respondeu Francisco com conhecimento de causa, porque trabalhavam juntos num consultório gratuito da paróquia e estava informado das atividades do irmão.

— Ai, José, não se meta com política — suplicou Hilda. — Quer ser preso de novo, meu filho?

A última preocupação de José Leal era com sua própria segurança. Não lhe atingia o espírito levando em conta a série de infortúnios alheios. Carregava sobre os ombros um peso insuportável de dor e injustiça. Frequentemente censurava o Criador, que pusera à prova tão duramente a sua fé: se existia o amor divino, tanto sofrimento humano parecia um escárnio. Naquela árdua tarefa de alimentar pobres e amparar órfãos, perdeu o verniz eclesiástico adquirido no seminário, transformando-se definitivamente em um ser rude, dividido entre a impaciência e a piedade. Seu pai o distinguiu entre todos os filhos, porque podia ver a semelhança entre seus próprios ideais filosóficos e o que qualificava de bárbara superstição cristã do filho. Isso aliviou sua aflição, acabou perdoando a vocação religiosa de José e deixou de queixar-se todas as noites com a cabeça afundada no travesseiro para não preocupar sua mulher, desafogando a vergonha de ter um padre na família.

— Na verdade, vim te buscar, irmão — disse José dirigindo-se a Francisco. — Você deve ver uma menina no povoado. Ela foi violentada há uma semana e desde então ficou muda. Use seus conhecimentos de psicologia, porque Deus não dá conta de tantos problemas.

— Hoje é impossível, tenho que ir com Irene tirar umas fotografias, mas amanhã verei a criatura. Quantos anos ela tem?

— Dez.

— Meu Deus! Que monstro pode fazer isso a uma pobre inocente? — exclamou Hilda.

— O pai dela.

— Basta, por favor! — ordenou o Professor Leal. Quer que sua mãe fique doente?

Francisco serviu chá para todos e ficaram em silêncio por um instante, buscando um assunto de conversa para dissipar a angústia de Hilda. Única mulher numa família de varões, conseguiu impor sua doçura e discrição. Não se lembravam de tê-la visto irritada. Em sua presença não havia brigas de meninos, gracejos maliciosos ou grosserias. Na infância, Francisco costumava se angustiar com a suspeita de que a mãe, submetida à rudeza da vida, poderia ir desaparecendo imperceptivelmente, até sumir de vez, como a névoa. Corria então para seu lado, abraçava-a, segurava-a pela roupa numa tentativa desesperada de reter sua presença, seu calor, o cheiro de seu avental, o som de sua voz. Havia passado muito tempo desde então, mas a ternura por ela ainda era seu sentimento mais inabalável.

Apenas Francisco permaneceu na casa dos pais depois que Javier se casou e José partiu para o seminário. Ocupava o mesmo quarto de sua infância, com móveis de pinho e estantes atulhadas de livros. Certa vez pretendeu alugar uma casa independente, mas no fundo gostava da companhia da família e, por outro lado, não desejava causar uma dor desnecessária a seus pais. Para eles existiam somente três justificativas para que um filho saísse de sua casa: a guerra, o casamento ou o sacerdócio. Depois acrescentariam outra: fugir da polícia.

A casa dos Leal era pequena, antiga, modesta, carente de pintura e reparos. De noite rangia suavemente, como uma velha cansada e reumática. Fora desenhada pelo Professor Leal muitos anos atrás, pensando que as únicas coisas indispensáveis eram uma ampla cozinha onde passasse a vida e onde pudesse instalar uma prensa clandestina, um pátio para pendurar a roupa e sentar para olhar os pássaros, e quartos suficientes para pôr as camas dos filhos. O resto dependia da extensão do espírito e da vivacidade do intelecto, dizia quando alguém reclamava do aperto ou da simplicidade. Ali se acomodaram e houve espaço e boa vontade para receber os amigos na desgraça e os parentes vindos da Europa, fugindo da guerra. Era uma família afetuosa. Em plena adolescência, quando já raspavam os bigodes, os rapazes ainda iam pela manhã à cama dos pais para ler o jornal e pedir a Hilda que lhes coçasse as costas. Ao se irem os filhos mais velhos, os Leal sentiram que a casa ficara grande, viam sombras nos cantos e ouviam ecos no corredor, mas logo nasceram os netos e voltou o rebuliço habitual.

— É preciso consertar o teto e trocar os encanamentos — dizia Hilda toda vez que chovia ou aparecia uma nova goteira.

— Para quê? Ainda temos nossa casa em Teruel e quando Franco morrer voltaremos para a Espanha — respondia o marido.

O Professor Leal sonhava com o regresso à pátria desde o dia em que o barco o levou para longe das costas europeias. Indignado contra o Caudilho, jurou não usar meias até sabê-lo enterrado, sem imaginar quantas décadas demoraria para cumprir seu desejo. Sua promessa lhe produziu calos nos pés e lhe causou alguns dissabores nas negociações profissionais. Em algumas ocasiões conversou com personagens importantes ou foi encarregado de aplicar exames em colégios e ginásios, e seus pés nus dentro dos grandes sapatos de sola de borracha instigavam os preconceitos alheios. Mas era orgulhoso demais e, antes de dar explicações, preferia ser considerado um estrangeiro extravagante ou um miserável cuja renda não bastava para comprar meias. Na única oportunidade em que pôde ir com sua família à montanha para desfrutar de perto a neve, permaneceu no hotel com os pés azuis e gelados como arenques.

— Calce as meias, homem. Você não vê que Franco nem sabe da sua promessa? — suplicou-lhe Hilda.

Ele a fulminou com um olhar cheio de dignidade e continuou solitário perto da lareira. Uma vez morto seu grande inimigo, calçou um par de meias vermelhas e brilhantes, que em si mesmas continham toda a sua filosofia existencial, mas não demorou meia hora e viu-se obrigado a tirá-las. Passara muito tempo sem elas e já não as tolerava. Então, para disfarçar, jurou que continuaria a não usá-las até a queda do General que governava com mão de ferro sua pátria adotiva.

— Calcem-me quando estiver morto, caralho — dizia. — Quero ir para o inferno com meias vermelhas!

Não acreditava no prolongamento da vida depois da morte, mas nesse sentido toda cautela era pouca para seu temperamento nobre. A democracia na Espanha não lhe devolveu o uso das meias nem o fez regressar, porque seus filhos, seus netos e as raízes americanas o retiveram. A casa tampouco recebeu os consertos necessários. Depois do golpe militar outras urgências ocuparam a família. Por causa de suas ideias políticas, o Professor Leal foi inserido na lista dos indesejáveis e forçado a se aposentar. Não perdeu o otimismo ao ver-se sem trabalho e com uma pensão reduzida, mas acertadamente imprimiu na cozinha um panfleto oferecendo aulas de literatura e o distribuiu onde pôde. Seus poucos alunos conseguiram equilibrar um pouco o orçamento da família, que assim pôde viver com simplicidade e ajudar Javier. O filho mais velho se encontrava em sérias dificuldades econômicas para manter a mulher e três filhos. O nível de vida dos Leal baixou, como ocorreu a tantos em seu meio. Prescindiram dos ingressos de concertos, do teatro, dos livros, dos discos e de outros requintes que alegravam seus dias. Mais tarde, quando se tornou evidente que também Javier não encontraria um emprego, seu pai decidiu construir dois quartos e um banheiro no pátio para acolhê-lo com sua família. Nos fins de semana os três irmãos se reuniam para assentar tijolos sob as ordens do Professor Leal, que extraía seus conhecimentos de um manual de construção comprado numa liquidação de livros velhos. Como nenhum deles tinha experiência nesse ofício e faltavam várias folhas ao manual, o resultado previsível, uma vez concluída a obra, seria uma edificação de paredes tortas que pretendiam disfarçar cobrindo-a com hera. Javier se opôs até o final à ideia de viver às expensas dos pais. Por herança, possuía um caráter orgulhoso.

— Onde comem três, comem oito — disse Hilda sem alterar o hábito de sua circunspecção. Quando tomava uma decisão geralmente era inapelável.

— São tempos muito ruins, filho, temos que nos ajudar — acrescentou o Professor Leal.

Apesar dos problemas, sentia-se satisfeito com sua vida e teria sido completamente feliz se não o atormentasse, desde a juventude, a devastadora paixão revolucionária que determinou seu caráter e existência.

Dedicou boa parte de sua energia, tempo e rendimentos a divulgar seus princípios ideológicos. Formou os três filhos em sua doutrina, ensinou-os desde pequenos a operar a prensa clandestina da cozinha e foi com eles distribuir panfletos nas portas das fábricas, às costas da polícia. Hilda sempre estava a seu lado nas reuniões sindicais, com suas agulhas incansáveis nas mãos e a lã dentro de uma sacola no colo. Enquanto o marido discursava para os camaradas, ela se perdia num mundo secreto, saboreando suas lembranças, bordando afetos, recriando suas melhores nostalgias, completamente alheia ao tumulto das discussões políticas. Por meio de um amplo e suave processo de depuração, conseguiu apagar a maior parte das penúrias passadas e só guardava as evocações felizes. Nunca falava da guerra, dos mortos que enterrara, do seu acidente ou da longa marcha para o exílio. Quem a conhecia atribuía essa memória seletiva ao golpe que lhe partiu a cabeça na juventude, mas o Professor Leal podia interpretar os pequenos sinais e suspeitava que ela não esquecera nada. Simplesmente não desejava incomodar com seus antigos pesares, por isso não os mencionava, anulando-os por meio de seu silêncio. Sua mulher o acompanhara por todos os caminhos durante tanto tempo, que não podia se lembrar da vida sem ela. Andava a seu lado com passo firme nas manifestações de rua. Criaram os filhos em íntima colaboração. Ajudou os outros mais necessitados, acampou a céu aberto nas noites de greve e amanheceu costurando roupa alheia por encomenda, quando não atingia o salário capaz de manter a família. Com o mesmo entusiasmo, ela o seguiu à guerra e ao exílio, levou-lhe comida quente no cárcere quando foi detido e não perdeu a calma no dia em que lhes penhoraram os móveis, nem o bom humor quando dormiam tremendo de frio, na coberta de terceira classe de um navio de refugiados. Hilda aceitava todas as extravagâncias do marido — e não eram poucas — sem perturbar sua paz, porque tanta vida compartilhada não fizera senão aumentar seu amor por ele.

Há muito tempo, numa pequena aldeia da Espanha, entre colinas irregulares e vinhedos, ele a pediu em casamento. Ela respondeu que era católica e pretendia continuar sendo, que não tinha nada pessoal contra Marx, mas não suportaria seu retrato na cabeceira da cama e que seus filhos seriam batizados para evitar o risco de que morressem pagãos e fossem parar no limbo. O professor de Lógica e Literatura era comunista fervoroso e ateu, mas não lhe faltava intuição e compreendeu que nada faria mudar de opinião essa jovem rosada e frágil com olhos brilhantes, por quem se apaixonara com certeza, portanto era preferível negociar um pacto. Combinaram casar-se na Igreja, única forma legal de fazê-lo nessa época, que os filhos receberiam os sacramentos, mas iriam para escolas laicas, que caberia a ele dar nome aos varões e a ela escolher o das meninas, e que seriam enterrados em um túmulo sem cruz com um epitáfio de conteúdo pragmático, redigido por ele. Hilda aceitou porque esse homem delgado com mãos de pianista e fogo nas veias era o que sempre havia desejado por companheiro. Ele cumpriu sua parte do acordo com a escrupulosa honestidade que o caracterizava, mas Hilda não teve a mesma retidão. No dia do nascimento do primogênito, o marido estava sumido na guerra e, quando pôde ir visitá-los, o menino havia sido batizado Javier, como seu avô. A mãe estava em condições delicadas e não era o momento de iniciar uma briga, mas ele decidiu apelidá-lo de Vladimir, prenome de Lênin. Nunca pôde fazê-lo, porque quando o chamava assim a mulher lhe perguntava a quem diabos se referia e, por outro lado, a criança o olhava com expressão de espanto e não respondia. Pouco antes do parto seguinte, Hilda acordou certa manhã contando um sonho: dava à luz um varão e deviam chamá-lo de José. Discutiram freneticamente durante algumas semanas, até chegar a uma solução justa: José Ilich. Depois lançaram uma moeda ao ar para decidir que nome usariam e Hilda ganhou, o que já não era culpa dela, mas da sorte, a quem não agradava o segundo nome do líder revolucionário. Anos mais tarde nasceu o último filho, e nessa época o Professor Leal perdera parte de seu entusiasmo pelos soviéticos, de forma que se livrou de ser chamado Ulianov. Hilda deu-lhe o nome de Francisco em honra ao santo de Assis, poeta dos pobres e dos animais. Talvez por isso, por ser o menor e tão parecido com o pai, foi favorecido com uma ternura especial. O menino retribuiu o amor total de sua mãe com um perfeito complexo de Édipo que perdurou até a adolescência, quando a perturbação de seus hormônios levou-o a compreender que existiam outras mulheres neste mundo.

Nesse sábado pela manhã Francisco terminou seu chá, jogou sobre os ombros a maleta com o equipamento fotográfico e se despediu da família.

— Se agasalhe, o vento da moto é fatal — disse sua mãe.

— Deixe ele em paz, mulher, já não é mais uma criança — reclamou seu marido, e os filhos sorriram.

Nos primeiros meses após o nascimento de Evangelina, Digna Ranquileo lamentou seu infortúnio e pensou em castigo do céu por ter recorrido ao hospital em vez de ficar em casa. Parirás com dor, dizia claramente a Bíblia e assim lhe recordara o reverendo. Mas logo compreendeu o quanto são insondáveis os desígnios do Senhor. Essa criatura loira de olhos claros talvez significasse algo em seu destino. Com a ajuda espiritual da Verdadeira Igreja Evangélica, aceitou a provação e se dispôs a amar essa menina, apesar de suas manhas. Lembrava-se com frequência da outra, a que foi levada pela comadre Flores e que por justiça lhe pertencia. Seu marido a consolava, dizendo que parecia mais saudável e forte, e com certeza se criaria melhor com a outra família.

— Os Flores são proprietários de um bom pedaço de terra. Por lá dizem que irão comprar um trator. São mais cultos, pertencem ao Sindicato Agrícola — argumentava Hipólito anos atrás, antes que a desgraça se abatesse sobre a casa dos Flores.

Depois do parto, as duas mães tentaram reclamar suas filhas, afirmando que as viram nascer e que se deram conta do erro pela cor dos cabelos, mas o diretor do hospital não quis ouvir falar desse assunto e ameaçou prendê-las por levantar calúnias contra a instituição. Os pais sugeriram simplesmente trocar as meninas e ficar em paz, mas elas não queriam fazê-lo ilegalmente. Decidiram em caráter provisório ficar com a que tinham nos braços até que se esclarecesse a confusão perante a autoridade; mas depois de uma greve do Serviço de Saúde e um incêndio do Cartório Civil, onde o pessoal foi substituído e desapareceram os arquivos, perderam a esperança de obter justiça. Optaram por criar as filhas alheias como se fossem próprias. Embora vivessem a pouca distância, tinham raras oportunidades de se encontrar, pois suas vidas eram muito isoladas. Desde o início concordaram em chamar-se mutuamente de comadres e dar às crianças o mesmo nome de batismo, para que se por acaso recuperassem o nome legítimo não tivessem necessidade de se acostumar a um novo. Também lhes contaram a verdade logo que atingiram a idade de compreender, porque de todo modo saberiam mais cedo ou mais tarde. Todo mundo na região conhecia a história das Evangelinas trocadas e não faltaria quem levasse o mexerico até as meninas.

Evangelina Flores tornou-se uma típica camponesa morena, de olhos brilhantes, quadris largos e seios opulentos, bem plantada em suas grossas e torneadas pernas. Era forte e de temperamento alegre. Aos Ranquileo coube uma criatura chorona, lunática, frágil e difícil de cuidar. Hipólito lhe dispensava um tratamento especial, com respeito e admiração por sua pele rosada e seu cabelo claro, tão raros na família. Quando ele estava em casa vigiava de perto os meninos, para que não fossem se exceder com essa menina que não era de seu próprio sangue. Em duas ocasiões surpreendeu Pradelio fazendo-lhe cócegas, tocando-a disfarçadamente, beijando-a, e para tirar-lhe o desejo de tocá-la aplicou-lhe umas surras que por pouco não o mandam para a outra vida, porque diante de Deus e dos homens Evangelina devia ser como uma irmã. Mas Hipólito só permanecia em casa durante alguns meses e no resto do ano nada podia fazer para que fossem acatadas todas as suas ordens.

Desde que fugira com um circo aos treze anos, Hipólito Ranquileo exerceu esse ofício e jamais se interessou por outro. Sua mulher e seus filhos despediam-se dele quando começava o bom tempo e floresciam as lonas remendadas. De povoado em povoado percorria o país para apresentar suas habilidades em cansativas apresentações carnavalescas para gente pobre. Tinha múltiplas tarefas sob a tenda. Primeiro foi trapezista e saltimbanco, mas com o correr dos anos perdeu o equilíbrio e a destreza. Depois realizou uma breve incursão como domador de algumas feras lamentáveis, que o apiedavam, acabando com seus nervos. Por fim conformou-se em passar por palhaço. Sua vida, igual à de qualquer camponês, sujeitava-se ao regime das chuvas e à luz do sol. Nos meses frios e úmidos, a sorte não sorria para os circos pobres e ele hibernava em seu lar, mas com a chegada da primavera despedia-se dos seus e partia sem escrúpulos, deixando sua mulher a cargo dos filhos e das tarefas do campo. Ela dirigia melhor esses assuntos, porque levava em suas veias a experiência de várias gerações. A única vez que ele fora ao povoado com o rendimento da colheita para comprar roupa e provisões para o ano inteiro, embebedou-se e lhe roubaram tudo. Durante meses faltou açúcar na mesa dos Ranquileo e ninguém teve sapatos novos, daí sua confiança para delegar as atividades comerciais à esposa. Ela também preferia assim. Desde o início de sua vida de casada assumiu a responsabilidade da família e da lavoura. Era habitual vê-la inclinada no comedouro ou no sulco do arado, rodeada por um enxame de crianças de variadas idades penduradas em sua saia. Depois Pradelio cresceu e ela achou que ele lhe ajudaria em tanto trabalho; porém seu filho, aos quinze anos, era o rapagão mais alto e forte jamais visto por ali, por isso pareceu natural a todos que logo depois de concluir o serviço militar ingressaria na polícia.

Ao cair das primeiras chuvas, Digna Ranquileo levava sua cadeira para o corredor e se punha a observar a curva da estrada. Suas mãos sempre ocupadas teciam cestos de vime ou ajeitavam a roupa dos meninos, ao passo que seus olhos atentos se distraíam de vez em quando para observar o caminho. De repente, um dia qualquer, aparecia a pequena figura de Hipólito com sua mala de papelão. Ali se apresentava finalmente materializado o mesmo de suas nostalgias, aproximando-se a passos cada ano mais lentos, mas sempre terno e brincalhão. O coração de Digna pulava, tal como acontecera pela primeira vez havia muitos anos, quando o conheceu na bilheteria de um circo ambulante, com sua desgastada libré verde e dourada e a exaltada expressão de seus olhos negros, convidando o público a entrar para o espetáculo. Exibia então um rosto agradável, porque não havia ainda se fixado a máscara de palhaço em sua pele. Sua mulher nunca pôde recebê-lo com naturalidade. Uma impetuosidade de adolescente oprimia seu peito e a impelia a se lançar ao seu pescoço para ocultar as lágrimas, mas os meses de separação exacerbavam seu pudor e o saudava com um gesto contido, os olhos baixos, ruborizada. Seu homem estava ali, regressara, tudo seria diferente por um tempo, porque ele se esmerava em remediar ausências. Nos meses seguintes ela invocaria os espíritos benéficos de sua Bíblia para que a chuva não parasse, imobilizando o calendário num inverno sem fim.

Em compensação, para os filhos a volta do pai era um acontecimento menor. Um dia, quando chegavam da escola ou da lida nos pastos, encontravam-no sentado em sua cadeira de vime junto à porta, com o mate na mão, mimetizado na cor do outono, como se nunca tivesse despegado desses campos, dessa casa, das parreiras com seus cachos secando nos ganchos, dos cachorros deitados no pátio. Os meninos percebiam os olhos turvos de impaciência da mãe, a vivacidade de seus gestos para atender o marido, vigiando com inquietude esses encontros para evitar impertinências. O respeito pelo pai é o pilar da família, assim está no Antigo Testamento, por isso é proibido chamá-lo de Tony Chalupa, e tampouco se pode falar de seu ofício de palhaço, não façam perguntas, esperem que ele conte para vocês quando tiver vontade. Durante a juventude, quando Hipólito era disparado por um canhão de um extremo ao outro da lona, aterrissando sobre a rede com estrondo de pólvora e sorriso inquieto, passado o espanto, os filhos podiam sentir-se orgulhosos dele, porque voava como um gavião. Posteriormente, Digna não permitia que eles fossem ao circo ver o pai declinar em suas tristes piruetas, preferia que conservassem na memória essa imagem graciosa e não se envergonhassem de suas roupas grotescas de palhaço velho, abatido e humilde, soltando gases, falando em falsete e rindo sem razão. Quando o circo passou por Los Riscos, arrastando um urso desgrenhado e chamando os habitantes com buzinadas para presenciar o grandioso espetáculo internacional aclamado por todos os públicos, ela se negou a levar os meninos por medo dos palhaços, todos iguais em aparência e todos como Hipólito. No entanto, na intimidade do lar, ele vestia o disfarce e pintava o rosto, mas não para dar cambalhotas indecentes ou contar piadas grosseiras, mas para diverti-los com suas histórias fantasmagóricas: a mulher barbada; o homem-gorila, tão forte que podia arrastar um caminhão com um arame preso nos dentes; o engolidor de fogo, capaz de engolir uma tocha acesa com querosene, mas incapaz de apagar uma vela com os dedos; a anã albina galopando na garupa de uma cabra, o trapezista que caiu de cabeça do mastro mais alto e salpicou o respeitável público com seus miolos.

— O cérebro dos cristãos é igual ao das vacas — explicava Hipólito ao finalizar a trágica anedota.

Seus filhos não se cansavam de ouvir sempre as mesmas histórias, sentados em círculo ao redor do pai. Diante dos olhos maravilhados da família, que escutava suas palavras suspensa no tempo, Hipólito Ranquileo recuperava toda a dignidade perdida em funções de meia-tigela, onde era alvo de zombarias.

Algumas noites de inverno, quando os meninos dormiam, Digna tirava a mala de papelão escondida debaixo da cama e à luz de uma vela examinava a roupa de trabalho de seu marido, recosturava os enormes botões vermelhos, cerzia rasgões aqui e pregava remendos estratégicos ali, lustrava com cera de abelha os descomunais sapatos amarelos e tecia em segredo as meias listadas da fantasia. Havia em sua ação a mesma ternura arrebatada de seus breves encontros amorosos. No silêncio noturno os pequenos sons se ampliavam, a chuva batia nas telhas e a respiração dos filhos nas camas vizinhas era tão nítida, que a mãe podia adivinhar seus sonhos. O casal se abraçava sob os cobertores, sufocando os suspiros, envoltos no calor de sua discreta conspiração amorosa. Bem diferente dos outros camponeses, casaram-se apaixonados e por amor geraram filhos. Por isso, nem mesmo nas épocas mais difíceis de seca, terremoto ou inundação, quando a panela estava vazia, lamentaram a chegada de outra criatura. Os filhos são como as flores e o pão, diziam, uma bênção de Deus.

Hipólito Ranquileo aproveitava sua permanência na casa para levantar cercas, juntar lenha, consertar ferramentas e remendar o telhado, quando diminuía a chuva. Com a poupança de suas viagens circenses, a venda de mel e porcos, a família se mantinha graças a uma estrita economia. Nos anos bons não faltava alimento, mas mesmo nas melhores épocas o dinheiro era muito escasso. Não se jogava nada fora nem se perdia coisa alguma. Os menores recebiam a roupa dos maiores e a continuavam usando até que os esfarrapados tecidos não suportavam mais remendos e estes se desmanchavam como crostas secas. As malhas de lã se desfaziam até a última fibra, lavava-se a lã e tornava-se a tecê-la de novo. O pai fabricava alpargatas para todos, e a mãe não dava trégua às agulhas e à máquina de costura. Não se sentiam pobres como outros camponeses, porque eram donos da terra herdada dos avós, tinham seus animais e ferramentas de lavoura. Alguma vez no passado receberam crédito agrícola e, por certo tempo, acreditaram na prosperidade, mas logo as coisas retornaram ao antigo ritmo. Viviam à margem da ilusão de progresso que atingia o resto do país.

— Escute, Hipólito, deixe de olhar Evangelina — sussurrou Digna a seu marido.

— Talvez hoje não tenha o ataque — disse ele.

— Sempre tem. Nada podemos fazer.

A família terminou o café da manhã e se dispersou, cada um retirando sua cadeira. De segunda a sexta-feira os menores caminhavam meia hora em marcha rápida até a escola. Quando fazia frio a mãe entregava a cada menino uma pedra aquecida no fogo para que a pusesse no bolso, assim manteriam as mãos quentes. Também lhes dava um pão e dois torrões de açúcar. Antes, quando distribuíam leite na escola, utilizavam o açúcar para adoçá-lo, mas há alguns anos o chupavam como balas no recreio. Essa meia hora de caminho era uma bênção, pois voltavam para casa quando a crise de sua irmã havia passado e os peregrinos se retiravam. Mas esse dia era sábado; portanto, estariam presentes e de noite Jacinto molharia a cama na angústia de seus pesadelos. Evangelina deixara de ir à escola desde que começaram os primeiros sinais de sua alteração. A mãe recordava com exatidão o princípio da desgraça. Ocorrera no mesmo dia da convenção das rãs, mas ela estava certa de que esse episódio não tinha relação alguma com a doença da menina.

Uma manhã elas foram descobertas muito cedo, duas gordas e soberbas rãs observando a paisagem perto do cruzamento da estrada de ferro. Pouco a pouco chegaram muitas mais, provenientes de todas as bandas, pequenas dos lagos, médias de poço, brancas dos canais, cinzentas dos rios. Alguém deu o grito de alarme e todo mundo correu para olhá-las. Mas os batráquios formaram filas compactas e começaram a andar ordenadamente. No caminho juntaram-se outros e logo houve uma verde multidão dirigindo-se para a estrada. A notícia se espalhou e chegaram os curiosos a pé, a cavalo, de ônibus, comentando aquele prodígio jamais visto antes. O enorme mosaico vivo ocupou o asfalto da principal rodovia para Los Riscos, parando os veículos que circulavam àquela hora. Um caminhão imprudente tentou avançar, deslizando sobre os cadáveres estripados e capotando em meio ao entusiasmo das crianças, que se apoderaram avidamente da mercadoria espalhada entre os matagais. A polícia sobrevoou a zona em um helicóptero, comprovando que havia duzentos e setenta metros de estrada cobertos de rãs, tão próximas umas das outras que se assemelhavam a um brilhante tapete de musgo. A notícia foi difundida pelo rádio e em pouco tempo chegaram os jornalistas da capital, acompanhados por um especialista chinês das Nações Unidas, que garantia ter visto um fenômeno semelhante durante sua infância em Pequim. O estrangeiro desceu de um carro escuro com placas oficiais, cumprimentou à esquerda e à direita e a multidão o aplaudiu, naturalmente confundindo-o com o diretor do orfeão. Depois de observar por alguns minutos aquela multidão gelatinosa, o oriental concluiu que não havia motivo para alarme, pois se tratava apenas de uma convenção de rãs. Assim o denominou a imprensa e, como era época de pobreza e desemprego, fizeram caçoada dizendo que à falta de maná, Deus enviava rãs do céu para que seu povo escolhido as cozinhasse com alho e coentro.

Quando Evangelina teve o ataque, os participantes da convenção se haviam dispersado e os cinegrafistas da televisão estavam baixando seus equipamentos das árvores. Era meio-dia, o ar brilhava diáfano, lavado pela chuva. Dentro de casa, Evangelina permanecia sozinha e no pátio Digna e seu neto Jacinto alimentavam os porcos com os restos da cozinha. Depois de darem uma olhadela no espetáculo, compreenderam que não havia mais nada para ver, pois se tratava tão somente de uma asquerosa assembleia de bichos, por isso voltaram às suas tarefas. Um grito agudo e o estrépito de louça quebrada os avisou que algo acontecia dentro da casa. Encontraram Evangelina de costas no chão, apoiada nos calcanhares e na nuca, dobrada para trás como um arco, deitando espuma pela boca e cercada de xícaras e pratos quebrados.

A mãe, espantada, recorreu ao primeiro remédio que lhe ocorreu: esvaziou em cima dela um balde de água fria, o que, longe de acalmá-la, aumentou os sinais alarmantes. A espuma tornou-se uma baba rósea quando a jovem mordeu a própria língua, seus olhos se viraram para trás perdendo-se no infinito, estremeceu convulsionada e a casa impregnou-se de angústia e de cheiro de excremento. A tensão foi tão violenta, que as grossas paredes de adobe pareciam vibrar como se um secreto tremor percorresse suas entranhas. Digna Ranquileo abraçou Jacinto, fechando-lhe os olhos para que não enxergasse aquela bruxaria.

A crise durou poucos minutos e deixou Evangelina extenuada, a mãe e o irmão aterrorizados e a casa virada pelo avesso. Quando chegaram Hipólito e os outros filhos, que andavam na convenção de rãs, tudo já se passara, a menina repousava em sua cadeira e a mãe recolhia as louças quebradas.

— Ela foi picada por uma aranha avermelhada — diagnosticou o pai quando lhe contaram.

— Já a verifiquei dos pés à cabeça. Picada não é...

— Então deve ser epilepsia.

Mas Digna conhecia a natureza dessa doença e sabia que não produz estragos na mobília. Nessa mesma tarde decidiu levar Evangelina até dom Simón, o curandeiro.

— Melhor levá-la a um médico — aconselhou Hipólito.

— Você sabe minha opinião sobre os hospitais e os doutores — retrucou sua mulher, certa de que se havia remédio para a menina, dom Simón o conheceria.

Nesse sábado fazia cinco semanas desde o primeiro ataque e até então nada tinham podido fazer para aliviá-la. Ali estava Evangelina ajudando sua mãe a lavar as louças ordinárias, enquanto passava a manhã e se aproximava o temido meio-dia.

— Prepara os jarros para a água com farinha, minha filha — ordenou Digna.

Evangelina começou a cantar enquanto alinhava os recipientes de alumínio e ferro esmaltado sobre a mesa. Em cada um colocou duas colheres de farinha torrada e um pouco de mel. Mais tarde acrescentaria água fria para oferecer aos visitantes que chegavam na hora do transe, na esperança de se beneficiarem com algum milagre de menor importância.

— A partir de amanhã não dou a eles coisa alguma — resmungou Digna. — Vamos nos arruinar.

— Não fale desse jeito, mulher, veja que essa gente vem por carinho. Um pouco de farinha não nos torna mais pobres — replicou Hipólito, e ela baixou a cabeça, porque ele era o homem e sempre tinha razão.

Digna estava prestes a chorar, compreendeu que seus nervos começavam a falhar e foi buscar umas flores de tília para preparar um chá calmante. As últimas semanas haviam sido um calvário. Essa mulher forte e resignada, que acumulara dificuldades e suportara tantas penúrias, trabalhos e canseiras da maternidade sem uma queixa, sentia-se no limite da aflição diante desse feitiço que oprimia seu lar. Estava certa de ter feito tudo para curar sua filha, inclusive levou-a ao hospital, violando seu juramento de nunca mais pôr os pés ali. Mas tudo fora em vão.

Ao tocar a campainha da casa, Francisco desejou que Beatriz Alcántara não aparecesse. Sentia-se rejeitado em sua presença.

— Este é Francisco Leal, mamãe, um companheiro — apresentou-o Irene pela primeira vez, vários meses atrás.

— Colega, hem? — respondeu a senhora, incapaz de suportar as implicações revolucionárias da palavra companheiro.

A partir desse encontro ambos souberam o quanto podiam esperar do outro, mas se esforçavam para ser amáveis, não tanto por gostarem, mas pelo hábito das boas maneiras. Beatriz rapidamente verificou que Francisco era descendente de emigrantes espanhóis sem fortuna, pertencentes a essa casta de intelectuais assalariados dos bairros de classe média. Desconfiou imediatamente que sua profissão de fotógrafo, sua mochila e sua motocicleta não eram indícios de boêmia. O jovem parecia ter as ideias claras e estas não coincidiam com as suas. Sua filha Irene frequentava gente bastante estranha e ela não a impedia, visto que de qualquer maneira se revelava inútil fazê-lo, mas se opôs como pôde à amizade com Francisco. Não gostava de ver Irene em feliz camaradagem com ele, unidos pelos fortes laços do trabalho compartilhado e, muito menos, imaginar suas consequências para o noivado com o capitão. Considerava-o perigoso porque até ela mesma se sentia atraída pelos olhos escuros, pelas mãos grandes e pela voz serena do fotógrafo.

Por sua vez, Francisco percebeu ao primeiro olhar os preconceitos de classe e a ideologia de Beatriz. Limitou-se a dar-lhe um tratamento cortês e distante, lamentando que fosse a mãe de sua melhor amiga.

Ao ver a casa, sentiu-se uma vez mais cativado pelo largo muro que cercava a propriedade, construído com pedras redondas de rio, margeadas por essa diminuta vegetação nascida na umidade do inverno. Uma discreta placa de metal anunciava "Lar de Idosos" e mais abaixo acrescentava um nome adequado ao senso de humor de Irene: A Vontade de Deus. Sempre o maravilhava o contraste entre o jardim bem cuidado, onde logo floresceriam dálias, glicínias, rosas e gladíolos numa explosão de perfume e cor, e a decrepitude dos habitantes do primeiro andar da mansão convertida em residência geriátrica. Na parte superior tudo era harmonia e bom gosto. Ali estavam os tapetes orientais, os móveis primorosos, as obras de arte adquiridas por Eusebio Beltrán antes de desaparecer. A casa era semelhante a outras do mesmo bairro, mas, devido à necessidade, Beatriz havia feito algumas modificações, mantendo sempre dentro do possível a mesma fachada para que da rua fosse vista como tão senhorial como as residências vizinhas. Nesse sentido era muito cuidadosa. Não queria aparecer negociando com idosos, mas sim exercendo um papel de benfeitora, pobrezinhos, aonde iriam parar se não cuidássemos deles?

Usava a mesma prudência para se referir ao marido. Preferia acusá-lo de ter partido sem rumo conhecido, em companhia de alguma mulherzinha, a manifestar dúvidas em outro sentido. Na verdade, desconfiava que sua ausência não era devida a uma aventura amorosa, mas sim que as forças da ordem o eliminaram por descuido, ou que por engano o tinham encerrado em alguma prisão, tal como se comentavam tantos casos nos últimos anos. Não foi a única a acolher esses obscuros pensamentos. A princípio suas amizades a observaram com desconfiança e cochicharam a suas costas que Eusebio Beltrán caíra nas mãos das autoridades, em vista do que sem dúvida escondia algum pecado: poderia ser um comunista misturado às pessoas decentes, como outros existentes por ali. Beatriz não queria aceitar as ameaças e os trotes recebidos por telefone, as mensagens anônimas deixadas debaixo da porta, nem a inesquecível ocasião em que despejaram pilhas de lixo sobre sua cama. Nessa noite ninguém se encontrava na casa, porque Rosa também tinha saído. Quando ela e sua filha voltaram do teatro, tudo estava em ordem e só estranharam o silêncio da cadela. Irene começou a procurá-la, chamando-a pelos aposentos, e Beatriz ia atrás dela acendendo as luzes. Estupefatas, viram então sobre as camas montes de restos, latas vazias, cascas imundas, papéis manchados com excrementos. Encontraram Cleo trancada num armário aparentemente morta, e assim permaneceu por quinze horas até se recuperar do sonífero. Nessa noite Beatriz sentou-se a olhar o despejo e a merda sobre sua cama sem compreender o significado dessa provocação. Não pôde imaginar quem havia levado sacos de porcaria até sua casa, aberto a porta com uma gazua, aplicado narcótico à cadela e depredado tudo desse modo. Mas naquela época ainda não existia o lar de idosos do primeiro andar e, além de Rosa e do jardineiro, não dispunham de mais pessoal de serviço.

— Não comente isso com ninguém, filhinha. É um insulto, uma desonra — chorou Beatriz.

— Não pense mais nisso, mamãe. Não vê que é obra de um louco? Não se preocupe.

Mas Beatriz Alcántara sabia que de alguma forma esse ultraje se relacionava com seu marido e o amaldiçoou uma vez mais. Lembrou exatamente da tarde em que Eusebio Beltrán a abandonara. Naqueles dias andava obcecado pelo negócio das ovelhas para os muçulmanos e pelo açougue filantrópico que o levou à ruína. Haviam completado mais de vinte anos de casados e a paciência de Beatriz estava esgotada. Já não suportava sua indiferença, suas múltiplas infidelidades, sua maneira escandalosa de gastar o dinheiro em aviõezinhos prateados, cavalos de corrida, esculturas eróticas, banquetes em restaurantes, mesas de jogo e presentes caros para outras mulheres. Ao entrar na idade madura, seu marido não se acalmara; pelo contrário, acentuaram-se seus defeitos e, além do surgimento das entradas nos cabelos e das rugas ao redor dos olhos, aumentaram seus impulsos para aventuras. Arriscava seu capital em empreendimentos insensatos, sumia durante semanas em viagens exóticas, desde seguir aos confins do continente uma ecologista nórdica, até embarcar em solitária travessia pelo oceano em uma balsa impelida por ventos imprevisíveis. Sua simpatia cativava todo mundo, menos a própria esposa. Numa de suas tremendas discussões, ela perdeu o controle e o humilhou com uma enxurrada de insultos e reprovações. Eusebio Beltrán era homem de bons modos e tinha aversão por qualquer forma de violência. Ergueu a mão pedindo trégua e com um sorriso avisou que ia comprar cigarros. Partiu discretamente e nunca mais souberam dele.

— Fugiu de suas dívidas — especulava Beatriz quando lhe parecia insuficiente o argumento de que se apaixonara por outra mulher.

Não deixou rasto algum de sua passagem. Tampouco foi encontrado seu cadáver. Nos anos seguintes ela se adaptou à sua nova situação, fazendo esforços desproporcionais para simular uma vida normal diante de suas amizades. Silenciosa e solitária percorreu hospitais, prisões e consulados, indagando por ele. Aproximou-se de alguns amigos das altas esferas e iniciou averiguações secretas com uma agência de detetives, mas ninguém pôde encontrá-lo. Por último, cansada de perambular por diversas repartições públicas, decidiu pedir socorro ao Vicariato. Em seu meio social aquilo era muito malvisto e não se atreveu a comentá-lo nem com Irene. Essa dependência do Arcebispado era considerada um antro de padres marxistas e leigos perigosos, dedicados a ajudar os inimigos do regime. Era a única organização em pé de guerra contra o governo, dirigida pelo Cardeal, que punha o invencível poder da Igreja a serviço dos perseguidos sem parar para perguntar por sua cor política. Até o dia em que precisou de ajuda, Beatriz opinava com arrogância que as autoridades deviam eliminar do mapa essa instituição e encarcerar o Cardeal e seus acólitos insurretos. Mas seu intento resultou inútil, porque tampouco no Vicariato puderam lhe dar notícias do ausente. Parecia que seu marido fora arrebatado por um vendaval de esquecimento.

A incerteza abalou o sistema nervoso de Beatriz. Suas amigas lhe recomendaram aulas de ioga e de meditação oriental para amenizar seu sobressalto constante. Ao se posicionar com dificuldade de cabeça para baixo e pés para cima, com respiração abdominal e concentrando a mente no Nirvana, conseguia esquecer seus problemas, mas não podia se manter nessa posição o dia todo e, nos momentos em que pensava em si mesma, surpreendia-se diante da ironia de seu destino. Convertera-se na esposa de um desaparecido. Disse muitas vezes que ninguém sumia no país e que os desaparecidos eram embustes antipatrióticos. Quando via as mulheres desamparadas desfilando todas as quintas-feiras na praça, com os retratos de seus familiares presos ao peito, afirmava que eram pagas pelo Ouro de Moscou. Jamais imaginou encontrar-se na mesma situação dessas mães e esposas que buscavam pelos seus. Sob o aspecto legal, não era viúva nem o seria antes de dez anos, quando a lei lhe forneceria o atestado de óbito de seu marido. Não pôde dispor dos bens deixados por Eusebio Beltrán nem controlar os escorregadios sócios que se evaporaram com as ações de suas empresas. Permaneceu na mansão simulando ares de duquesa, mas sem dinheiro para manter sua rotina de senhora de bairro rico. Acossada pelas despesas, esteve a ponto de jogar gasolina pela casa para que fosse consumida pelas chamas e pudesse cobrar o seguro, quando ocorreu a Irene a sutil ideia de obter rendimentos com o andar inferior.

— Agora que tantas famílias partem para o estrangeiro e não podem levar os avós, acredito que lhes faríamos um favor nos encarregando deles. Além disso, poderíamos ter uma pequena renda — sugeriu Irene.

Assim o fizeram. O primeiro andar foi dividido em compartimentos para acomodar vários quartos, instalaram novos banheiros e corrimãos nos corredores para dar apoio à velhice e segurança às pernas fracas, cobriram os degraus com plataformas para deslizar as cadeiras de rodas e distribuíram alto-falantes com música ambiente, para acalmar o desgosto e aliviar o desânimo, sem considerarem a possibilidade de que tocassem para ouvidos surdos.

Beatriz e sua filha se acomodaram no andar superior com Rosa, que estava a seu serviço desde tempos imemoriais. A mãe decorou o lar com suas melhores posses, descartando todo objeto sem valor, e começou a viver do aluguel pago pelos pacientes de A Vontade de Deus. Se as dificuldades batiam à porta com muita insistência, movimentava-se nos limites da máxima discrição para vender um quadro, um objeto de prata ou alguma joia das muitas adquiridas, para se ressarcir dos presentes que seu marido dava a suas amantes.

Irene lamentava as aflições de sua mãe por esses problemas vulgares. Era a favor de viverem em um lugar mais modesto e transformar toda a casa para abrigar mais hóspedes, com o que poderiam cobrir folgadamente suas despesas; porém, Beatriz preferia se matar trabalhando e fazer toda espécie de malabarismos para não mostrar sua ruína. Abandonar a casa teria sido um reconhecimento público de pobreza. Mãe e filha eram muito diferentes na apreciação da vida. E também discordavam quanto a Eusebio Beltrán. Beatriz o considerava um patife capaz de cometer trapaça, bigamia ou outra traição que o obrigasse a escapulir com o rabo entre as pernas, mas quando emitia essas opiniões Irene a enfrentava como uma fera. A jovem adorava seu pai, recusava-se a acreditar que ele estivesse morto e muito menos a aceitar seus defeitos. Não lhe importavam suas razões para desaparecer do mundo conhecido. Seu afeto por ele era incondicional. Guardava como um tesouro a memória de sua imagem de homem elegante, seu perfil aristocrata, seu formidável caráter mesclado de bons sentimentos e exaltadas paixões que o colocavam à beira da impostura. Aqueles traços excêntricos horrorizavam Beatriz, mas eram os lembrados por Irene com maior ternura.

Eusebio Beltrán foi o filho mais novo de uma abastada família de agricultores, tratado por seus irmãos como um irresponsável sem remédio, devido à sua tendência para o esbanjamento e sua imensa alegria de viver, em contraste com a avareza e a melancolia de sua parentela. Assim que morreram os pais, os irmãos repartiram a herança, deram-lhe sua parte e não quiseram mais saber dele. Eusebio vendeu suas terras e partiu para o estrangeiro, onde por vários anos esbanjou seu dinheiro até o último centavo em diversões principescas, conforme a sua vocação leviana. Voltou deportado num navio de carga, o que bastava para desacreditá-lo definitivamente aos olhos de qualquer moça casadoura, mas Beatriz Alcántara encantou-se por seu porte aristocrático, seu nome de família e o ambiente que o circundava. Ela pertencia a uma família de classe média e desde menina sua única ambição foi ascender na escala social. Seu capital consistia na beleza de seus traços, na dissimulação de suas maneiras e em algumas frases mal construídas em inglês e francês com tanto desembaraço que parecia dominar esses idiomas. Um verniz de cultura que lhe permitia desempenhar bom papel nos salões e sua habilidade no cuidado consigo lhe deram prestígio de mulher elegante. Eusebio Beltrán estava praticamente arruinado e havia decaído em muitos aspectos de sua vida, mas confiava que isso seria apenas uma crise passageira, pois sabia que as pessoas de linhagem sempre dispõem de recursos para sair de apuros. Além disso, era radical. A ideologia dos radicais na época podia se resumir em poucas palavras: ajudar os amigos, incomodar os inimigos e fazer justiça nos demais casos. Seus amigos o ajudaram, e em pouco tempo jogava golfe no clube mais exclusivo, dispunha de um assento cativo no Teatro Municipal e de um camarote no hipódromo. Apoiado em seu encanto e ar de nobre britânico, conseguiu sócios para todos os tipos de empresas. Começou a viver com opulência porque lhe parecia estúpido não agir desse modo e casou-se com Beatriz Alcántara porque tinha uma queda por mulheres belas. Na segunda vez que a convidou para sair, ela lhe perguntou sem rodeios quais eram suas intenções, porque não desejava perder seu tempo. Completara vinte e cinco anos e não podia dispender meses em namoros inúteis, já que lhe interessava tão somente conseguir um marido. Esta franqueza divertiu muito Eusebio, mas, quando ela se negou a exibir-se novamente em sua companhia, compreendeu que falava sério. Bastou-lhe um minuto para ceder ao impulso de pedi-la em casamento e a vida não lhe foi suficiente para lamentá-lo. Tiveram uma filha, Irene, herdeira da distração angelical de sua avó paterna e do constante bom humor do pai. Enquanto a menina crescia, Eusebio Beltrán realizou diversos negócios, alguns rentáveis e outros totalmente descabidos. Era um homem dotado de imaginação ilimitada e a melhor prova disso foi sua máquina derruba-cocos. Um dia leu em uma revista que a colheita manual aumentava muito o custo dessa fruta. O nativo alternadamente precisava trepar na palmeira, tirar o coco e voltar a descer. Subindo e descendo perdia-se tempo e alguns caíam do alto, gerando custos imprevistos. Estava decidido a encontrar uma solução. Passou três dias fechado no escritório, atormentado pelo problema dos cocos, que, diga-se de passagem, ele não conhecia nem de perto, porque em suas viagens descartara os trópicos e, em sua casa, não se consumiam alimentos exóticos. Mas procurou informações. Estudou o diâmetro e peso da fruta, o clima e terreno adequados para seu cultivo, a época da colheita, o tempo de maturação e outros pormenores. Em seguida foi visto muitas horas traçando planos e, de tanta dedicação, resultou a invenção de uma máquina capaz de colher um número surpreendente de cocos por hora. Foi ao Registro e patenteou aquela torre inclinada provida de um braço retrátil, em meio às gargalhadas de seus familiares e amigos, que tampouco conheciam os cocos em seu estado natural e apenas os tinham visto enfeitando os chapéus das dançarinas de mambo ou ralados sobre os bolos de casamento. Eusebio Beltrán sentenciou que um dia sua máquina derruba-cocos serviria para algo, e o tempo lhe deu razão.

Esse período foi um calvário para Beatriz e seu marido. Eusebio quis cortar o mal pela raiz e se separar para sempre dessa esposa que o atormentava e perseguia com uma cantilena humilhante, mas ela se negou, sem mais motivos que o desejo de atormentá-lo e impedi-lo de realizar um novo enlace com qualquer uma de suas rivais. Seu argumento fundava-se na necessidade de dar a Irene um lar bem constituído. Antes de causar à minha filha essa dor, passarão sobre meu cadáver, dizia. Seu marido esteve prestes a fazê-lo, mas preferiu comprar sua liberdade. Em três ocasiões ofereceu uma soma elevada de dinheiro para que a ele fosse permitido ir em paz e outras tantas ela aceitou que ele fosse, mas no último momento, quando os advogados tinham tudo preparado e só faltava a assinatura compromitente, arrependia-se. Suas inúmeras batalhas fortaleceram o ódio. Por isso e mil razões de sentimento, Irene não chorava seu pai. Sem dúvida fugira para se libertar de suas amarras, de suas dívidas e de sua mulher.

No momento em que Francisco Leal chamou à porta de sua casa, Irene saiu para recebê-lo acompanhada por Cleo, que latia a seus pés. A jovem se preparara para a viagem com uma jaqueta nos ombros, um lenço na cabeça e seu gravador.

— Sabe onde vive a santa? — perguntou ele.

— Em Los Riscos, a uma hora daqui.

Deixaram a cadela na casa, subiram na motocicleta e partiram. A manhã estava luminosa, tépida e sem nuvens.

Atravessaram a cidade, as sombrias ruas do bairro chique entre árvores frondosas e mansões senhoriais, a área cinza e ruidosa da classe média e os longos cordões de miséria. À medida que o veículo corria, Francisco Leal sentia Irene apoiada em suas costas e pensava nela. Na primeira vez que a viu, onze meses antes dessa primavera fatídica, pensou que ela havia saído de um conto de piratas e princesas, parecendo-lhe na verdade um milagre que ninguém mais percebia. Naqueles dias ele buscava trabalho fora do âmbito de sua profissão. Seu consultório particular sempre estava vazio, produzindo muita despesa e nenhum lucro. Também fora suspenso de seu cargo na universidade, pois fecharam a Escola de Psicologia, considerada um foco de ideias perniciosas. Durante meses percorreu liceus, hospitais e indústrias sem qualquer resultado senão um crescente desânimo, até se convencer de que seus anos de estudo e seu doutorado fora do país de nada serviam na nova sociedade. E não era porque de repente tivessem sido resolvidas as penúrias humanas e o país estivesse povoado de gente feliz, mas sim porque os ricos não sofriam problemas existenciais e os restantes, embora o necessitassem muito, não podiam pagar o luxo de um tratamento psicológico. Cerravam os dentes e aguentavam calados.

A vida de Francisco Leal, cheia de bons presságios na adolescência, ao chegar aos vinte e tantos anos parecia um fracasso aos olhos de qualquer observador imparcial e com mais razão aos seus. Durante um tempo obteve consolo e força de seu trabalho na clandestinidade, mas logo foi indispensável contribuir no orçamento da família. A escassez na casa dos Leal estava se convertendo em pobreza. Dominou seus nervos até comprovar que todas as portas pareciam fechadas para ele; entretanto, uma noite perdeu a serenidade e desmoronou na cozinha, onde sua mãe preparava o jantar. Ao vê-lo nesse estado, ela secou as mãos no avental, retirou o molho do fogo e o abraçou como fazia quando era menino.

— A psicologia não é tudo, meu filho. Limpe o nariz e procure em outro lugar — disse.

Até então Francisco não havia pensado em mudar de profissão, mas as palavras de Hilda lhe apontaram novos caminhos. Rapidamente afastou a compaixão de si mesmo e examinou suas habilidades para escolher alguma que fosse produtiva e que também lhe desse algum prazer. Para começar escolheu a fotografia, onde teria pouca concorrência. Comprara anos atrás uma máquina japonesa com todos os seus acessórios e considerou que chegara a hora de lhe tirar o pó e utilizá-la. Enfiou numa pasta alguns trabalhos realizados, vasculhou a lista telefônica para ver onde se oferecer e assim chegou a uma revista feminina.

A redação ocupava o último andar de um edifício muito antigo com o nome do fundador da editora gravado com letras douradas no pórtico. Na época do auge cultural, quando se tentou integrar todos na festa do conhecimento e no vício da informação e vendia-se mais papel impresso que pão de trigo, os donos decidiram decorar o local para se sintonizarem com o delirante entusiasmo que sacudia o país. Começaram pelo andar inferior, atapetando de parede a parede, colocando rodapés de madeiras nobres, substituindo a mobília desconjuntada por escrivaninhas de alumínio e vidro, tirando janelas para abrir claraboias, fechando escadas para cavar espaços onde fixar os cofres, colocando olhos eletrônicos que abriam e fechavam as portas como num passe de mágica. Os andares do edifício estavam convertidos em um labirinto, quando subitamente mudaram as regras dos negócios. Os decoradores nunca chegaram ao quinto andar, que conservou seus móveis de cor indefinida, suas máquinas pré-históricas, suas estantes do arquivo e suas inconsoláveis goteiras do teto. Estas modestas instalações pouco tinham a ver com o semanário de luxo ali editado. Usavam todas as cores do arco-íris sobre papel acetinado, capas onde sorriam rainhas da beleza com pouca roupa e atrevidas reportagens feministas. No entanto, devido à censura dos últimos anos, punham tarjas negras sobre os seios desnudos e empregavam eufemismos para designar conceitos proibidos, como aborto, bunda e liberdade.

Francisco Leal conhecia a revista porque algumas vezes fora comprá-la para sua mãe. Apenas lembrava o nome de Irene Beltrán, uma jornalista que escrevia ali com bastante audácia, mérito raro naqueles tempos. Por isso, ao chegar à recepção pediu para falar com ela. Conduziram-no a um amplo recinto iluminado por uma grande janela, de onde se via ao longe o vulto imponente da serra, soberba guardiã da cidade. Viu quatro mesas de trabalho onde funcionavam máquinas de escrever e ao fundo um guarda-roupa com trajes de tecidos brilhantes. Um homossexual vestido de branco penteava uma moça, enquanto outra esperava sua vez, sentada imóvel como um ídolo, absorta na contemplação de sua própria beleza. Indicaram-lhe Irene Beltrán e mal a viu de longe sentiu-se atraído pela expressão de seu rosto e a excepcional cabeleira revolta sobre seus ombros. Ela o chamou com um sorriso cortês, último requisito para concluir que essa jovem podia lhe roubar até os pensamentos, porque a vislumbrara tal qual era em suas leituras da infância e nos sonhos da adolescência. Quando se aproximou, havia perdido todo o atrevimento e permaneceu de pé diante dela, perturbado, incapaz de afastar a visão desses olhos acentuados pela maquiagem. Finalmente conseguiu falar e apresentou-se.

— Procuro trabalho — disse de supetão, pondo sobre a mesa a pasta com seus exemplares fotográficos.

— Você está na Lista Negra? — perguntou ela abertamente, sem baixar a voz.

— Não.

— Então poderemos falar. Me espere lá fora e quando terminar me encontro com você.

Francisco saiu desviando de escrivaninhas e malas abertas no chão de onde saíam estolas e casacos de peles como o butim de um recente safári. Tropeçou em Mario, o cabeleireiro, que resvalou para seu lado escovando uma peruca de cabelos claros e informou-lhe ao passar que nesse ano as loiras estavam na moda. Esperou na recepção por um tempo que lhe pareceu bastante breve, pois se distraiu com o desfile incomum de modelos em roupa íntima, meninos levando contos para um concurso infantil, um inventor decidido a tornar conhecido seu urofluxômetro, novíssimo instrumento para medir a direção e intensidade do jato de urina, um casal aflito por perturbações passionais à procura do Consultório do Amor e uma senhora de cabelo azeviche que se apresentou como fabricante de horóscopos e profecias. Ao vê-lo se deteve surpreendida, como se o tivesse visto numa premonição.

— Leio em seu rosto: viverá uma grande paixão! — exclamou.

Francisco terminara com sua última namorada havia vários meses e estava decidido a se manter afastado de qualquer incerteza amorosa. Ficou ali sentado como um estudante de castigo, sem saber o que dizer e sentindo-se ridículo. Ela lhe tocou a cabeça com dedos experientes, examinou-lhe as palmas das mãos e naturalmente o declarou Sagitário, embora devesse ter ascendente Escorpião, porque estava marcado pelos signos do sexo e da morte. Sobretudo da morte.

Por fim a pitonisa desapareceu, para alívio de Francisco, que nada entendia do zodíaco e desconfiava da quiromancia, da adivinhação e de outros delírios. Pouco depois apareceu Irene Beltrán e pôde vê-la de corpo inteiro. Vestia uma saia bem comprida de tecido artesanal, blusa de algodão cru, cinto tecido de várias cores apertando sua cintura e uma bolsa de couro estufada como a mochila de um carteiro. Estendeu a mão pequena de unhas curtas, com anéis em todos os dedos e pulseiras de bronze e prata que chocalhavam no pulso.

— Você gosta de comida vegetariana? — perguntou e sem esperar resposta tomou-o pelo braço e o conduziu escadas abaixo, porque os elevadores estavam parados, como muitas outras coisas na editora.

Ao sair à rua, o sol bateu em cheio sobre o cabelo de Irene e Francisco pensou que nunca vira algo tão extraordinário. Não pôde evitar o impulso de estender os dedos para tocá-lo. Ela sorriu, habituada a despertar admiração numa latitude geográfica em que o cabelo dessa cor era incomum. Ao chegar à esquina, parou, tirou um envelope selado e o colocou na caixa do correio.

— É para alguém que não tem quem lhe escreva — disse enigmática.

Duas quadras adiante depararam com um pequeno restaurante, lugar de reunião de macrobióticos, espíritas, boêmios, estudantes e doentes de úlcera gástrica. A essa hora estava lotado, mas ela era cliente habitual. O garçom a saudou pelo nome, conduziu-os a um canto e os acomodou numa mesa de madeira com toalha quadriculada. Sem demora, o almoço foi servido, acompanhado de sucos de frutas e um pão escuro salpicado de passas e nozes. Irene e Francisco saborearam os alimentos, lentamente, estudando-se com o olhar. Logo ficaram à vontade e ela falou de seu trabalho na revista, onde escrevia sobre poderosos hormônios atirados como balas no braço para evitar a concepção, máscaras de algas marinhas para apagar os sinais da idade sobre a pele, amores de príncipes e princesas das casas reais da Europa, desfiles de moda extraterrestre ou pastoril, segundo os caprichos de cada temporada em Paris, e outros temas de variado interesse. De si mesma disse que vivia com sua mãe, uma antiga empregada e a cadela Cleo. Acrescentou que seu pai saíra quatro anos atrás para comprar cigarros, desaparecendo para sempre de suas vidas. Não mencionou seu noivo, o Capitão do Exército Gustavo Morante. Francisco viria a saber da existência dele muito depois.

Serviram-lhes de sobremesa mamões em calda colhidos nas temperadas regiões do norte. Ela os acariciou com o olhar e a colher, gozando a espera. Francisco compreendeu que a jovem, tal como ele, respeitava certos prazeres terrenos. Irene não terminou a sobremesa, deixando um pedaço no prato.

— Assim mais tarde eu o saboreio com a memória — explicou. — E agora me fale de você...

Em poucas palavras, porque sua tendência natural e os requisitos de sua profissão o induziam a ser lacônico e, também, a escutar com atenção, contou-lhe que passara algum tempo sem encontrar emprego de psicólogo e necessitava trabalhar em qualquer profissão digna. A fotografia parecia uma boa possibilidade, mas não desejava tornar-se um desses amadores mendicantes que se oferecem em casamentos, batismos e aniversários, por isso recorria à revista.

— Amanhã irei entrevistar umas prostitutas, quer fazer uma experiência comigo? — perguntou Irene.

Francisco aceitou de imediato, afastando uma sombra de tristeza em seu espírito ao comprovar como era mais fácil ganhar a vida apertando um disparador do que pondo a serviço do próximo sua experiência e os conhecimentos duramente obtidos em anos de estudo.

Quando trouxeram a conta, ela abriu a bolsa para tirar dinheiro, mas Francisco havia recebido o que seu pai chamava de uma rigorosa educação de cavalheiro, porque o cortês não impede o revolucionário. Adiantou-se para pegar a conta, ignorando os avanços das liberacionistas em suas campanhas de igualdade, surpreendendo desfavoravelmente a jovem jornalista.

— Você não tem trabalho, me deixe pagar — alegou. Nos meses seguintes este seria um dos seus poucos motivos de discussão.

Imediatamente Francisco Leal teve o primeiro indício dos inconvenientes de sua nova profissão. No outro dia acompanhou Irene à zona vermelha da cidade, convencido de que ela estabelecera contatos prévios. Mas não foi assim. Chegaram ao bairro dos bordéis ao anoitecer e trataram de percorrer as ruas com um ar tão perdido que muitos clientes potenciais abordaram a moça perguntando-lhe seu preço. Depois de observar um pouco, Irene se aproximou de uma morena parada numa esquina sob as luzes coloridas dos anúncios de néon.

— Com licença, a senhorita é puta?

Francisco se aprontou para defendê-la no caso justificado de que a outra lhe desse uma bolsada, mas nada disso aconteceu; ao contrário, a morena inflou os peitos como dois globos prisioneiros em sua blusa prestes a estourar e sorriu alegrando a noite com o brilho de um dente de ouro.

— Às suas ordens, filha — respondeu.

Irene prosseguiu explicando-lhe as razões pelas quais se encontravam ali e ela ofereceu sua colaboração com essa boa vontade das pessoas para com a imprensa. Isso atraiu a curiosidade de suas companheiras e de alguns transeuntes. Em poucos minutos se formou um grupo, provocando um certo congestionamento humano. Francisco sugeriu desimpedir a rua antes que chegasse uma patrulha, como acontecia quando se reuniam mais de três pessoas sem autorização da chefatura. A morena os conduziu até o Mandarim Chinês, onde continuou a amena conversa com a cafetina e as outras mulheres da casa, enquanto os clientes aguardavam pacientemente e até aceitavam participar da entrevista, desde que respeitassem seu anonimato.

Francisco não tinha o costume de formular perguntas íntimas fora do seu consultório e sem fins terapêuticos, por isso corou quando Irene Beltrán levou a cabo um extenso interrogatório: quantos homens por noite, qual era o montante de suas rendas, os preços especiais para estudantes e idosos, seus males, tristezas e abusos, a idade de se aposentar e qual era a porcentagem dos cafetões e policiais. Em seus lábios esta entrevista adquiria uma alva imagem de inocência. Ao concluir o trabalho estava em muito boas relações com as damas da noite e seu amigo temeu que decidisse se mudar para viver no Mandarim Chinês. Mais tarde soube que sempre atuava assim, pondo a alma em tudo que fazia. Nos meses seguintes viu-a quase adotar uma criança quando fez uma pesquisa sobre órfãos, jogar-se de um avião seguindo paraquedistas e desmaiar de terror numa mansão assombrada onde anteriormente padeceram horas de pavor.

A partir dessa noite acompanhou-a em quase todos os seus passos como jornalista. As fotografias ajudaram no orçamento dos Leal e significaram uma mudança na vida de Francisco, que se enriqueceu com novos ares. Em contraste com a frivolidade e o brilho efêmero da revista, estava a áspera realidade do consultório no povoado de seu irmão José, onde atendia três vezes por semana aos mais desesperados, com a sensação de ajudar muito pouco, porque não havia consolo para tanta miséria. Na editora ninguém suspeitou do novo fotógrafo. Parecia um homem tranquilo. Nem sequer Irene soube de sua vida secreta, embora alguns ligeiros indícios estimulassem sua curiosidade. Seria bem mais tarde, ao cruzar a fronteira das sombras, que descobriria a outra face desse amigo suave e de poucas palavras. Nos meses seguintes sua relação se estreitou. Não podiam prescindir um do outro, habituaram-se a estar juntos no trabalho e no tempo livre, inventando diversos pretextos para não se separarem. Compartilhavam os dias surpreendidos pela soma dos seus encontros. Amavam a mesma música, liam os mesmos poetas, preferiam o vinho branco seco, riam em uníssono, comoviam-se com as mesmas injustiças e coravam diante das mesmas tensões. Irene estranhava que Francisco às vezes desaparecesse por um ou mais dias, mas ele evitou as explicações e ela teve de aceitar o fato sem fazer perguntas. Esse sentimento era semelhante ao de Francisco quando ela estava com seu noivo, mas nenhum dos dois sabia reconhecer os ciúmes.

Digna Ranquileo consultou dom Simón, conhecido em toda a região por seus acertos medicinais, muito superiores aos do hospital. As doenças, dizia, são de dois tipos: curam-se sozinhas ou não têm remédio. No primeiro caso podia aliviar os sintomas e abreviar a convalescença, mas se lhe aparecia um paciente incurável, mandava para o médico de Los Riscos, salvando assim seu prestígio e de passagem disseminando dúvidas sobre a medicina tradicional. A mãe o encontrou descansando numa cadeira de palha na porta de sua casa, a três quadras da praça do povoado. Coçava a barriga tranquilamente e conversava em voz alta com um papagaio que se equilibrava no espaldar.

— Trouxe aqui minha menina — disse Digna ruborizando.

— Esta não é a Evangelina trocada? — saudou impávido o curandeiro.

Digna concordou. O homem lentamente ergueu-se e as convidou para entrar em sua casa. Entraram num amplo aposento em penumbra, atulhado de frascos, ramagens secas, ervas penduradas no teto e orações impressas pregadas na parede; parecia muito mais o abrigo de um náufrago do que o consultório de um cientista, como ele gostava de ser chamado. Garantia ser médico graduado no Brasil e a quem duvidasse ele mostrava um diploma imundo, com assinaturas floreadas e bordas de anjos dourados. Uma cortina de tule isolava um canto do quarto. Enquanto a mãe relatava os pormenores de sua desgraça, ele escutava com os olhos semicerrados, submerso em concentração. Dava umas olhadas, de soslaio, para Evangelina, esmiuçando os vestígios de arranhões em sua pele, a palidez de seu rosto, apesar das faces gretadas pelo frio e das sombras violáceas sob seus olhos. Conhecia esses sintomas, mas para estar completamente seguro, ordenou que fosse para trás da cortina e tirasse toda a roupa.

— Vou examinar a pirralha, senhora Ranquileo — disse, depositando o papagaio sobre a mesa e seguindo Evangelina.

Depois de examiná-la minuciosamente e fazê-la urinar em uma pequena bacia para estudar a natureza de seus fluidos, dom Simón corroborou suas suspeitas.

— Puseram-lhe mau-olhado.

— Isso tem cura, dom? — perguntou Digna Ranquileo espantada.

— Sim, tem, mas devemos descobrir quem fez isso para combater o mal, entende?

— Não.

— Verifique quem é que odeia a menina e me avise para que eu possa ajudá-la.

— Ninguém odeia Evangelina, dom Simón. É uma menina inocente. Quem pode querer prejudicá-la?

— Algum homem despeitado ou uma mulher ciumenta — sugeriu o curandeiro, que espiava os minúsculos seios da paciente.

Evangelina se pôs a chorar desconsolada e sua mãe deu-lhe um safanão irado, pois vigiava sua filha de perto; estava certa de que não mantinha relações amorosas e muito menos iria imaginar alguém interessado em fazer-lhe mal. Além disso, Digna perdera parte da confiança em dom Simón, desde que soubera como sua mulher o enganava, porque, concluiu com razão, sua sabedoria não devia ser tanta, se era a única pessoa do povoado que ignorava seus próprios chifres. Duvidou do diagnóstico, mas não quis cometer uma indelicadeza. Com muitos rodeios, pediu algum medicamento para não sair dali com as mãos abanando.

— Receite à menina algumas vitaminas, dom, para ver se passa. Quem sabe junto ao mau-olhado tenha a peste inglesa...

Dom Simón lhe forneceu um punhado de pílulas de fabricação caseira e folhas trituradas num pilão e reduzidas a pó.

— Dissolva isso em vinho e faça com que ela tome duas vezes ao dia. Também é preciso que lhe ponha compressas de mostarda e meta-lhe em água fria. Não se esqueça das infusões de castanha doce. Sempre servem para esses casos.

— E com isso os ataques vão passar?

— Irá baixar a quentura do ventre, mas enquanto estiver com mau-olhado não irá melhorar. Se lhe der outro ataque, traga-me ela para eu lhe fazer uma benzedura.

Três dias mais tarde, mãe e filha retornavam para intensificar o tratamento, porque Evangelina sofria uma crise diária sempre por volta do meio-dia. Nesta ocasião o curandeiro agiu energicamente. Levou a paciente para trás do tule, desnudou-a com as próprias mãos e a lavou dos pés à cabeça com uma mistura composta de cânfora, azul de metileno e água benta em partes iguais, detendo-se com especial atenção nas zonas mais afetadas pelo mal: calcanhares, seios, costas e umbigo. A fricção, o susto e o roçar daquelas palmas pesadas tingiram a pele da jovem com uma tênue cor celeste e lhe produziram uma violenta agitação nervosa que por pouco não a leva ao desmaio. Por sorte, ele dispunha de um xarope de agrimônia para tranquilizar a doente, deixando-a desfalecida e trêmula. Após a benzedura, entregou à mãe uma longa lista de recomendações e várias ervas medicinais: álamo tremedor contra o desassossego e a ansiedade, chicória para a autocompaixão, genciana para evitar o desânimo, tojo contra o suicídio e o pranto, azevinho para prevenir o ódio e a inveja, pinha para curar o remorso e o pânico. Mandou que ela enchesse um recipiente com a água de uma nascente, colocasse dentro as folhas e flores e as deixasse repousar à luz diurna durante quatro horas antes de fervê-las em fogo brando. Lembrou-lhe de que para a impaciência amorosa dos inocentes deve-se pôr pedra-ume em seu alimento e evitar que compartilhe a cama com outros membros da família, porque a quentura contagia, como o sarampo. Finalmente, deu-lhe um frasco de pastilhas de cálcio e um sabão desinfetante para seu banho diário.

Durante a semana a menina emagrecera, tinha o olhar turvo e as mãos trêmulas, andava com o estômago revolto e os ataques continuavam. Então, vencendo sua natural resistência, Digna Ranquileo a levou ao hospital de Los Riscos, onde um jovem médico recém-chegado da capital, que se expressava em termos científicos e nunca ouvira falar de estar empanturrado, cãibra de indigestão e muito menos de mau-olhado, lhe garantiu que Evangelina padecia de histeria. Recomendou que fosse deixada de lado e esperassem que o fim da adolescência apaziguaria seus nervos. Receitou-lhe um tranquilizante capaz de derrubar um touro e advertiu que, se esses chiliques de louca não passassem, teriam que mandá-la ao Hospital Psiquiátrico da capital, onde lhe devolveriam o bom juízo com choques elétricos. Digna quis saber se a histeria fazia as xícaras caírem das prateleiras ou se provocava o lúgubre latido dos cães, a ruidosa chuva de pedras invisíveis no teto e a vibração dos móveis, mas o doutor preferiu não entrar em tais complexidades e limitou-se a lhe recomendar que pusesse as louças em um lugar seguro e amarrasse os animais no pátio.

No começo o medicamento mergulhou Evangelina em um estupor profundo, parecido com a morte. A duras penas podiam fazê-la abrir os olhos para alimentá-la. Introduziam-lhe um bocado pelos lábios e depois respingavam água fria em seu rosto para que se lembrasse de mastigar e engolir. Tinham de acompanhá-la ao banheiro, pois temiam vê-la cair dentro do vaso, vencida pelo sono. Permanecia deitada e quando seus pais a colocavam de pé dava alguns passos de bêbado e caía no chão roncando. Este sono profundo só se interrompia ao meio-dia para seu transe habitual, único momento em que despertava, revelando alguma vitalidade. Em menos de uma semana as pastilhas receitadas no hospital deixaram de lhe produzir efeito e entrou numa fase de mutismo e tristeza que a mantinha quieta e insone tanto de dia quanto de noite. Então a mãe tomou a iniciativa de enterrar as pílulas num profundo buraco da horta onde não pudessem ser encontradas por nenhum ser vivo.

Desesperada, Digna Ranquileo recorreu a Mamita Encarnación, que, após definir claramente que sua especialidade eram os partos e gestações e de modo algum os arrebatamentos provocados por outras causas, aceitou examinar a jovem. Uma manhã chegou à casa e presenciou o transe lunático, comprovando com seus próprios olhos que a tremedeira dos móveis e o comportamento inquieto dos animais não eram invencionice, mas a pura verdade.

— Esta menina precisa de um homem — opinou.

Semelhante afirmação ofendeu os Ranquileo. Não podiam aceitar que uma menina decente, criada como sua própria filha, a quem cuidaram com particular esmero e que fora preservada do contato até com seus irmãos, ficasse alvoroçada como as cadelas. A parteira moveu a cabeça ignorando tais argumentos e insistiu em seu diagnóstico. Recomendou mantê-la sempre ocupada com muito trabalho, para que assim se prevenissem males maiores.

— O ócio e a castidade produzem melancolia. De todos os modos, têm que casá-la, porque esse turbilhão não vai passar sem um macho.

Escandalizada, a mãe não seguiu o conselho, mas cumpriu a recomendação de manter a menina ocupada, com o que lhe devolveu a alegria e o sono, mas não conseguiu diminuir a intensidade de suas crises.

Logo os vizinhos souberam dessas extravagâncias e começaram a bisbilhotar ao redor da casa. Os mais atrevidos circulavam desde cedo para ver o fenômeno de perto e trataram de achar para ele alguma aplicação prática. Alguns sugeriram que Evangelina se comunicasse com as almas do Purgatório durante o ataque, adivinhasse o futuro ou acalmasse a chuva. Digna compreendeu que se o assunto passasse a domínio público, viriam pessoas de todas as partes para pisotear sua horta, sujar seu pátio e zombar de sua filha. Nessas condições Evangelina nunca encontraria um homem com suficiente valor para desposá-la e dar-lhe os filhos de que tanto precisava. Como nada podia esperar da ciência, visitou seu pastor evangélico no galpão pintado de anil que servia de templo aos seguidores de Jeová. Ela era membro ativo da pequena congregação protestante e o pastor a recebeu com cortesia. Contou-lhe sem omitir detalhes a infelicidade que oprimia seu lar, esclarecendo que evitara que sua filha tivesse qualquer contato pecaminoso, inclusive os olhares de seus irmãos e de seu pai adotivo.

O reverendo escutou o relato com grande atenção. Pôs-se com os dois joelhos no chão e durante longos minutos mergulhou em meditação, pedindo uma luz ao Senhor. Em seguida abriu a Bíblia ao acaso e leu o primeiro versículo que caiu perante seus olhos: "Holofernes alegrou-se grandemente por tê-la junto dele. Bebeu vinho como nunca tinha bebido." (Jdt. 12:20). Satisfeito, interpretou a resposta de Deus ao problema de sua serva Ranquileo.

— Seu marido abandonou o álcool, irmã?

— O senhor sabe que isso é impossível.

— Quantos anos levou aconselhando-lhe a abstinência?

— Não pode deixá-lo, o vinho está metido no seu sangue.

— Diga-lhe que se aproxime da Verdadeira Igreja Evangélica, podemos ajudá-lo. Já viu algum bêbado entre nós?

Digna lhe deu as razões tantas vezes repetidas para justificar a fraqueza do marido. O assunto remontava ao terceiro filho, que morrera ao nascer. Sem dinheiro para comprar uma urna, Hipólito botou o anjinho em uma caixa de sapatos, colocou-a debaixo do braço e partiu rumo ao cemitério. No caminho precisou afogar a dor com uns tragos até perder a noção de si mesmo. Algum tempo depois recuperou os sentidos, estirado num lamaçal. A caixa desaparecera e, embora tenha percorrido toda a região procurando--a, nunca pôde ser achada.

— Imagine seus pesadelos, reverendo. Ainda sonha com isso, meu pobre Hipólito. Acorda gritando porque seu filho o chama do Limbo. Toda vez que se lembra recorre à garrafa. Por isso se embebeda, e não por vício ou maldade.

— O alcoólatra sempre tem uma desculpa na ponta da língua. Evangelina é uma trombeta de Deus. Através de sua enfermidade Ele chama seu marido para reformá-lo, antes que seja tarde.

— Com todo respeito, reverendo, se o Senhor me permite escolher, prefiro ver Hipólito solenemente bêbado em vez de minha filha ganindo como um cachorro e falando com voz de macho.

— Pecado de soberba, irmã! Quem é você para indicar a Jeová a forma de conduzir nossos miseráveis destinos?

Levado pelo seu fervor, a partir desse dia o pastor apresentou-se com frequência à casa dos Ranquileo, acompanhado por alguns devotos membros de sua congregação, para ajudar a jovem com o poder da oração comunitária. Mas passou outra semana e Evangelina não dava mostras de melhora. Um dos intrusos, perambulando inquieto na hora do ataque, descobriu a forma de tirar proveito. Tropeçou numa cadeira e apoiou-se acidentalmente na cama onde a menina se contorcia. No dia seguinte desapareceram as verrugas que cobriam sua mão. Sem demora correu o boato do milagre e os visitantes aumentaram de forma assustadora, na certeza de obter uma cura durante o transe. Alguém desenterrou a história das Evangelinas trocadas no hospital, o que contribuiu para o prestígio do milagre. Então o reverendo considerou a questão fora do alcance de seus conhecimentos e sugeriu levar a doente até o padre católico, cuja Igreja, por ser mais antiga, possuía maior experiência com os santos e suas obras.

Na paróquia, o padre Cirilo escutou a história dos lábios dos Ranquileo e lembrou de Evangelina como a única do seu curso que não fizera a primeira comunhão na escola porque sua mãe pertencia às fileiras hereges dos protestantes. Era uma das ovelhas de seu rebanho arrebatada pela fanfarra de bumbo e pratos dos evangélicos, mas de qualquer modo ele não podia negar-lhe seu conselho.

— Rezarei pela criatura. A misericórdia do Senhor é infinita e talvez nos ajude, apesar de vocês estarem afastados da Santa Igreja.

— Obrigada, padre, mas além das orações, não poderia exorcizá-la? — sugeriu Digna.

O sacerdote se persignou, assustado. Essa ideia devia provir de seu rival protestante, pois aquela camponesa não podia ser versada em tais assuntos. Nos últimos tempos, o Vaticano não via com bons olhos esses ritos e até evitava mencionar o demônio, como se fosse melhor ignorá-lo. Ele tinha provas irrefutáveis da existência de Satanás, o devorador de almas, e por isso mesmo não se sentia inclinado a enfrentá-lo com cerimônias improvisadas. Por outro lado, se tais práticas chegassem aos ouvidos de seu superior, o manto do escândalo obscureceria definitivamente sua velhice. No entanto, o senso comum o advertia que a sugestão realiza com frequência proezas inexplicáveis e talvez uns padres-nossos e umas aspersões de água benta acalmassem a doente. Disse à mãe que isso seria suficiente, considerando como pouco provável uma possessão demoníaca. O exorcismo não podia ser aplicado nesse caso. Consistia em vencer o próprio Diabo, e um pároco com pouca saúde e solitário, perdido numa aldeia rural, não representava um rival apropriado para as forças do Maligno, supondo-se que fosse essa a causa dos sofrimentos de Evangelina. Mandou que eles se reconciliassem com a Santa Igreja Católica, porque essas desgraças costumavam acontecer àqueles que desafiavam Nosso Senhor com seitas ímpias. Mas Digna vira os patrões em cumplicidade com o padre dentro do confessionário da paróquia, entre meas-culpas e cochichos, espionando os camponeses e os denunciando por pequenos furtos; por isso desconfiava do catolicismo, considerando-o aliado dos ricos e inimigo dos pobres, em aberta rebelião contra os mandamentos de Jesus Cristo, que pregou o contrário.

Desde então também o padre Cirilo aparecia no lar dos Ranquileo, quando o permitiam suas múltiplas ocupações e suas pernas cansadas. Na primeira vez suas firmes convicções tremeram diante do espetáculo da jovem fustigada por esse estranho mal. A água benta e os sacramentos não aliviavam os sintomas, mas como tampouco os agravavam, deduziu naturalmente que o Diabo estava à margem desse escândalo. Uniu-se ao reverendo protestante no mesmo empenho espiritual. Concordaram em tratá-lo como uma doença mental e de modo algum como expressão divina, porque os grosseiros milagres atribuídos à menina se revelavam indignos de serem considerados. Juntos, combateram a superstição e, após examinar o caso, concluíram que a desaparição de algumas verrugas que quase sempre se curam sozinhas, a melhoria do clima, normal nessa época, e a duvidosa sorte nos jogos de azar não eram suficientes para justificar essa aura de santidade. Mas esses enérgicos argumentos do pároco e do pastor não detiveram a romaria. Entre os visitantes que apareciam para pedir favores, as opiniões se dividiram: enquanto alguns sustentavam a origem mística da crise, outros atribuíam-na a um simples malefício satânico. É histeria, alegavam em coro o protestante, o padre, a parteira e o médico do hospital de Los Riscos, mas ninguém quis lhes dar ouvidos, entusiasmados que estavam com aquela dádiva de prodígios insignificantes.

Abraçada à cintura de Francisco, com o rosto esmagado contra o tecido áspero de sua jaqueta e o cabelo revolto pelo vento, Irene imaginava voar sobre um dragão alado. Para trás ficavam as últimas casas da cidade. A estrada avançava entre campos margeados de álamos transparentes e ao longe se divisavam as montanhas envoltas na neblina azul da distância. Cavalgava montada na garupa, perdida em fantasias resgatadas da sua infância, galopando pelas dunas de um conto oriental. Deleitava-se com a velocidade, o estremecimento sísmico entre as pernas, o rugido tremendo atravessando sua pele. Pensava na santa que ia visitar, no título de sua reportagem, na diagramação em quatro páginas com fotografias em cores. Desde o aparecimento do Iluminado, vários anos atrás, que ia de norte a sul curando chagas e ressuscitando mortos, não se ouvia falar de milagreiros. Havia, aos montes, possuídos, tomados pelos espíritos, malditos e desequilibrados, como a menina que cuspia girinos, o velho que previa terremotos e o surdo-mudo que com o olhar paralisava as máquinas, tal como ela mesma pôde comprovar quando o entrevistou por sinais e depois não houve jeito de pôr seu relógio a funcionar. Mas à parte este luminoso personagem, ninguém se ocupou muito tempo com prodígios benéficos para a humanidade. Cada dia se tornava mais difícil encontrar notícias atraentes para a revista. Parecia que nada interessante acontecia no país e, quando ocorria, a censura impedia sua publicação. Irene meteu as mãos sob a jaqueta de Francisco para esquentar seus dedos entorpecidos. Apalpou seu peito magro, nervos e ossos, tão diferente do de Gustavo, uma massa compacta de músculos exercitados por esgrima, judô, ginástica e as cinquenta flexões que fazia toda manhã com sua tropa, porque não exigia de seus homens nada que ele mesmo não fosse capaz de realizar. Sou como um pai para eles, um pai severo, mas justo, dizia. Ao fazerem amor na penumbra dos hotéis, tirava a roupa, orgulhoso de seu porte, e desfilava nu pelo aposento. Ela amava esse corpo bronzeado pelo sal e pelo vento, curtido pelo esforço físico, elástico, duro, harmonioso. Observava-o satisfeita e o acariciava um tanto distraída, mas com admiração. Onde ele estaria nesse momento? Talvez nos braços de outra mulher. Embora por carta lhe jurasse fidelidade, Irene conhecia os impulsos da natureza dele e podia visualizar escuras mulatas gozando com ele. Quando esteve no polo a situação foi diferente, porque em meio àquele frio glacial e sem mais companhia que os pinguins e sete homens treinados para esquecer o amor, a castidade era obrigatória. Mas a jovem estava certa de que no trópico a vida do capitão transcorria de modo diferente. Sorriu ao perceber quão pouco caso fazia de tudo isso e tratou de recordar, sem conseguir, quando sentiu ciúmes de seu noivo pela última vez.

O ruído do motor trouxe à sua mente uma música da Legião Espanhola que Gustavo Morante cantarolava com frequência:

Sou um homem a quem a sorte
feriu com garra feroz.
Sou o noivo da Morte
que estreitei com braço forte
e seu amor foi minha bandeira.

Foi má ideia cantá-la diante de Francisco, porque a partir de então apelidou Gustavo de Noivo da Morte. Irene não se ofendeu com isso. Na verdade, pensava pouco no amor e não questionava sua longa relação com o oficial, aceitava-a como uma condição natural escrita em seu destino desde a infância. Ouviu tantas vezes dizer que Gustavo Morante era o par ideal, que acabou por acreditar sem se deter para analisar seus sentimentos. Era sólido, estável, viril, firmemente radicado em sua realidade. Ela se considerava um cometa navegando no vento e, assustada com sua própria rebelião interior, às vezes cedia à tentação de pensar em alguém que freasse seus impulsos; mas esses estados de ânimo duravam pouco. Quando meditava sobre seu futuro tornava-se melancólica, por isso preferia viver intensamente enquanto fosse possível.

Para Francisco a relação de Irene com seu noivo era apenas a soma de duas solidões e de muitas ausências. Dizia que se tivessem oportunidade de ficarem juntos durante um tempo, ambos compreenderiam que só os unia a força do hábito. Não havia urgência alguma nesse amor, seus encontros eram agradáveis e demasiado longas suas separações. Acreditava que no fundo Irene desejava prolongar o noivado até o fim de seus dias, para viver em liberdade condicional, encontrando-o de vez em quando para brincarem como filhotes. Era claro que o casamento a assustava e por isso inventava pretextos de adiamento, como se adivinhasse que, uma vez casada com aquele príncipe destinado ao generalato, deveria renunciar às saias esvoaçantes, às pulseiras ruidosas e à vida agitada.

Nessa manhã, enquanto a motocicleta rasgava pastos e colinas em direção a Los Riscos, Francisco calculava o pouco tempo que faltava para a volta do Noivo da Morte. Com sua chegada tudo mudaria. Desapareceria a felicidade dos últimos meses, quando teve Irene para si, adeus aos sonhos turbulentos, às surpresas cotidianas, à ansiedade de esperá-la e à risada por vê-la tentar empreendimentos absurdos. Deveria ser muito mais cuidadoso, falar só o trivial e evitar qualquer ato suspeito. Até então haviam compartilhado uma serena cumplicidade. Sua amiga parecia passear pelo mundo em estado de inocência sem detectar os pequenos sinais de sua vida dupla, pelo menos jamais fazia perguntas. Na presença dela não precisava tomar medidas de precaução, mas a chegada de Gustavo Morante obrigava-o a ser mais prudente. A relação com Irene era para ele tão preciosa, que desejava mantê-la intacta. Não queria semear sua amizade com omissões e mentiras, mas compreendia que logo seria inevitável. Enquanto dirigia o veículo, quis prolongar esse passeio até o limite do horizonte, onde não os alcançasse a sombra do capitão, atravessar o país, o continente e outros mares com Irene abraçada à sua cintura. A viagem lhe pareceu curta. Ao desviar por um estreito atalho, apareceram extensos trigais que, nessa época, brilhavam como uma penugem verde sobre os campos. Suspirou com certa tristeza, porque tinham chegado a seu destino. Sem dificuldades acharam o lugar onde vivia a santa, surpreendidos com tanta solidão e silêncio, porque esperavam ao menos uma romaria de incautos para ver o fenômeno.

— Tem certeza de que é aqui?

— Tenho.

— Então deve ser uma santa de araque, porque não se vê ninguém.

Perante seus olhos surgiu uma casa de camponeses pobres, com paredes de adobe caiadas, coberta de telhas desbotadas, um corredor diante da porta e uma única janela em toda a construção. À frente se estendia um espaçoso pátio cercado por uma parreira sem folhas, como um arabesco de galhos secos e torcidos, de onde assomavam os primeiros brotos pressagiando a sombra do verão. Divisaram um poço, um barraco de tábuas que parecia um banheiro e pouco mais à frente uma simples edificação quadrada que servia de cozinha.

Vários cães de diferentes tamanhos e pelagens, latindo furiosos, correram para receber os visitantes. Irene, que era acostumada ao trato com os animais, caminhava no meio da matilha falando com eles como se fossem seus velhos conhecidos. Francisco, em compensação, surpreendeu-se recitando para seus botões o verso mágico aprendido na infância para esconjurar os perigos: "Para, animal feroz, deita teu rabo no chão, que nasceu Deus, antes de ti, grandíssimo cão"; mas era evidente que o sistema de sua amiga funcionava melhor, porque enquanto ela avançava tranquila, rodearam-no mostrando as presas. Estava disposto a distribuir pontapés entre os focinhos quentes, quando apareceu um menino de poucos anos com uma vareta, que espantou a gritos os guardiães. Com a gritaria surgiram da casa outras pessoas: uma mulher corpulenta de aparência rude e resignada, um homem com o rosto tão cheio de rugas que se assemelhava a uma castanha de inverno e vários meninos de diversas idades.

— É aqui que mora Evangelina Ranquileo? — perguntou Irene.

— Sim, mas os milagres são ao meio-dia.

Ela explicou que eram jornalistas atraídos pela intensidade dos boatos. A família, vencendo a timidez, convidou-os a entrar na casa, seguindo a inalterável tradição de hospitalidade dos moradores dessa terra.

Logo chegaram os primeiros visitantes e se instalaram no pátio dos Ranquileo. À luz da manhã Francisco focou Irene enquanto falava com a família, para captá-la em um momento de distração, pois não gostava de posar para a câmera. As fotografias enganam o tempo, suspendendo-o em um pedaço de papel onde a alma fica de cabeça para baixo, dizia. O semblante limpo e o entusiasmo davam à jovem o aspecto de uma criatura do bosque. Circulava na propriedade dos Ranquileo com a liberdade e a confiança de quem tinha nascido ali, falando, rindo, ajudando a servir os refrescos, desviando dos cachorros que balançavam a cauda entre suas pernas. Os meninos a seguiam assombrados pelo seu cabelo estranho, sua roupa extravagante, seu riso perene e o encanto de seus pequenos gestos.

Chegaram alguns evangelistas com seus violões, flautas e bumbos, e começaram a entoar salmos sob a direção do reverendo, que era um homenzinho de jaqueta lustrosa e chapéu de funeral. O coro e os instrumentos desafinavam de modo lamentável, mas ninguém, exceto Irene e Francisco, parecia notá-lo. Já os escutavam há várias semanas e seus ouvidos tinham se acostumado a eles.

Também apareceu o padre Cirilo arquejando pelo enorme esforço de pedalar uma bicicleta da igreja até a casa dos Ranquileo. Sentado sob a parreira, perdido em divagações melancólicas ou em orações decoradas, cofiava a barba branca que de longe parecia um ramalhete de açucenas preso a seu peito. Talvez houvesse compreendido que o rosário de Santa Gemita tocado pelas mãos do papa se revelava tão ineficaz nesse caso como os cânticos do colega protestante ou as pílulas multicoloridas do médico de Los Riscos. De vez em quando consultava seu relógio de bolso para verificar a pontualidade do transe. Outras pessoas, atraídas pela possibilidade dos milagres, permaneciam silenciosas sob o beiral da casa, em cadeiras espalhadas pela sombra. Algumas conversavam pausadamente sobre a próxima semeadura ou alguma distante partida de futebol escutada no rádio, sem mencionar em nenhum momento o interesse que os havia conduzido até ali, por respeito aos donos da casa ou por vergonha.

Evangelina e sua mãe atendiam às visitas, oferecendo água fresca com farinha torrada e mel. Nada no aspecto da menina parecia anormal; se apresentava tranquila, com as faces coradas e um sorriso bobalhão em seu rosto de maçã. Estava contente por ser o centro de atração dessa pequena afluência.

Hipólito Ranquileo demorou bastante tempo para reunir os cães e amarrá-los às árvores. Latiam demais. Depois se aproximou de Francisco para lhe explicar a necessidade de matar uma das cadelas, porque parira no dia anterior e havia devorado os filhotes, fato tão grave quanto uma galinha cantando com voz de galo. Certas falhas da natureza devem ser eliminadas pela raiz, para evitar o contágio das outras criaturas. Nesta matéria ele era muito cuidadoso.

Estavam assim quando o reverendo se plantou no centro do pátio e iniciou a plenos pulmões um discurso apaixonado. Os presentes o escutaram para não ofendê-lo, embora fosse evidente que todos menos os evangelistas se sentiam desconcertados. "Alta de preços! Carestia da vida! Este é um problema conhecido. Para detê-lo há muitos meios: prisão, multa, greve etc. Qual é o cerne do problema? Qual é a causa? Como é a bola de fogo que inflama a cobiça do homem? Há por trás disso uma tendência perigosa ao pecado da concupiscência, o apetite desordenado pelos prazeres terrenos. Isso aliena o homem do Santo Deus, produz desequilíbrio humano, moral, econômico e espiritual, desencadeia a ira do Senhor Todo-Poderoso. Nossos tempos são como os de Sodoma e Gomorra, o homem caiu nas trevas do erro e agora colhe sua cota de castigos por ter dado as costas ao Criador. Jeová nos manda suas advertências para que reconsideremos e tenhamos arrependimento de nossos asquerosos pecados..."

— Desculpe, reverendo, posso lhe servir um refresco? — interrompeu-o Evangelina, deixando-o com a inspiração em suspenso para enumerar novas faltas.

Uma das discípulas protestantes, vesga e manca, aproximou-se de Irene para lhe explicar sua teoria sobre a filha dos Ranquileo: "Belzebu, príncipe dos demônios, meteu-se no corpo dela, escreva isso em sua revista, senhorita. Agrada-lhe prejudicar os cristãos, mas o Exército da Salvação é mais forte e o vencerá. Escreva isso em sua revista, não se esqueça."

O padre Cirilo escutou as últimas palavras, pegou Irene pelo braço e a levou para um canto.

— Não lhe dê importância. Esses evangélicos são muito ignorantes, filha. Não estão na verdadeira fé, mas têm algumas boas qualidades, isso não se pode negar. Sabe que são abstêmios? Até os alcoólatras contumazes deixam de beber nessa seita, por isso os respeito. Mas o Diabo nada tem a ver com isto. A menina perdeu o juízo, isso é tudo.

— E os milagres?

— De que milagres você fala? Não acredite nessas mentiras!

Minutos antes do meio-dia Evangelina Ranquileo abandonou o pátio para entrar em casa. Tirou o colete, soltou a trança de seu cabelo e sentou-se em uma das três camas do quarto. Lá fora todos se calaram, aproximando-se do corredor para observar através da porta e da janela. Irene e Francisco seguiram a menina ao interior da casa e enquanto ele adaptava sua câmera à penumbra, ela preparava o gravador.

O lar dos Ranquileo tinha chão de terra, tão calcado, molhado e repisado, que adquirira a consistência do cimento. Os escassos móveis eram de madeira ordinária sem polimento, havia algumas cadeiras e banquinhos de palha, uma mesa rústica de fabricação caseira e como único adorno uma imagem de Jesus com o coração em chamas. Uma cortina separava o quarto das meninas. Os meninos dispunham de alguns colchões no chão num quarto anexo com entrada independente, evitando assim a promiscuidade entre irmãos. Tudo estava escrupulosamente limpo, cheirava a menta e tomilho, um ramo de cardealinas vermelhas num jarro dava alegria à janela e sobre a mesa se estendia uma toalha verde de lona. Nesses elementos simples Francisco encontrou uma profunda percepção estética e decidiu que mais tarde tiraria algumas fotografias para sua coleção. Nunca pôde fazê-lo.

Ao meio-dia Evangelina caiu sobre a cama. Seu corpo se estremeceu e um profundo, longo e terrível gemido a percorreu inteira, como um chamamento de amor. Começou a se agitar convulsivamente e se arqueou para trás num esforço sobre-humano. Em seu rosto desfigurado apagou-se a expressão de menina simples que tinha pouco antes e envelheceu de repente muitos anos. Uma careta de êxtase, dor ou luxúria marcou suas feições. A cama se remexeu e Irene, apavorada, percebeu que também a mesa, a dois metros de distância, adquiria movimento próprio sem a mediação de qualquer força conhecida. O susto venceu sua curiosidade e aproximou-se de Francisco em busca de proteção, tomou-o pelo braço e se apertou a ele sem tirar os olhos do espetáculo absurdo que se desenrolava sobre o leito, mas seu amigo afastou-a com suavidade para manobrar a câmera. Lá fora os cachorros ganiam num interminável lamento de catástrofe, fazendo coro às vozes de cânticos e rezas. As jarras de latão dançavam na prateleira e estranhos golpes açoitavam o telhado como uma chuva de granizo de seixos. Um tremor contínuo sacudia a cimalha sobre as vigas do beiral, onde a família guardava as provisões, as sementes e as ferramentas de lavoura. De cima caiu uma chuva de milho que escapara dos sacos, aumentando a sensação de pesadelo. Evangelina Ranquileo se contorcia sobre a cama, vítima de indecifráveis alucinações e urgências misteriosas. O pai, obscuro, desdentado, com sua patética expressão de palhaço triste, observava abatido do umbral, sem se aproximar. A mãe permanecia ao lado da cama com os olhos marejados, pretendendo talvez escutar o silêncio de Deus. Dentro e fora da casa a esperança se apoderava dos peregrinos. Aproximaram-se um por um de Evangelina, à procura de seu pequeno, humilde milagre.

— Seca meus furúnculos, santinha.

— Faça com que não levem meu João ao alistamento.

— Deus te salve, Evangelina, és cheia de graça, cura as hemorroidas de meu marido.

— Me dê um sinal, que número jogo na loteria?

— Para a chuva, serva de Deus, antes que as sementes vão ao caralho.

Aqueles que vieram estimulados pela fé ou simplesmente como recurso desesperado desfilavam em ordem, parando um instante junto à jovem para fazer seu pedido e depois se afastavam transfigurados pela confiança de que, por seu intermédio, a Divina Providência iria favorecê-los.

Ninguém ouviu o caminhão da guarda chegar.

Ouviram ordens e, antes que pudessem reagir, os militares invadiram em tropel, ocupando o pátio, e enfiaram-se casa adentro com as armas na mão. Afastaram as pessoas aos empurrões, escorraçaram os meninos aos gritos, golpearam com as coronhas aqueles que se colocaram à frente e ocuparam o ambiente com suas vozes de comando.

— Cara na parede! Mãos na nuca! — gritou o homem maciço com torso taurino que liderava o grupo.

Todos obedeceram, menos Evangelina Ranquileo, imperturbável em seu transe, e Irene Beltrán, imobilizada no mesmo lugar, tão surpreendida que não atinou em se mexer.

— Os documentos! — gritou um sargento com cara de indígena.

— Sou jornalista e ele é fotógrafo! — disse Irene com voz firme, indicando seu amigo.

Revistaram Francisco rispidamente pelos lados, nas axilas, entre as pernas e nos sapatos.

— Vire-se — ordenaram-lhe.

O oficial, a quem mais tarde identificariam como o Tenente Juan de Dios Ramírez, aproximou-se e encostou o cano da metralhadora nas suas costas.

— Seu nome!

— Francisco Leal.

— Que merda fazem aqui?

— Nenhuma merda, uma reportagem — interrompeu Irene.

— Não estou falando com você!

— Mas eu sim, meu capitão — sorriu ela, elevando o tom com ironia.

O homem vacilou, pouco acostumado à impertinência de um civil.

— Ranquileo! — bradou.

Nesse momento se destacou entre a tropa um gigante moreno, de expressão parva, armado com um rifle, e se colocou diante de seu superior.

— Esta é sua irmã? — o tenente indicou Evangelina, que estava em outro mundo, perdida em turva cópula com os espíritos.

— Afirmativo, meu tenente! — respondeu o outro, rígido, os calcanhares unidos, o peito erguido, o olhar para a frente, o rosto de granito.

Nesse instante uma nova e mais violenta chuva de pedras invisíveis sacudiu o teto. O oficial se jogou de bruços ao chão e seus homens o imitaram. Estupefatos, os outros os viram rastejar sobre os cotovelos e joelhos até o pátio, onde se puseram de pé apressadamente e correram em ziguezague para ocupar suas posições. Do comedouro de lavagem, o tenente começou a disparar em direção à casa. Era o sinal esperado. Os soldados enlouquecidos, excitados por uma violência incontrolável, apertaram os gatilhos e em poucos segundos o céu se encheu de ruídos, gritos, prantos, latidos, cacarejos, uma rajada de pólvora. Os que estavam no pátio se jogaram no chão e alguns procuraram refúgio na vala e atrás do arvoredo. Os evangélicos tentaram salvar seus instrumentos musicais e o padre Cirilo se enfiou debaixo da mesa, apertando o rosário de Santa Gemita e implorando em voz alta pela proteção do Senhor dos Exércitos.

Francisco Leal percebeu que os projéteis passavam perto da janela e alguns se chocavam contra as grossas paredes de adobe como uma lufada de presságios tenebrosos. Pegou Irene pela cintura e a lançou ao chão, cobrindo-a com seu corpo. Sentiu-a estremecer entre seus braços e não soube se se asfixiava sob seu peso ou estava aterrorizada. Assim que se dissipou a gritaria e o espanto, pôs-se de pé e correu para a porta, certo de encontrar meia dezena de mortos pelo tiroteio, mas o único cadáver com que seus olhos depararam foi o de uma galinha estripada pelas munições. Os soldados estavam sufocados, possuídos pela loucura, exaltados pela sensação de poder. Os vizinhos e curiosos estavam estendidos pelo chão cobertos de pó e barro, as crianças choravam e os cães soltavam-se de suas amarras, latindo desesperados. Francisco sentiu Irene passar a seu lado como um meteoro e, antes que pudesse detê-la, parou em frente ao tenente com os braços na cintura, gritando com uma voz que não parecia a sua.

— Selvagens! Animais! Não têm respeito? Não veem que podem matar alguém?

Francisco correu para ela, convencido de que lhe meteriam uma bala entre os olhos, mas comprovou assombrado que o oficial ria.

— Não fique nervosa, belezoca, disparamos para o ar.

— Por que me trata assim? E, antes de tudo, o que vocês fazem aqui? — repreendeu-o Irene sem poder controlar seus nervos.

— Ranquileo me contou de sua irmã e eu lhe disse: lá onde fracassam os padres e os médicos, triunfam as Forças Armadas. Disse-lhe isso e por este motivo estamos aqui. Agora veremos se continua esperneando quando levarmos essa menina presa!

Caminhou a passos largos em direção à casa. Irene e Francisco o seguiram como autômatos. O que ocorreu em seguida ficaria para sempre gravado na memória deles e o recordariam como uma sucessão de imagens tempestuosas e desconexas.

O Tenente Juan de Dios Ramírez aproximou-se da cama de Evangelina. A mãe se moveu para detê-lo, mas ele a afastou. Não toque nela!, chegou a gritar a mulher, mas foi tarde, porque o oficial esticara a mão e pegara a doente pelo braço.

Antes que alguém pudesse imaginá-lo, o punho de Evangelina saltou disparado para atingir o rosto corado do militar, batendo-lhe no nariz com tal força que o arremessou de costas ao chão. Como uma bola inútil, seu capacete rolou sob a mesa. A jovem em seguida perdeu a rigidez, seus olhos já não pareciam perdidos nem soltava espuma pela boca. Aquela que pegou o Tenente Ramírez pela farda sem o menor esforço, suspendeu-o e o tirou da casa, sacudindo-o como um traste, era a doce menina de quinze anos e ossos frágeis que pouco antes servia farinha torrada com mel debaixo da parreira. Só sua força portentosa denunciava o estado anormal em que se encontrava. Irene reagiu rapidamente. Tirou a câmera das mãos de Francisco e começou a fotografar sem cuidar do foco, na expectativa de que algumas tomadas saíssem bem, apesar da repentina mudança na intensidade de luz entre as sombras do interior e a luminosidade do meio-dia do lado de fora.

Através da lente Irene viu Evangelina arrastar o tenente até o centro do pátio e lançá-lo displicentemente a poucos metros dos protestantes, que permaneciam tremendo agachados no chão. O oficial tentou se levantar, mas ela lhe aplicou alguns golpes certeiros na nuca e o largou ali sentado, deu-lhe alguns pontapés sem raiva, ignorando os soldados que a rodeavam apontando as armas, mas sem se atreverem a disparar, paralisados pelo assombro. A menina agarrou a metralhadora que Ramírez segurava contra o peito e a jogou longe. Caiu num lamaçal onde afundou diante do focinho impassível de um porco, que a farejou antes de vê-la desaparecer tragada pela porcaria.

Nesse momento Francisco Leal tomou consciência da situação e se lembrou de seus estudos de psicologia. Aproximou-se de Evangelina Ranquileo e com suavidade, mas também com firmeza, deu-lhe dois toques no ombro chamando-a pelo nome. A jovem pareceu voltar de uma longa viagem sonâmbula. Baixou a cabeça, sorriu acanhadamente e foi sentar-se sob a parreira, enquanto os soldados corriam para recuperar a metralhadora, limpar-lhe o barro, procurar o capacete, socorrer seu superior, pô-lo de pé, sacudir sua roupa, como se sente, meu tenente? E o oficial pálido, trêmulo, afastou-os com patadas, colocou o capacete e empunhou sua arma, sem divisar em todo o seu vasto repertório de violências a mais adequada para a ocasião.

Imóveis, aterrorizados, todos esperaram algo atroz, alguma tenebrosa loucura ou flagelo final que acabasse com eles, os alinhasse contra a parede e os fuzilasse sem mais, ou pelo menos os colocasse a coronhadas no caminhão e os fizesse desaparecer em algum precipício das montanhas. Mas depois de uma longuíssima vacilação, o Tenente Juan de Dios Ramírez deu meia-volta e se dirigiu para a saída.

— Retirar-se, bando de cretinos! — gritou, e seus homens o seguiram.

Pradelio Ranquileo, o irmão mais velho de Evangelina, transtornado e com uma expressão de estupor no rosto moreno, foi o último a obedecer e só reagiu ao escutar o motor do caminhão. Correndo, trepou na parte traseira, junto com seus companheiros. Então o oficial lembrou-se das fotografias, deu uma ordem e o sargento deu meia-volta e correu na direção de Irene, arrancou-lhe a câmera, tirou o rolo de filme e o expôs à luz. Em seguida jogou a máquina por cima do ombro como se fosse uma lata vazia de cerveja.

Os soldados partiram e reinou um silêncio total no pátio dos Ranquileo. Estavam presos em suas intenções, como acontece nos pesadelos. De repente a voz de Evangelina rompeu o feitiço.

— Posso lhe servir outro refresco, reverendo?

E então respiraram, puderam se movimentar, recolher suas coisas e dispersar com ar envergonhado.

— Deus nos proteja! — suspirou o padre Cirilo sacudindo sua batina empoeirada.

— E nos ampare! — acrescentou o pastor protestante, pálido como um coelho.

Irene recuperou a câmera. Era a única que sorria. Passado o susto, só recordava o aspecto grotesco do que aconteceu, planejava o título da reportagem e se perguntava se a censura permitiria mencionar o nome do oficial que recebera a pancadaria.

— Que má ideia teve meu filho de trazer a guarda — opinou Hipólito Ranquileo.

Pouco depois, Irene e Francisco regressaram à cidade. A jovem levava apertado contra o peito um grande ramo de flores, presente dos filhos de Ranquileo. Estava de bom humor e parecia ter esquecido o incidente, como se não tivesse nem a menor consciência do perigo passado. A única coisa que aparentemente lhe desagradava era a perda do filme, sem o qual era impossível publicar a informação, pois ninguém acreditaria em semelhante história. Consolava-se pensando que podiam voltar no domingo seguinte para tirar outras fotografias de Evangelina durante o transe. A família os convidara a voltar, porque tinha planejado matar um porco, que era uma festa anual que reunia os vizinhos numa comilança bárbara. Francisco, em compensação, passou toda a viagem acumulando indignação e ao deixar Irene na porta de sua casa mal podia se conter.

— Por que está com tanta raiva, Francisco? Não aconteceu nada, só umas balas para o ar e uma galinha morta, isso é tudo — riu ela ao se despedir.

Até então ele havia procurado mantê-la alheia às misérias irreparáveis, à injustiça e à repressão que diariamente presenciava e eram temas de conversa habituais entre os Leal. Considerava extraordinário que Irene navegasse inocente nesse mar de perigos que inundava o país, ocupada somente com o pitoresco e o anedótico. Surpreendia-se ao vê-la pairando, sem se poluir no ar de suas boas intenções. Esse injustificado otimismo, essa limpa e fresca vitalidade de sua amiga revelavam-se balsâmicos para os tormentos que ele padecia por não poder mudar as circunstâncias. Nesse dia, entretanto, teve a tentação de pegá-la pelos ombros e sacudi-la até pôr seus pés na terra e lhe abrir os olhos para a verdade. Mas ao contemplá-la junto ao muro de pedra de sua casa, com os braços carregados de flores silvestres para seus anciãos e o cabelo revolto pela viagem na moto, intuiu que essa criatura não fora feita para as realidades sórdidas. Beijou-a na face o mais próximo possível da boca, desejando com paixão permanecer a seu lado eternamente para protegê-la das sombras. Cheirava a ervas e tinha a pele fria. Soube que amá-la era seu destino inexorável.

SEGUNDA PARTE

AS SOMBRAS

A terra morna ainda guarda
os últimos segredos.

Vicente Huidobro

Desde o momento em que passou a trabalhar na revista, Francisco sentia que sua vida transcorria num constante sobressalto. A cidade estava dividida por uma invisível fronteira que devia atravessar com frequência. No mesmo dia fotografava primorosos vestidos de musselina e renda, atendia uma menina violada pelo pai no povoado de seu irmão José e levava ao aeroporto a última lista de vítimas para entregá-la a um mensageiro desconhecido, depois de dizer a contrassenha. Tinha um pé na ilusão imposta e outro na realidade secreta. Em cada ocasião devia ajustar seu estado de ânimo às exigências do momento, mas ao terminar o dia, no silêncio de seu quarto, revia os acontecimentos e concluía que em meio ao desafio diário o mais conveniente era não pensar demais para evitar que o medo ou o ódio o paralisassem. Nessa hora a imagem de Irene crescia na sombra até ocupar todo o espaço ao redor.

Na noite de quarta-feira sonhou com um campo de margaridas. Normalmente não se lembrava de seus sonhos, mas as flores eram tão frescas que ele acordou com a certeza de ter corrido ao ar livre. Na metade da manhã esbarrou com a astróloga na editora, aquela senhora de cabelos retintos obstinada em adivinhar sua sorte.

— Posso ler em seus olhos: você vem de uma noite de amor — disse-lhe assim que cruzou com ele na escada do quinto andar.

Francisco convidou-a a tomar uma cerveja e, à falta de outros sinais cósmicos para ajudá-la em suas predições, contou-lhe seu sonho. Ela lhe informou que as margaridas são sinal de boa sorte, assim inevitavelmente algo agradável lhe ocorreria nas próximas horas.

— Isso é um consolo, filho, porque você está indicado pelo dedo da morte — acrescentou, mas já o dissera tantas vezes que o mau agouro já perdera a capacidade de assustá-lo.

Teve mais respeito pela astróloga quando pouco depois cumpriu-se o bom presságio e Irene o chamou a sua casa para pedir-lhe que a convidasse para jantar, porque desejava ver os Leal. Quase não haviam estado juntos na semana. A editora de moda quis tirar uma série de fotografias na Academia Militar e isso manteve Francisco muito atarefado. Nessa temporada se vestiram os trajes românticos de laços e babados, e ela pretendia contrastá-los com o pesado equipamento de batalha e com os homens de uniforme. Por sua vez, o comandante pensou em aproveitar essa ocasião para mostrar um aspecto benevolente das Forças Armadas e abriu suas portas, depois de multiplicar as medidas de segurança. Francisco e o restante da equipe passaram vários dias no recinto militar, ao cabo dos quais ele já não sabia se lhe repugnavam mais os hinos patrióticos e as cerimônias marciais ou as três rainhas da beleza que posavam para suas lentes. Ao entrar e sair eram submetidos a uma revista minuciosa. Em meio a uma confusão de terremoto, viravam do avesso as maletas, remexendo entre as roupas, sapatos e perucas, metiam as mãos em todas as partes, procurando com máquinas eletrônicas qualquer indício suspeito. As modelos iniciavam o dia com cara de tédio e passavam as horas resmungando. Mario, o elegante e discreto cabeleireiro sempre vestido de branco, tinha a missão de transformá-las para cada foto. Assistiam-no os ajudantes recém-iniciados na maricagem, que pairavam como pirilampos a seu redor. Francisco se ocupava com as câmeras e filmes, esforçando-se por manter a serenidade mesmo que em algum registro expusessem o rolo de filme à luz, arruinando o trabalho do dia.

Essa comitiva ambulante provocava alguns transtornos na disciplina da Academia, surpreendendo os que não estavam acostumados a esse espetáculo. Os soldados que não ficaram excitados com as rainhas, ficaram excitados com os ajudantes, que flertavam sem trégua, para sufoco do perito cabeleireiro. Mario não tinha humor para a grosseria e havia superado há anos qualquer tendência para a promiscuidade. Pertencia à família de onze filhos de um mineiro de carvão. Nasceu e cresceu em um povoado cinzento em que o pó da mina cobria tudo como uma intangível e mortal pátina de feiura e aderia aos pulmões dos habitantes, convertendo-os em sombras de si mesmos. Estava destinado a seguir os passos de seu pai, avô e dos irmãos, mas não sentia forças para arrastar-se nas entranhas da terra, furando a rocha viva, nem para enfrentar a rudeza dos trabalhos de mineração. Possuía dedos delicados e um espírito inclinado à fantasia, que foram combatidos com muitas surras, mas esses remédios drásticos não curaram seus modos efeminados nem desviaram o rumo de sua natureza. O menino aproveitava qualquer descuido para se entregar aos gozos solitários que provocavam a zombaria sem piedade de seu meio; juntava pedras de rio para polir pelo prazer de ver suas cores brilharem; percorria a triste paisagem, procurando folhas secas para arrumá-las em composições artísticas; comovia-se até as lágrimas diante de um pôr do sol, desejando eternizá-lo numa frase poética ou em uma pintura que podia imaginar, mas que se sentia incapaz de realizar. Somente sua mãe aceitava essas peculiaridades sem ver nelas sinais de perversão, mas a evidência de uma alma diferente. Para salvá-lo das impiedosas sovas de seu pai, levou-o à paróquia para ser ajudante do sacristão, na esperança de dissimular sua doçura de mulher entre as batinas da missa e as oferendas de incenso. Mas o menino esquecia os latinórios, distraído com as partículas douradas que flutuavam nos fachos de luz dos vitrais. O padre ignorou essas divagações e ensinou-lhe aritmética, a ler e escrever e alguns rudimentos indispensáveis de cultura. Aos quinze anos conhecia de cor os poucos livros da sacristia e outros emprestados pelo turco do armazém com o objetivo de atraí-lo a seu quarto atrás da loja e lhe revelar os mecanismos do prazer entre varões. Quando seu pai teve conhecimento dessas visitas, levou-o à força ao prostíbulo do acampamento acompanhado por seus dois irmãos mais velhos. Esperaram a vez junto a uma dezena de homens impacientes para gastar seu salário de sexta-feira. Só Mario percebeu as cortinas imundas e desbotadas, o cheiro de urina e creolina, a aparência de infinito abandono daquele lugar. Só ele se comoveu diante da tristeza dessas mulheres esgotadas pelo uso e pela carência de amor. Ameaçado por seus irmãos, procurou se comportar como um macho com a prostituta que lhe coube, mas bastou um olhar para ela adivinhar que a este menino aguardava uma vida de escárnio e solidão. Sentiu compaixão ao vê-lo tremer da repugnância à visão de suas carnes nuas e pediu que os deixassem a sós para realizar seu trabalho em paz. Quando os outros saíram, fechou a porta com o trinco, sentou-se a seu lado sobre a cama e tomou-lhe a mão.

— Isto não se pode fazer à força — disse a Mario, que chorava apavorado. — Vai para longe, filho, onde ninguém te conheça, porque aqui acabarão te matando.

Em toda a sua vida não recebeu conselho melhor. Enxugou as lágrimas e prometeu não voltar a chorar por aquela masculinidade que no fundo não desejava.

— Se não se apaixonar, você pode ir longe — despediu-se a mulher depois de tranquilizar o pai, salvando assim o menino de mais uma surra.

Nessa noite Mario falou com sua mãe e lhe contou o que acontecera. Ela procurou no fundo de seu armário, retirou um pequeno embrulho de cédulas amassadas e o colocou na mão do filho. Com esse dinheiro ele pegou um trem para a capital, onde conseguiu se empregar como faxineiro num salão de beleza em troca de comida e um colchão para passar a noite no mesmo local. Estava deslumbrado. Não imaginava a existência de um mundo assim: tons claros, perfumes delicados, vozes agradáveis, frivolidade, calor, ócio. Olhava nos espelhos as mãos das profissionais sobre as cabeleiras e se maravilhava. Aprendeu a conhecer a alma feminina, vendo as mulheres sem hipocrisia. À noite, ao ficar sozinho no salão, treinava penteados com as perucas e experimentava sombras, pós, lápis em seu próprio rosto para se exercitar na arte da maquiagem e assim descobriu como melhorar um rosto através de cores e pincéis. Logo lhe permitiram tentar com algumas clientes novas e em poucos meses cortava cabelo como ninguém e as senhoras mais exigentes solicitavam seus serviços. Era capaz de transformar uma mulher de aspecto desinteressante, valendo-se da potência de um cabelo diáfano e do artifício dos cosméticos sabiamente aplicados, mas, sobretudo, podia dar a cada uma a certeza de seu atrativo, porque em última instância a beleza não é senão uma atitude. Começou a estudar sem parar e a praticar com audácia, ajudado por um instinto infalível capaz de conduzi-lo sempre à melhor solução. Era solicitado por noivas, modelos, atrizes e embaixadoras estrangeiras. Algumas senhoras ricas e influentes da cidade abriram suas casas para ele, e, pela primeira vez, o filho do mineiro pôs os pés em tapetes persas, bebeu chá em porcelana transparente e apreciou o brilho da prata lavrada, as madeiras polidas, os delicados cristais. Aprendeu rapidamente a distinguir os objetos de valor legítimo e decidiu que não se conformaria com menos, porque seu espírito sofria com qualquer forma de vulgaridade. Ao penetrar no círculo da arte e da cultura, soube que jamais podia retroceder. Libertou sua veia criativa e sua visão para os negócios e em poucos anos era dono do salão de beleza mais prestigiado da capital e de uma pequena loja de antiguidades, anteparo de tráficos discretos. Converteu-se em perito de obras de arte, móveis finos, artigos de luxo, consultado pelas pessoas de melhor posição. Sempre estava ocupado e com pressa, mas nunca esqueceu que a primeira oportunidade para triunfar lhe foi oferecida pela revista em que trabalhava Irene Beltrán; por isso, quando o chamavam para um desfile ou reportagem de moda e beleza, abandonava seus outros afazeres e se apresentava equipado com sua célebre maleta de transformações, onde guardava os elementos de seu trabalho. Chegou a ter tanta influência que nas grandes festas de sociedade as senhoras mais ousadas, maquiadas por ele, mostravam com orgulho sua assinatura na face esquerda como uma tatuagem de beduína.

Quando conheceu Francisco Leal, Mario era um homem de meia-idade, com nariz fino e reto, fruto de uma operação plástica, magro e ereto à força de dietas, exercícios e massagens, bronzeado com luz ultravioleta, impecavelmente vestido com a melhor roupa inglesa e italiana, culto, refinado e famoso. Circulava em ambientes exclusivos e sob o pretexto de adquirir antiguidades viajava a regiões distantes. Vivia como um aristocrata, mas não repudiava suas origens modestas e sempre que se apresentava a oportunidade de falar de seu passado no povoado mineiro, fazia-o com altivez e bom humor. Essa simplicidade cativava a simpatia daqueles que não lhe perdoariam fingir uma linhagem inexistente. No meio mais restrito, no qual só se penetrava pelo nome de família ou muito dinheiro, ele se impôs com seu gosto refinado e sua capacidade de se relacionar apropriadamente com as pessoas. Nenhuma reunião importante era considerada um êxito sem a sua presença. Jamais voltou à casa da família para ver seu pai ou seus irmãos, mas todos os meses enviava um cheque para sua mãe, para lhe proporcionar algum bem-estar e ajudar suas irmãs a estudarem uma profissão, abrirem um negócio ou se casarem com um dote. Suas inclinações sentimentais eram discretas, sem estridências, como tudo em sua vida. Quando Irene o apresentou a Francisco Leal, só um leve brilho em suas pupilas denunciou sua impressão. Ela o notou e depois gracejava com seu amigo, dizendo-lhe que se cuidasse dos avanços do cabeleireiro, se não quisesse acabar com um brinco na orelha e falando com voz de soprano. Duas semanas depois estavam no escritório trabalhando com as novas maquiagens da temporada, quando apareceu o Capitão Gustavo Morante à procura de Irene. Ao ver Mario, a expressão de seu rosto mudou. O oficial sentia uma repulsa violenta pelos efeminados e não gostava que sua noiva circulasse num ambiente em que se esbarrava no que ele qualificava de degenerados. Distraído, pondo brilho dourado nas faces de uma linda modelo, a Mario não falhou seu instinto para captar a aversão alheia e com um sorriso estendeu a mão ao capitão. Gustavo cruzou os braços e disse que ele não se misturava com bichas. Um silêncio glacial reinou no estúdio. Irene, os ajudantes, as modelos, todos ficaram em suspenso, desconcertados. Mario empalideceu e uma sombra desolada pareceu cobrir suas pupilas. Então Francisco Leal deixou a câmera, avançou lentamente e colocou a mão no ombro do cabeleireiro.

— Sabe por que não quer tocá-lo, capitão? Porque você teme seus próprios sentimentos. Talvez na rude camaradagem de seus quartéis haja muita homossexualidade — disse em seu costumeiro tom pausado e amável.

Antes que Gustavo Morante chegasse a se dar conta da gravidade da afirmação e a reagir de acordo com seus antecedentes, Irene interveio pegando seu noivo pelo braço e arrastando-o para fora da sala. Mario nunca esqueceu esse incidente. Dali a poucos dias convidou Francisco para jantar. Vivia no último andar de um edifício de luxo. Seu apartamento era decorado em branco e preto, num estilo sóbrio, moderno, original. Entre as linhas geométricas do aço e do vidro, havia três ou quatro móveis barrocos muito antigos e tapetes de seda chinesa. Sobre o fofo tapete que cobria parte do assoalho ronronavam dois gatos angorás e, perto da lareira acesa com toras de pinho, dormitava um cachorro preto e lustroso. Adoro os animais, disse Mario ao lhe dar boas-vindas. Francisco notou um balde de prata com gelo onde estava uma garrafa de champanhe ao lado de duas taças, notou a penumbra suave, sentiu o aroma da madeira e o incenso queimando num incensário de bronze, escutou o jazz nas caixas de som e compreendeu que era o único convidado. Por um instante teve a tentação de dar meia-volta e sair, para não alimentar nenhuma esperança em seu anfitrião, mas logo prevaleceu o desejo de não o magoar e de ganhar sua amizade. Olharam-se nos olhos e uma mescla de compaixão e simpatia o invadiu. Francisco buscou entre seus melhores sentimentos o mais adequado para ofertar a esse homem que lhe oferecia seu amor com timidez. Sentou-se a seu lado no sofá de seda crua e aceitou a taça de champanhe, apelando à sua experiência profissional para navegar nessas águas desconhecidas sem cometer uma bobagem. Foi uma noite inesquecível para ambos. Mario lhe contou sua vida e, na forma mais delicada, insinuou a paixão que estava se instalando em sua alma. Pressentia uma negativa, mas estava muito comovido para calar suas emoções, pois nunca antes um homem o cativara desse modo. Francisco combinava a força e a segurança viris com a rara qualidade da doçura. Para Mario não era fácil se apaixonar e desconfiava dos arrebatamentos exaltados, que lhe haviam causado tantos dissabores no passado, mas nessa oportunidade estava disposto a se jogar inteiro. Francisco também falou de si mesmo e, sem necessidade de expressá-lo abertamente, deu-lhe a entender a possibilidade de compartilharem uma sólida e profunda amizade, mas jamais um amor. No decorrer dessa noite descobriram interesses comuns, riram, escutaram música e beberam toda a garrafa de champanhe. Num arrebatamento de confiança proibido pelas mais elementares normas de prudência, Mario falou sobre seu horror pela ditadura e sua vontade de combatê-la. O novo amigo, capaz de descobrir a verdade nos olhos alheios, contou-lhe então seu segredo. Ao se despedirem, pouco antes do toque de recolher, apertaram as mãos com firmeza, selando assim um pacto solidário.

A partir desse jantar, Mario e Francisco não só partilharam o trabalho na revista, mas também a ação clandestina. O cabeleireiro não voltou a insinuar nenhuma inquietação que desonrasse a camaradagem. Adotava uma atitude transparente e Francisco chegou a duvidar de que tivesse falado como o fez naquela noite memorável. Irene se integrou ao pequeno grupo, embora a deixassem à margem de toda ação clandestina, porque pertencia por nascimento e educação ao lado contrário, nunca manifestara inclinações pela política e além disso era noiva de um militar.

Nesse dia, na Academia Militar, a tolerância de Mario se esgotou. Às medidas de segurança, ao calor e ao mau humor coletivo somavam-se os assanhamentos de seus dois ajudantes diante da tropa.

— Vou despedi-los, Francisco. Estes dois idiotas não têm classe nem vão saber adquiri-la. Devia tê-los botado na rua quando os surpreendi abraçados no banheiro da editora.

Francisco Leal também estava farto, principalmente porque não vira Irene durante vários dias. Durante toda a semana seus horários não coincidiram; por isso, quando ela o chamou para anunciar sua visita no jantar, estava desesperado para vê-la.

Na casa dos Leal prepararam a recepção com esmero. Hilda cozinhou um de seus guisados prediletos e o professor comprou uma garrafa de vinho e um ramo das primeiras flores da estação, porque apreciava a moça e sentia sua presença como uma limpa brisa que varria o tédio e as preocupações. Convidaram também seus outros filhos, José e Javier com sua família, porque gostavam de reuni-los pelo menos uma vez por semana.

Francisco acabava de revelar um rolo de filme no banheiro que lhe servia de laboratório quando ouviu Irene chegar. Pendurou as tiras de negativos, secou as mãos, saiu fechando a porta à chave para proteger seu trabalho da curiosidade dos sobrinhos e correu para recebê-la. O odor da cozinha invadiu-o como uma carícia. Escutou claras vozes infantis e supôs que todos estivessem na sala de jantar. Então divisou sua amiga e se sentiu tocado pela sorte, porque no tecido de seu vestido havia margaridas impressas e no cabelo penteado em uma trança prendera as mesmas flores. Era a síntese de seu sonho e de todos os bons presságios da astróloga.

Hilda entrou na sala de jantar, trazendo nas mãos uma travessa fumegante, e um coro de exclamações lhe deu boas-vindas.

— Dobradinha! — suspirou Francisco sem vacilar, pois teria reconhecido esse aroma de tomate e louro até nas profundezas do mar.

— Odeio dobradinha! Parece toalha! — grunhiu um dos meninos.

Francisco pegou um pedaço de pão, mergulhou-o no molho apetitoso e levou-o à boca, enquanto a mãe servia os pratos ajudada pela nora. Só Javier parecia alheio ao rebuliço. O irmão mais velho permanecia calado e ausente, mexendo em um pedaço de corda. Nos últimos tempos se distraía fazendo nós. Nós de marinheiro, de pescador, de vaqueiro, nós de arreio, de anzol, de estribo, nós de gancho, de chave, de mastro, que armava e desarmava com uma tenacidade incompreensível. No começo seus filhos o observavam fascinados, mas depois aprenderam a imitá-lo e a corda perdeu todo o interesse para eles. Acostumaram-se a ver o pai ocupado em sua mania, um vício aprazível que em nada incomodava os demais. A única queixa provinha de sua mulher, que suportava suas mãos calejadas pelo atrito e a maldita corda enrolada junto à cama durante a noite como uma serpente doméstica.

— Não gosto de dobradinha! — repetiu o menino.

— Então coma sardinhas — sugeriu a avó.

— Não! Elas têm olhos!

O padre deu um golpe com o punho na mesa, sacudindo a travessa. Todos ficaram quietos.

— Chega! Vai comer o que te servirem. Sabe quantas pessoas só têm uma xícara de chá e um pão duro por dia? Em meu bairro os meninos desmaiam de fome na escola! — exclamou José.

Hilda tocou-lhe o braço num gesto de súplica para acalmá-lo e lhe pedir que se abstivesse de mencionar os famintos de sua paróquia, porque corria o risco de arruinar o jantar em família e o fígado de seu pai. José baixou a cabeça, confuso diante de sua própria fúria. Anos de experiência não haviam aplacado por completo seus arrebatamentos nem a obsessão pela igualdade entre seus semelhantes. Irene rompeu a tensão, fazendo um brinde pelo guisado, e todos a acompanharam celebrando seu odor, sua textura e sabor, mas sobretudo sua origem proletária.

— É uma pena que Neruda não tenha uma ode à dobradinha — observou Francisco.

— Mas tem uma ao congro ensopado, quer ouvir? — ofereceu seu pai, entusiasmado. Foi calado por uma vaia alta.

O Professor Leal já não se ofendia com essas brincadeiras. Seus filhos cresceram ouvindo-o recitar de cor e lendo em voz alta os clássicos, mas só o mais novo se contagiou por seu fervor literário. Francisco era de temperamento menos exuberante e preferia canalizar seus prazeres através da leitura disciplinada e da composição de versos secretos, deixando ao pai o privilégio de declamar quando tivesse vontade. Mas nem seus filhos nem seus netos já o toleravam. Só Hilda, na intimidade de algum entardecer, lhe pedia para fazê-lo. Nessas ocasiões deixava o tricô para escutar atentamente as palavras, com a mesma expressão maravilhada de seu primeiro encontro, e calculava os muitos anos de amor partilhados com esse homem. Quando estourou a Guerra Civil na Espanha, eram jovens, estavam apaixonados. Apesar de o Professor Leal considerar a guerra obscena, partiu para a frente de combate com os republicanos. Sua mulher pegou uma trouxa de roupa, trancou a porta de casa sem olhar para trás e foi de aldeia em aldeia seguindo seus passos. Desejavam estar juntos quando os surpreendesse a vitória, a derrota ou a morte. Dois outonos depois nasceu seu filho mais velho num refúgio improvisado entre as ruínas de um convento. O pai não pôde segurá-lo nos braços até três semanas depois. Em dezembro do mesmo ano, no Natal, uma bomba destruiu o lugar em que Hilda e o menino se hospedavam. Ao sentir o estrépito que precedeu a catástrofe, ela correu para agarrar a criança em seu colo, dobrou-se como um livro fechado e assim protegeu a vida do filho, enquanto o teto desabava sobre ela. Resgataram o bebê intacto, mas a mãe tinha uma profunda fratura craniana e um braço quebrado. Durante algum tempo seu marido perdeu seu paradeiro, mas de tanto a procurar encontrou-a num hospital de campanha, onde jazia prostrada sem lembrar seu nome, a memória apagada, sem passado nem futuro, com o menino junto ao peito. No final da guerra, o Professor Leal decidiu partir para a França, mas não lhe permitiram tirar a doente do asilo em que se recuperava e teve que sequestrá-la durante a noite. Colocou-a sobre duas pranchas em cima de quatro rodas, pôs o recém-nascido em seu braço são, amarrou-os com um cobertor e os arrastou pelos caminhos de tristeza que conduziam ao exílio. Cruzou a fronteira com uma mulher que não o reconhecia e cujo único sinal de entendimento era cantar para sua criança. Ia sem dinheiro, não contava com amigos e mancava devido a uma ferida de bala na coxa, que não conseguiu tornar seu passo mais lento quanto teve que pôr os seus a salvo. Como único objeto pessoal levava uma velha régua de cálculo herdada de seu pai, que lhe servira na reconstrução de edifícios e no traçado de trincheiras no campo de batalha. Do outro lado da fronteira, a polícia francesa aguardava a interminável caravana de derrotados. Separaram os homens e os levaram detidos. O Professor Leal se debatia como um louco, tratando de explicar a situação, e foi necessário conduzi-lo a coronhadas junto com os demais para um campo de concentração.

Um carteiro francês encontrou o carrinho improvisado numa estrada. Aproximou-se com receio ao ouvir o choro de um bebê, tirou a manta e viu uma jovem com a cabeça enfaixada, um braço na tipoia e no outro um bebê de poucas semanas chorando de frio. Levou-os para sua casa e com sua mulher se desdobraram para ajudá-los. Por intermédio de uma organização de quacres ingleses dedicada à beneficência e proteção dos refugiados, localizou o marido numa praia cercada de arames, onde os homens passavam o dia inativos, observando o horizonte, e dormiam de noite enterrados na areia à espera de tempos melhores. Leal estava a ponto de ficar louco de angústia pensando em Hilda e no filho; por isso, quando ouviu dos lábios do carteiro que estavam a salvo, baixou a cabeça e pela primeira vez na sua vida adulta chorou por muito tempo. O francês esperou olhando o mar, sem emitir uma palavra ou fazer um gesto adequado para consolá-lo. Ao se despedir, notou que ele tremia, tirou o casaco, entregou-lhe ruborizado, e assim iniciaram uma amizade que haveria de durar meio século. Ajudou-o a conseguir um passaporte, pôr em ordem sua situação legal e sair do campo de refugiados. Enquanto isso, sua mulher dedicou a Hilda toda a espécie de cuidados. Era uma pessoa prática e combateu a amnésia com um método de sua própria autoria. Como não sabia espanhol, utilizava um dicionário para dar nome aos objetos e sentimentos, um a um. Sentada durante horas a seu lado, teve a paciência de percorrê-lo inteiro, de A a Z, repetindo cada palavra até ver brilhar a compreensão nos olhos da doente. Pouco a pouco Hilda recuperou a memória perdida. O primeiro rosto que se desenhou na névoa foi o de seu marido, depois recordou o nome do filho e, finalmente, como uma torrente vertiginosa, lhe vieram à mente os acontecimentos do passado, a beleza, o valor, os amores, o riso. Talvez tenha sido nesse momento que tomou a decisão de selecionar suas recordações e apagar todo o lastro na nova etapa que iniciava, porque intuiu a necessidade de empregar sua força na construção de seu destino de emigrante. Era melhor eliminar as nostalgias dolorosas, a pátria, os parentes e amigos deixados para trás, e não falou mais neles. Pareceu esquecer a casa de pedra, e nos anos seguintes era inútil que seu marido a mencionasse. Dava a impressão de tê-la suprimido por completo, junto com muitas outras evocações. Por outro lado, nunca foi mais lúcida para perceber o presente e planejar o futuro, encarando sua nova vida com uma certeza cheia de entusiasmo.

No dia em que os Leal embarcaram rumo a outros confins da terra, o carteiro e sua mulher, vestindo o traje de domingo, foram ao cais para se despedir deles. Suas pequenas figuras foram a última coisa a ser divisada quando o barco se distanciou no mar aberto. Até que a costa da Europa se esfumou na distância, todos os viajantes permaneceram na popa cantando canções republicanas com a voz partida pelo pranto, menos Hilda, firme na proa, com o menino no colo, esquadrinhando o futuro.

Os Leal percorreram os caminhos do desterro, adaptaram-se à pobreza, procuraram trabalho, fizeram amigos e se instalaram no outro extremo do mundo, vencendo a paralisia inicial daqueles que perdem suas raízes. Deram à luz uma nova fortaleza, nascida do sofrimento e da necessidade. Para se sustentarem nas dificuldades contaram com um amor a toda prova, muito mais do que outros possuem. Quarenta anos mais tarde ainda mantinham correspondência com o carteiro francês e sua mulher, porque os quatro conservaram o coração generoso e a mente esclarecida.

Nessa noite na mesa, o professor estava em completa euforia. A presença de Irene Beltrán estimulava sua eloquência. A jovem o escutava falar sobre a solidariedade com a fascinação de uma criança diante de um teatro de marionetes, porque aqueles discursos exaltados estavam muito distantes de seu mundo. Enquanto ele apostava nos melhores valores da humanidade, ignorando milhares de anos de história que demonstram o contrário, certo de que basta uma geração para criar uma consciência superior e uma sociedade melhor desde que existam as condições indispensáveis, ela, fascinada, deixava esfriar a comida em seu prato. O professor afirmava que o poder é perverso e quem o detinha era a escória da humanidade, porque na disputa social só triunfam os mais violentos e sanguinários. É necessário, por isso mesmo, combater toda forma de governo e deixar os homens livres num sistema igualitário.

— Os governos são intrinsecamente corruptos e devem ser suprimidos. Garantem a liberdade dos ricos com base na propriedade e escravizam os demais na miséria — discursava diante de uma Irene admirada.

— Para quem fugiu de uma ditadura e agora vive em outra, o ódio à autoridade é um inconveniente grave — observou José um tanto entediado porque passara anos ouvindo a mesma oratória inflamada.

Com o tempo seus filhos deixaram de levar a sério o Professor Leal e se ocupavam somente em evitar que cometesse loucuras. Durante sua infância tiveram de apoiá-lo mais de uma vez, mas tão logo atingiram a idade adulta, abandonaram-no com seus discursos e não voltaram a manipular a prensa da cozinha nem a pisar nas reuniões políticas. Depois da invasão soviética da Hungria em 1956, nem o pai voltou ao Partido, porque a desilusão quase o matou. Durante alguns dias caiu numa depressão alarmante, mas logo a confiança no destino da humanidade retornou a seu espírito, levando-o a superar o desencanto e a aplacar as dúvidas que o martirizavam. Sem renunciar a seus ideais de justiça e igualdade, decidiu que a liberdade é o primeiro direito, tirou os retratos de Lênin e Marx da sala e colocou um de Mikhail Bakunin. A partir de agora sou anarquista, anunciou. Nenhum de seus filhos soube o que aquilo queria dizer, e por algum tempo acreditaram que se tratava de uma seita religiosa ou de um grupo de loucos. Essa ideologia, fora de moda e varrida pelos ventos do pós-guerra, não os incomodava. Acusavam-no de ser o único anarquista do país e possivelmente tinham razão. Depois do golpe militar, para protegê-lo de seus próprios excessos, Francisco tirou uma peça indispensável da prensa. Era necessário impedir de todo jeito que ele continuasse reproduzindo suas opiniões e distribuindo-as pela cidade, como fizera em ocasiões anteriores. Mais tarde José o convenceu de que era melhor se desfazer dessa velharia inútil e levou a máquina para seu povoado, onde, uma vez reparada, limpa e lubrificada, serviu para copiar as anotações da escola durante o dia e os boletins de solidariedade à noite. Essa feliz precaução salvou o Professor Leal quando, numa batida, a polícia política revistou seu bairro, casa por casa. Teria sido difícil explicar a presença de uma prensa na cozinha. Os filhos procuravam raciocinar com seu pai, explicando-lhe que as ações isoladas e disparatadas acarretavam mais dano que benefício à causa da democracia; mas ao menor descuido ele voltava ao perigo, impulsionado por seus ardentes ideais.

— Tenha cuidado, papai — suplicavam-lhe ao tomarem conhecimento das palavras de ordem lançadas contra a Junta Militar das sacadas do edifício do Correio.

— Estou muito velho para andar com o rabo entre as pernas — retrucava impassível o professor.

— Se algo te acontecer, enfio a cabeça no forno e morro asfixiada — Hilda o advertia sem levantar a voz nem soltar a colher da sopa. Seu marido suspeitava que cumpriria o prometido e isso lhe dava um mínimo de prudência, mas nunca suficiente.

Hilda, por sua vez, combatia a ditadura com métodos singulares. Sua ação se concentrava diretamente no General, segundo ela, possuído por Satanás, a própria encarnação do mal. Pensava que era possível derrubá-lo através da prece sistemática e da fé a serviço de sua causa. Com este objetivo assistia a reuniões místicas duas vezes por semana. Ali se encontrava com um grupo cada vez maior de almas piedosas e firmes em seu propósito de acabar com o tirano. Era um movimento nacional para rezar em corrente. No dia fixado, à mesma hora, reuniam-se os crentes de todas as cidades do país, dos povoados mais distantes, das aldeias esquecidas pelo progresso, das prisões e até dos botes em alto-mar para realizar um tremendo esforço espiritual. A energia assim canalizada esmagaria estrondosamente o General e seus sequazes. José não concordava com esses desvarios perigosos e teologicamente errados, mas Francisco não descartava a possibilidade de que esse original recurso desse bom resultado, porque a sugestão opera prodígios, e, se o General soubesse dessa arma formidável para eliminá-lo, talvez sofresse uma síncope e batesse as botas. Comparava a atividade de sua mãe aos estranhos acontecimentos na casa dos Ranquileo e concluía que, em épocas de repressão, surgem soluções fantásticas para os problemas mais triviais.

— Deixe as orações, Hilda, e dedique-se ao vodu, que tem mais base científica — brincava o Professor Leal.

Sua família zombou tanto que ela decidiu ir às reuniões com sapatos de borracha e calças esportivas, levando o livro de orações escondido debaixo da roupa. Dizia que ia caminhar no parque, enquanto continuava imperturbável em sua árdua tarefa de combater a autoridade a golpes de rosário.

Na mesa dos Leal, Irene seguia com atenção as palavras do dono da casa, fascinada pelo seu sonoro sotaque espanhol que muitos anos de vida americana não haviam suavizado. Ao vê-lo gesticular apaixonado, com os olhos brilhantes e sacudido por suas convicções, sentia-se transportada ao século passado, a um obscuro sótão de anarquistas onde se preparava uma bomba rudimentar a ser jogada no caminho de uma carruagem real. Enquanto isso, Francisco e José conversavam à parte sobre o caso da menina violada que ficou muda, enquanto Hilda e sua nora se ocupavam com o jantar e as crianças. Javier comia muito pouco e não participava da conversa. Ficara desempregado há mais de um ano e no decorrer desses meses seu caráter mudou, tornando-se sombrio, prisioneiro de sua angústia. A família se acostumou a seus longos silêncios, a seus olhos vazios de qualquer curiosidade, a sua barba malfeita, e deixou de instigá-lo com demonstrações de simpatia e preocupação que ele rejeitava. Apenas Hilda insistia nos gestos solícitos e em perguntar-lhe, a cada instante, por onde andam seus pensamentos, meu filho.

Por fim, Francisco conseguiu interromper o monólogo de seu pai e contou à família a cena de Los Riscos, quando Evangelina sacudiu o oficial como um espanador. Para realizar tal façanha, opinou Hilda, é preciso estar protegido por Deus ou pelo Diabo, mas o Professor Leal defendeu que a jovem era só o produto anormal desta sociedade desequilibrada. A pobreza, o conceito de pecado, o desejo sexual reprimido e o isolamento provocavam seu mal. Irene riu, convencida de que a única correta em seu diagnóstico era Mamita Encarnación e o mais prático seria encontrar um parceiro para ela e deixá-los na montanha para que fizessem como as lebres. José concordou e, quando as crianças quiseram saber detalhes sobre as lebres, Hilda desviou a atenção para a sobremesa, os primeiros damascos da estação, assegurando que em nenhum país da terra se produziam frutas tão saborosas. Essa era a única forma de nacionalismo tolerada pelos Leal, e o professor não perdeu a oportunidade de deixá-lo claro.

— A humanidade deve viver em um mundo unido, onde se misturem as raças, línguas, os costumes e sonhos de todos os homens. O nacionalismo repugna à razão. Não beneficia os povos em nada. Só serve para que em seu nome se cometam os piores abusos.

— O que isso tem a ver com os damascos? — perguntou Irene, completamente perdida no rumo da conversa.

Riram em conjunto. Qualquer assunto podia terminar em manifesto ideológico, mas por sorte os Leal ainda não haviam perdido a capacidade de caçoar de si mesmos. Após a sobremesa serviram um aromático café trazido por Irene. Ao terminar a refeição a jovem lembrou a Francisco da matança do porco na casa dos Ranquileo no dia seguinte. Despediu-se deixando à sua passagem um rastro de bom humor que envolveu a todos menos ao taciturno Javier, tão absorto em sua desesperança e em seus nós que não percebera a existência dela.

— Case com ela, Francisco.

— Ela tem noivo, mamãe.

— Certamente você vale muito mais — respondeu Hilda, incapaz de um juízo imparcial quando se tratava de seus filhos.

Quando conheceu o Capitão Gustavo Morante, Francisco já amava tanto Irene que mal se importou em ocultar seu desgosto. Naquela época nem ele mesmo reconhecia essa emoção arrebatada como amor, e ao pensar nela o fazia em termos de pura amizade. Desde o primeiro encontro com Morante se detestaram com cortesia, um pelo desprezo do intelectual em relação aos fardados e o outro pelo mesmo sentimento ao inverso. O oficial o saudou com um breve cumprimento sem lhe estender a mão, e Francisco notou seu tom arrogante que desde o início estabelecia distância, embora amolecesse ao se dirigir a sua noiva. Não existia outra mulher para o capitão. Desde cedo a escolheu para convertê-la em sua companheira, adornando-a com todas as virtudes. Para ele não contavam as emoções fugazes nem as aventuras de um dia, inevitáveis durante os longos períodos de separação quando sua profissão o apartava dela. Nenhuma outra relação deixou sedimento em seu espírito ou recordação em sua carne. Amava Irene desde sempre, ainda crianças brincavam na casa dos avós, e despertaram juntos para as primeiras inquietações da puberdade. Francisco Leal tremia ao pensar nessas brincadeiras de primos.

Morante tinha o hábito de referir-se às mulheres como damas, marcando assim a diferença entre esses seres etéreos e o rude universo masculino. Em seu comportamento social empregava modos um tanto cerimoniosos no limite do pedantismo, que contrastavam com a forma rústica e cordial do trato com seus companheiros de armas. Seu aspecto de campeão de natação era atraente. A única vez em que se calaram as máquinas de escrever do quinto andar da editora ocorreu quando ele apareceu na sala de redação à procura de Irene, bronzeado, musculoso, soberbo.

Encarnava a essência do guerreiro. As jornalistas, as diagramadoras, as impassíveis modelos e até os gays levantaram os olhos de seu trabalho e ficaram imóveis para olhá-lo. Avançou sem sorrir e com ele marcharam os grandes soldados de todos os tempos, Alexandre, Júlio César, Napoleão e as hostes de celuloide dos filmes de guerra. O ar eletrizou-se num fundo, denso e quente suspiro. Esta foi a primeira vez que Francisco o viu e, para seu grande pesar, sentiu-se impressionado com sua presença poderosa. Imediatamente, no entanto, invadiu-o um mal-estar que atribuiu a sua aversão pelos militares, pois não podia admitir que fossem ciúmes vulgares. Normalmente o teria disfarçado, porque os sentimentos mesquinhos o envergonhavam, mas não pôde resistir à tentação de semear inquietação no espírito de Irene, e nos meses seguintes manifestou-lhe com frequência sua opinião sobre o estado catastrófico do país desde que as Forças Armadas abandonaram os quartéis para usurpar o poder. Sua amiga justificava o Golpe com os argumentos fornecidos por seu noivo; mas Francisco rebatia alegando que a ditadura não resolvera nenhum problema, só agravara os existentes e criara outros, mas a repressão impedia que se conhecesse a verdade. Puseram uma tampa hermética sobre a realidade e deixaram que fermentasse embaixo um caldo atroz, acumulando tanta pressão que, quando estourasse, não haveria máquinas de guerra nem soldados suficientes para controlá-lo. Irene escutava distraída. Suas dificuldades com Gustavo eram de outra ordem. Ela não se adaptava ao modelo de esposa de um oficial de alta patente e estava certa de que não o seria nunca, mesmo que se virasse do avesso como uma meia. Imaginava que se não tivessem se conhecido desde a infância, jamais teria se apaixonado por ele e possivelmente sequer teriam tido oportunidade de se encontrar, porque os militares vivem em círculos fechados e preferem se casar com as filhas de seus superiores ou irmãs de seus companheiros, educadas para noivas inocentes e esposas fiéis, embora nem sempre as coisas acabassem assim. Por qualquer coisa cumpriam o juramento de chamar a atenção do camarada, caso sua mulher o enganasse, obrigando-o a tomar medidas antes de acusá-lo no Alto Comando e arruinar sua carreira por ser corno. Ela considerava monstruoso esse costume. A princípio Gustavo afirmou que era inadmissível avaliar homens e mulheres com a mesma medida, não só dentro da moral do Exército, mas da de qualquer família decente, porque existem diferenças biológicas incontestáveis e uma tradição histórica e religiosa que nenhum movimento de libertação feminina conseguiria apagar. Isso poderia acarretar grandes prejuízos à sociedade, dizia. Mas Gustavo gabava-se de não ser machista, como a maioria de seus amigos. A convivência com ela e um ano recluso no Polo Sul, depurando suas ideias e polindo as asperezas de sua formação, acabaram por lhe fazer compreender a injustiça dessa dupla moral. Apresentou a Irene a alternativa honesta de ser fiel por sua vez, posto que a liberdade amorosa para ambos lhe parecia uma invenção despropositada dos povos nórdicos. Severo consigo mesmo tal como era com os outros, rigoroso na palavra empenhada, apaixonado e geralmente exausto pelo exercício físico, cumpria sua parte do trato em circunstâncias normais. Durante as separações prolongadas lutava contra as compulsões de sua natureza, empregando a força de seu espírito, escravo de uma promessa. Sofria moralmente quando cedia à tentação de uma aventura. Não lhe era possível viver muito tempo em castidade, mas seu coração permanecia intocado, como um tributo à noiva eterna.

Para Gustavo Morante o Exército era uma vocação absorvente. Ingressou na carreira deslumbrado pela vida rígida, pela segurança de um futuro estável, pelo gosto pelo comando e pela tradição familiar. Seu pai e seu avô foram generais. Aos vinte e um anos distinguiu-se como o aluno de melhores notas em seu grau e foi campeão de esgrima e natação. Especializou-se em artilharia e realizou seu desejo de comandar a tropa e treinar recrutas. Quando Francisco Leal o conheceu, acabara de voltar da Antártica, onde passara doze meses isolado sob céus imutáveis, tendo por horizonte a abóbada de um céu mercurial, iluminado por um sol tênue durante seis meses sem noite e outro meio ano vivendo na escuridão perene. Podia se comunicar por rádio com Irene uma vez por semana, apenas por quinze minutos, que aproveitava para lhe pedir satisfação de todos os seus atos, doente de ciúmes e solidão. Selecionado pelo Alto Comando entre muitos candidatos por sua firmeza de caráter e condições físicas, viveu com outros sete homens, nesse imenso território desolado, evitando temporais que levantavam ondas negras altas como montanhas, defendendo seus mais preciosos tesouros: os cães esquimós e os depósitos de combustível, a trinta graus abaixo de zero, movimentando-se como uma máquina para combater o frio sideral e a nostalgia irremediável, com a única e sagrada missão de manter tremulando o pavilhão nacional naquelas paragens esquecidas. Tratava de não pensar em Irene, mas nem o cansaço nem o gelo nem as pílulas do enfermeiro para frustrar a luxúria conseguiam apagar de seu coração a tépida lembrança dela. Distraía-se caçando focas nos meses de verão para armazená-las na neve até o inverno, e enganava as horas verificando as observações meteorológicas, medindo marés, velocidade do vento, oitavos de nuvens, temperatura e umidade, fazendo prognósticos de tempestades, elevando balões meteorológicos para adivinhar as intenções da natureza mediante cálculos trigonométricos. Passou por momentos de euforia e outros de depressão, mas nunca caiu nos vícios do pânico e da desilusão. O isolamento e o contato com essa magnífica terra gelada temperaram seu caráter e seu espírito, tornando-o mais reflexivo. Dedicou-se à leitura e ao estudo da história, propiciando a seu pensamento uma nova dimensão. Quando o amor o afligia, escrevia cartas para Irene num estilo diáfano como a paisagem branca que o rodeava, mas não podia enviá-las porque o único meio de transporte era o barco que iria recolhê-lo no final do ano. Por fim regressou mais magro, com a pele quase escura pelo reflexo da neve e as mãos calejadas, louco de ansiedade. Portava duzentos e noventa envelopes fechados e enumerados na estrita ordem cronológica, que pôs no colo de sua noiva, a quem encontrou distraída e volátil, mais interessada em seu trabalho de jornalista do que em mitigar a impaciência amorosa de seu namorado e de modo nenhum propensa a ler aquele monte de correspondência atrasada. De todo modo partiram, por alguns dias, a um discreto balneário, onde viveram uma paixão desmedida, e o capitão recuperou o tempo perdido em tantos meses de castidade imposta. Toda essa ausência tinha como único propósito juntar dinheiro suficiente para se casar com ela, porque nessas regiões inóspitas ganhava seis vezes o soldo normal relativo a sua patente. Ele era compelido pelo desejo de oferecer a Irene casa própria, móveis modernos, eletrodomésticos, automóvel e uma renda segura. Era inútil que ela manifestasse desinteresse por essas coisas e sugerisse que, em vez do casamento, realizassem uma união de experiência, para ver se a soma de suas afinidades era superior à de suas diferenças. Ele não tinha intenção de fazer experiências prejudiciais à sua carreira. A família bem constituída era importante no momento em que fosse examinado para ser promovido a major. Por outro lado, nas Forças Armadas, o celibato era visto com desconfiança depois de determinada idade. Entretanto, ignorando as vacilações de sua filha, Beatriz Alcántara, ardorosa, preparava o casamento. Percorria lojas à cata de baixelas inglesas pintadas à mão com motivos de pássaros, jogos de toalhas holandesas de linho bordado, roupa íntima de seda francesa e outros suntuosos artigos para o enxoval de sua única filha. Quem engomará estas coisas quando eu me casar, mamãe?, lamentava-se Irene ao ver as rendas da Bélgica, as sedas do Japão, os fios da Irlanda, as lãs da Escócia e outros tecidos finos trazidos de regiões distantes.

Durante toda a sua carreira Gustavo foi designado para guarnições de província, mas ia à capital para ver Irene quando lhe era possível. Nessas ocasiões ela não se comunicava com Francisco, embora houvesse trabalho urgente na revista. Perdia-se com seu noivo a dançar na penumbra das discotecas, de mãos dadas em teatros e parques, enamorados em hotéis discretos onde se compensavam de tantos desejos. Isto fazia com que Francisco ficasse irrequieto. Trancava-se em seu quarto a escutar suas sinfonias prediletas e a se deleitar em sua própria tristeza. Um dia, sem conseguir impedir as palavras, cometeu a besteira de perguntar à jovem sobre os limites de sua intimidade com o Noivo da Morte. Ela riu até não poder mais. Você não acha que sou virgem na minha idade, respondeu sem lhe deixar mesmo o benefício da dúvida. Pouco depois, Gustavo Morante foi enviado ao Panamá, por vários meses, para uma escola de oficiais. Seu contato com Irene se limitava a cartas apaixonadas, conversas telefônicas a longa distância e presentes enviados por aviões militares. De algum modo o fantasma onipresente desse namorado tenaz foi o culpado por Francisco dormir com Irene como se fosse um irmão. Quando se lembrava disso, dava um tapa no próprio rosto, pasmado com seu comportamento.

Em certa ocasião, demoraram-se na editora preparando uma reportagem. Dispunham do material e deviam elaborá-lo para o dia seguinte. As horas voaram, não se deram conta de que os demais empregados saíam e começavam a se apagar as luzes em todas as salas. Saíram para comprar uma garrafa de vinho e algo para comer. Como gostavam de trabalhar com música, puseram um concerto no gravador e entre flautas e violinos o tempo transcorreu sem que se lembrassem do relógio. Terminaram muito tarde e só então através da janela lhes chegou o silêncio e a escuridão da noite. Não se percebia nem o menor sinal de vida, parecia uma cidade deserta, abandonada por causa de um cataclismo que tivesse apagado todo vestígio humano, como nas histórias de ficção científica. Até o ar parecia opaco e imóvel. O toque de recolher, murmuraram em silêncio, sentindo-se presos, porque era impossível circular pelas ruas àquela hora. Francisco bendisse sua sorte que lhe permitia ficar com ela mais tempo. Irene imaginou a angústia de sua mãe e de Rosa, e correu ao telefone para lhes explicar a situação. Depois de beberem o resto do vinho, escutarem o concerto duas vezes e falarem de mil coisas, estavam mortos de cansaço e ela sugeriu que descansassem no divã.

O banheiro do quinto andar da editora era um aposento amplo de múltiplas funções, servia de vestuário para trocar roupa das modelos, de sala de maquiagem porque tinha um grande espelho bem iluminado e até de cafeteria, graças a um fogão onde se esquentava água. Era o único lugar privado e íntimo da revista. Num canto havia um divã esquecido desde épocas antigas. Tratava-se de um móvel grande, forrado em brocado vermelho, cheio de buracos por onde apareciam suas molas oxidadas destoando da dignidade de fim de século. Era utilizado em casos de enxaqueca, para chorar males de amor e outras penas menores ou simplesmente para descansar, quando aumentava demais a pressão do trabalho. Ali esteve quase a se esvair em sangue uma secretária por causa de um malfadado aborto, ali declararam sua paixão os ajudantes de Mario e ali mesmo este os surpreendeu sem calças sobre o desbotado tapete episcopal. Nesse divã se recostaram Irene e Francisco cobertos por seus casacos. Ela dormiu imediatamente, mas ele permaneceu acordado até de manhã, atormentado por emoções contraditórias. Não desejava se aventurar numa relação, que sem dúvida sacudiria os fundamentos de sua vida, com uma mulher que se achava do outro lado do muro. Sentia-se irremediavelmente atraído por ela, em sua presença se exacerbavam todos os seus sentidos, e seu espírito se enchia de alegria. Irene o divertia, o fascinava. Sob sua aparência volúvel, inconsciente e até cândida, encontrava-se sua essência sem mácula, como o coração de um fruto aguardando seu tempo de maturação. Pensou também em Gustavo Morante e em seu papel no destino de Irene. Temia que a jovem o repudiasse e não quis arriscar sua amizade. As palavras, uma vez proferidas, não podem ser apagadas. Recordando mais tarde seus sentimentos naquela noite inesquecível, chegou à conclusão de que não se atreveu a insinuar seu amor porque Irene não partilhava de sua aflição. Dormiu tranquila em seus braços e não lhe passou pela mente a suspeita de ter comovido Francisco profundamente. Ela vivia sua amizade com serenidade, sem nenhum indício de atração amorosa, e ele preferiu não violentá-la, à espera de que o amor a dominasse suavemente, tal como lhe havia acontecido. Sentia-a encolhida no sofá, respirando agradavelmente no sono, a longa cabeleira como um arabesco cobrindo seu rosto e seus ombros. Permaneceu imóvel, controlando até o ar que aspirava para ocultar-lhe sua palpitante e terrível excitação. Por um lado lamentava ter aceitado esse acordo tácito de irmandade que atava suas mãos há alguns meses, e desejava se lançar como um desesperado à conquista de seu corpo, e por outro reconhecia a necessidade de controlar uma emoção que poderia afastá-lo dos propósitos que guiavam essa etapa de sua vida. Contraído pela tensão e ansiedade, mas disposto a prolongar esse instante para sempre, ficou a seu lado até ouvir os primeiros ruídos da rua e ver a luz da aurora na janela. Irene despertou sobressaltada e por um momento não reconheceu o lugar em que se encontrava, mas logo se levantou num só impulso, molhou o rosto com água fria e saiu correndo para casa, deixando Francisco esquecido como um órfão. A partir desse dia contava a quem quisesse ouvir que haviam dormido juntos, o que, pensava Francisco, no sentido figurado da expressão era desgraçadamente falso.

O domingo amanheceu com o céu pesado de luz e o ar turvo e espesso, como antecipação do verão. Na violência há poucos progressos e para matar porcos empregava-se o mesmo método dos tempos bárbaros. Irene denominou aquilo de cerimônia pitoresca, porque nunca vira nem uma galinha morrer e só conhecia os porcos em seu estado natural. Ia disposta a realizar uma reportagem para a revista, tão entusiasmada com seu projeto, que não mencionou Evangelina e seus ataques estrepitosos, como se tivesse esquecido deles. A Francisco pareceu que cruzava uma paragem desconhecida. Nessa semana desabrochou a primavera, afirmou-se o verde dos campos, floresceram as acácias, essas árvores encantadas que de longe parecem cobertas de abelhas e de perto enjoam por sua fragrância impossível de ramos amarelos, os espinheiros e amoras se povoaram de pássaros e o ar vibrava com o zumbido dos insetos. Ao chegarem à propriedade dos Ranquileo o trabalho começava. Os donos da casa e os visitantes se movimentavam ao redor de uma fogueira e as crianças corriam gritando, rindo e tossindo com a fumaça, os cachorros montavam guarda, impacientes e alegres, perto dos tachos, pressentindo os despojos do banquete. Os Ranquileo receberam os recém-chegados com demonstrações de cortesia, mas Irene notou logo um ar de tristeza em seus rostos. Sob a aparência cordial percebeu a aflição, mas não teve tempo de perguntar nem de comentá-la com Francisco, porque nesse momento trouxeram o porco arrastado. Era um animal enorme criado para o consumo da família, todos os demais eram vendidos no mercado. Um indivíduo experiente o selecionara, poucos dias após ter nascido, introduzindo a mão em sua garganta para comprovar a ausência de gânglios, garantindo assim a qualidade da carne. Durante meses foi alimentado com cereais e verduras, bem diferente dos outros, que eram cevados com restos. Isolado, cativo e imóvel, aguardou seu destino enquanto desenvolvia a banha abundante e presuntos tenros. Nesse dia o animal percorreu pela primeira vez os duzentos metros que separavam a cocheira do altar de seu sacrifício, cambaleando sobre as patas curtas de desesperado, cego à luz, surdo de pavor. Ao vê-lo, Irene não pôde imaginar como matariam esse volume de carne tão pesado quanto três homens robustos.

Junto à fogueira haviam colocado grossas pranchas de madeira sobre dois barris para formar uma mesa. Ao chegar a vítima, Hipólito Ranquileo se aproximou com um machado erguido e lhe aplicou um golpe seco na testa com a parte posterior da ferramenta. O porco caiu no chão aturdido, mas não o suficiente, porque seus berros se perderam no eco dos montes, estremecendo os beiços dos cachorros que arfavam de impaciência. Vários homens amarraram suas patas e com grande dificuldade içaram-no sobre a mesa. Então agiu o perito. Era um homem nascido com o dom de matar, rara condição que quase nunca se dá nas mulheres. Era capaz de acertar o coração num só movimento mesmo com os olhos fechados, pois não o guiava o conhecimento anatômico, mas a intuição do carrasco. Para sacrificar o animal, fizera a viagem de longe, especialmente convidado, porque se isso não se fazia com perícia seus lamentos de agonia podiam dilacerar os nervos de todos os moradores da região. Pegou um enorme facão com cabo de osso e afiada lâmina de aço, empunhou-o com as duas mãos, como um sacerdote asteca, e o cravou no pescoço do bicho, levando-o sem vacilar ao centro da vida. O porco bramiu com desespero e um jorro de sangue quente brotou da ferida, respingando nos que estavam perto, formando uma poça que os cachorros lamberam. Digna aproximou um balde para recolhê-lo e, em poucos segundos, estava cheio. Flutuava no ar um odor adocicado de sangue e medo.

Nesse instante Francisco notou que Irene não estava a seu lado, e ao procurá-la com o olhar descobriu-a inerte no chão. Os outros também a viram e um coro de gargalhadas celebrou o desmaio. Inclinou-se sobre ela e a sacudiu para forçá-la a abrir os olhos. Quero ir embora daqui, suplicou assim que pôde fazer a voz sair, mas seu amigo insistiu para ficar até o final. Tinham ido para isso. Recomendou que aprendesse a controlar seus nervos ou mudasse de profissão, isso de perder a compostura podia se transformar em hábito, e lembrou-se da casa assombrada onde bastou o rangido de uma porta para que ela desfalecesse lívida em seus braços. Estava caçoando de Irene quando cessaram os gemidos do animal e, ao comprovar que estava bem morto, ela pôde pôr-se em pé.

Mas a tarefa continuava. Derramaram água fervendo sobre o cadáver e lhe rasparam o pelo com um ferro, deixando sua pele brilhante, rosada e limpa como a de um recém-nascido, depois o cortaram de cima a baixo, passaram a esvaziar suas vísceras e a cortar o toucinho diante dos olhos fascinados das crianças e dos cachorros molhados de sangue. As mulheres lavaram no açude muitos metros de tripas, depois as rechearam para preparar as morcelas e tiraram do caldo em que cozinhavam um bocado para reanimar Irene. A jovem vacilou diante daquela sopa de vampiros onde flutuavam coágulos escuros, mas tomou-a para não fazer desfeita aos anfitriões. Revelou-se deliciosa e com evidentes propriedades terapêuticas, pois em poucos minutos recuperou a cor das faces e a energia. Passaram o resto do dia tirando fotografias, comendo e bebendo vinho de uma garrafa, enquanto em grandes tambores de lata era derretida a gordura. O toucinho flutuava torrado na banha, pegavam-no com grandes peneiras e o serviam com pão. Cozinharam o fígado e o coração e também os ofereceram a seus convidados. Ao entardecer todos cabeceavam, os homens pelo álcool, as mulheres pelo cansaço, as crianças pelo sono e os cachorros enfastiados pela primeira vez na vida. Então Irene e Francisco lembraram que Evangelina não fora vista durante todo o dia.

— Onde está Evangelina? — perguntaram a Digna Ranquileo. Ela baixou a cabeça sem responder.

— Seu filho, o guarda, como se chama? — perguntou Irene intuindo que algo de anormal estava ocorrendo.

— Pradelio del Carmen Ranquileo — respondeu a mãe e a xícara tremeu em suas mãos.

Irene a pegou pelo braço e a conduziu delicadamente para um canto afastado do pátio, a essa hora envolto em sombras. Francisco quis segui-las, mas ela o deteve com um sinal, certa de que a sós com Digna teria oportunidade de estabelecer uma sólida cumplicidade feminina. Sentaram-se em duas cadeiras de palha frente a frente. Na tênue luz do crepúsculo Digna Ranquileo viu o pálido rosto tomado por olhos incomuns delineados com lápis preto, o cabelo agitado pela brisa, essa roupa resgatada de outras épocas e as miçangas barulhentas em seus pulsos. Soube que apesar do aparente abismo que as separava, podia lhe contar a verdade, porque em essência eram irmãs, como afinal o são todas as mulheres.

No domingo anterior durante a noite, quando todos dormiam na casa, haviam retornado o Tenente Juan de Dios Ramírez e seu subalterno, o que estragou o filme de Francisco.

— O sargento é Faustino Rivera, filho de meu compadre Manuel Rivera, o do lábio leporino — explicou Digna a Irene.

Rivera permaneceu na entrada, mantendo os cachorros a distância, enquanto o tenente entrava no quarto chutando os móveis e proferindo ameaças com a arma na mão. Colocou a família, ainda não acordada por completo, alinhada contra a parede e em seguida arrastou Evangelina para o jipe. A última coisa que seus pais viram dela foi a rápida luz de sua anágua branca agitada na escuridão, quando a forçavam a subir no veículo. Por um tempo escutaram seus gritos chamando-os. Esperaram até amanhecer com o peito oprimido e ao ouvirem o canto dos primeiros galos cavalgaram até a Delegacia. O cabo de guarda os recebeu depois de uma longa espera e lhes comunicou que sua filha passara a noite numa cela, mas de manhã cedo fora liberada. Perguntaram por Pradelio e foram informados de sua transferência para outra zona.

— Desde então nada sabemos da menina e muito menos temos notícias de Pradelio — disse a mãe.

Procuraram Evangelina no povoado, percorreram uma a uma as casas dos camponeses da região, pararam os ônibus na estrada para perguntar aos motoristas se a tinham visto, interrogaram o pastor protestante, o pároco, o curandeiro, a parteira e quantos encontraram no caminho, mas ninguém pôde lhes dar uma pista. Andaram por todos os lados, desde o rio até o cume dos montes sem encontrá-la, o vento arrastou o nome dela por atalhos e caminhos e, ao fim de cinco dias de inútil peregrinação, compreenderam que fora tragada pela violência. Então vestiram roupa de luto e foram à casa dos Flores contar a triste notícia. Iam envergonhados porque em seu lar Evangelina só conhecera o infortúnio e teria sido melhor para ela ter sido criada com sua verdadeira mãe.

— Não diga isso, comadre — respondeu a senhora Flores. — Não vê que a desgraça não perdoa ninguém? Lembre-se de que há anos perdi meu marido e meus quatro filhos, levaram-nos, tiraram eles de mim, tal como fizeram com Evangelina. Era seu destino, comadre. Não é sua a culpa, mas minha, porque levo no sangue a má sorte.

Evangelina Flores, de quinze anos, robusta e saudável, escutou as duas mulheres de pé atrás da cadeira de sua mãe adotiva. Tinha o mesmo rosto sereno e escuro de Digna Ranquileo, suas mãos quadradas e as ancas largas, mas não se sentia sua filha, porque os braços da outra a embalaram na infância e seus seios a amamentaram ao nascer. No entanto, por alguma razão soube que a desaparecida era mais que uma irmã, era ela mesma trocada, era sua vida que a outra estava vivendo e seria sua própria morte a que Evangelina Ranquileo morrera. Talvez nesse instante de lucidez, Evangelina Flores tenha assumido o fardo que depois a conduziria pelo mundo a clamar por justiça.

Tudo isto Digna partilhou com Irene e, quando terminou de falar, apagavam-se as últimas faíscas da fogueira e a noite tomava o horizonte. Era hora de partir. Irene Beltrán lhe prometeu procurar sua filha na capital e lhe deu o endereço de sua casa, para se comunicar caso houvesse notícias. Despediram-se com um abraço.

Nessa noite Francisco notou algo diferente nos olhos da jovem, não encontrou o riso nem o espanto de sempre. Suas pupilas tinham se tornado escuras e tristes, do tom das folhas secas de eucalipto. Então ele compreendeu que Irene estava perdendo a inocência e já ninguém poderia evitar que ela entrevisse a verdade.

Os dois amigos percorreram os lugares de costume, perguntando por Evangelina Ranquileo com mais tenacidade que esperança. Não eram os únicos nesse processo. Nos centros de prisioneiros, nos quartéis de polícia, no setor proibido do Hospital Psiquiátrico onde só entravam os torturados irrecuperáveis em camisa de força e os médicos dos Corpos de Segurança, Irene Beltrán e Francisco Leal foram acompanhados por muitos outros que conheciam melhor o caminho do calvário e os guiavam. Ali, como em todas as partes onde se acumula o sofrimento, estava presente a solidariedade humana como um bálsamo para aliviar o infortúnio.

— E a senhora, a quem procura? — perguntou Irene na fila.

— A ninguém, filha. Passei três anos no rastro de meu marido, mas agora sei que descansa em paz.

— Por que vem então?

— Para ajudar uma amiga — retrucou indicando a outra mulher.

Haviam se conhecido vários anos atrás, e juntas percorreram todos os lugares possíveis batendo em portas, suplicando aos funcionários, subornando os soldados. Uma teve melhor sorte e ao menos soube que seu esposo já não precisava dela, mas a outra continuava sua peregrinação. Como deixá-la só? Além disso, estava acostumada a esperar e passar humilhações, disse, toda a sua vida girava em torno dos horários de visita e dos formulários, conhecia os roteiros para se comunicar com os presos e obter informação.

— Evangelina Ranquileo Sánchez, quinze anos, detida para interrogatório em Los Riscos, nunca mais apareceu.

— Não a procurem mais, certamente acabaram com ela.

— Vão ao Ministério da Defesa, lá há novas listas.

— Voltem na próxima semana a esta mesma hora.

— Às cinco horas, há troca de guarda, perguntem por Antonio, ele é boa pessoa e pode lhes dar informação.

— O melhor é começar pelo necrotério, assim não perdem tempo.

José Leal tinha experiência porque grande parte de sua energia se esgotava nesses vaivéns. Lançou mão de seus contatos de padre para introduzi-los onde jamais haviam entrado sozinhos. Acompanhou-os ao Necrotério, um velho edifício cinza com aspecto de abandono e mau agouro, adequado para a casa dos mortos. Nele iam terminar os indigentes, os cadáveres anônimos dos hospitais, os mortos em brigas de bêbados ou assassinados a sangue frio, as vítimas de acidentes de trânsito e nos últimos anos homens e mulheres com os dedos cortados na altura das falanges, atados com arames e com o rosto queimado a maçarico ou desfigurado a golpes, impossíveis de identificar, cujo destino final era uma tumba sem nome no pátio 29 do Cemitério Geral. Para entrar era preciso uma autorização do Comissariado, mas José com frequência ia lá e os empregados o conheciam. Seu trabalho no Vicariato consistia em averiguar a rota dos desaparecidos. Enquanto os advogados voluntários tentavam sem êxito um recurso legal para protegê-los em caso de estarem ainda vivos, ele e outros sacerdotes cumpriam com a macabra burocracia de remexer entre os mortos, levando na mão suas fotografias para reconhecê-los. Muito raramente se conseguia resgatar algum com vida, mas com ajuda divina os padres confiavam em poder entregar às famílias os despojos para dar-lhes sepultura.

Advertido por seu irmão do que iriam ver no Necrotério, Francisco implorou a Irene que ficasse do lado de fora, mas encontrou nela uma nova determinação, surgida do desejo de conhecer a verdade, que a impeliu a cruzar a entrada. Francisco era homem resistente diante do horror devido a suas experiências em hospitais e manicômios, mas ao sair desse lugar sentiu-se transtornado e continuou assim por muito tempo; assim supôs como se sentia sua amiga. As câmaras refrigeradas não comportavam tantos corpos e, ao não poder acomodá-los sobre as mesas, amontoavam-nos em porões antes destinados a outros usos. O ar cheirava a formol e umidade. As amplas salas sujas, com paredes manchadas, permaneciam na penumbra. Só uma lâmpada de vez em quando iluminava os corredores, os escritórios decrépitos e os espaçosos depósitos. A desesperança reinava naquele lugar e quem passava seus dias ali estava contagiado pela indiferença, já esgotada sua capacidade de compaixão. Cada qual cumpria suas funções manipulando a morte como mercadoria banal, convivendo tão intimamente com ela que esqueciam a vida. Viram empregados comendo seu lanche sobre as mesas de autópsia, outros escutando programas esportivos do rádio indiferentes aos despojos tumefatos ou jogando baralho nos depósitos do sótão onde aguardavam os cadáveres do dia.

Revistaram as dependências uma a uma, parando nas mulheres, que eram poucas e estavam nuas. Francisco sentiu a boca cheia de saliva e a mão de Irene tremendo na sua. A jovem estava pálida, com os olhos esbugalhados, deslizando muda, gelada, como num pesadelo inacabável, tão impressionada que parecia flutuar numa neblina pestilenta. Não conseguia compreender essa visão de inferno e nem sequer sua imaginação desenfreada podia medir o alcance de tanto horror.

Francisco não retrocedia no momento de enfrentar a violência, era um elo dessa longa cadeia humana que se movia na clandestinidade e conhecia os porões da ditadura. Ninguém suspeitava de seu tráfico de asilados, de mensagens, de dinheiro proveniente de fontes misteriosas, de nomes, dados e provas acumuladas para enviar ao exterior se algum dia alguém decidisse escrever a história. Mas a repressão não o tocara ainda, conseguia deslizar apenas roçando-a, sempre à beira do abismo. Só uma vez, por casualidade, a carapuça lhe serviu, e o pararam. Ao voltar de seu consultório, na época em que ainda trabalhava na profissão de psicólogo, deparou com uma patrulha que parava os transeuntes. Pensou numa revista corriqueira e estendeu seus documentos, mas duas mãos como garras o tiraram da moto e uma metralhadora foi cravada em seu peito.

— Desce, sua bicha!

Não era o único em situação crítica. Dois meninos em idade escolar estavam de joelhos no chão e o obrigaram a se pôr ao lado deles. Dois soldados o apontaram com suas armas e outro o agarrou pelo cabelo e lhe raspou a cabeça. Anos depois ainda parecia impossível recordar esse episódio sem um espasmo de impotência e indignação, embora com o tempo percebesse que não tinha nenhuma importância, comparado a outros fatos. Tratou de argumentar com os soldados, mas só ganhou uma coronhada nas costas e vários cortes no couro cabeludo. Nessa noite voltou para sua casa cuspindo raiva, tão humilhado como nunca estivera.

— Te avisei que andavam cortando os cabelos, filho — chorou sua mãe.

— A partir deste momento deixa crescer de novo o cabelo, Francisco, porque é preciso se opor de todas as formas possíveis — resmungou o pai, furioso, esquecendo sua própria desaprovação por cabelos compridos nos homens. Assim o fez, certo de que voltariam a tosquiá-lo, mas uma contraordem deixou os cabeludos em paz.

Irene Beltrán viveu até então protegida numa ignorância angelical, não por inércia ou estupidez, mas por ser essa a norma em seu meio. Como sua mãe e tantos outros de sua classe social, refugiava-se no mundo ordenado e agradável do bairro alto, dos balneários privativos, das pistas de esqui, dos verões no campo. Educaram-na para negar as evidências desfavoráveis, descartando-as como sinais enganosos. Teve uma vez a experiência de ver pararem um carro e vários homens se lançarem sobre um pedestre, fazendo com que entrasse à força no veículo;

sentiu de longe a fumaça das fogueiras queimando livros proibidos; adivinhou as formas de um corpo humano boiando nas turvas águas do canal. Certas noites ouvia a marcha das patrulhas e o barulho dos helicópteros zumbindo no céu. Abaixou-se para socorrer na rua alguém desmaiado de fome. A ventania do ódio a rondava mas não chegava a envolvê-la, preservada pelo alto muro atrás do qual ela fora criada, mas sua sensibilidade estava alerta e, quando tomou a decisão de entrar no Necrotério, deu um passo que afetaria toda a sua existência. Nunca vira um morto de perto até esse dia em que viu tantos para povoar seus piores sonhos. Parou em frente a uma enorme adega refrigerada para observar uma jovem de cabelo claro pendurada em um gancho ao lado de outras. À distância se parecia com Evangelina Ranquileo, mas ao se aproximar não a reconheceu. Aterrorizada, notou profundos sulcos em seu corpo, o rosto queimado, as mãos amputadas.

— Não é Evangelina, não olhe — pediu Francisco afastando sua amiga, abraçando-a, arrastando-a para a porta, transtornado como ela.

Embora o percurso pelo Necrotério tivesse durado só meia hora, ao sair Irene Beltrán já não era a mesma, algo se dilacerara em sua alma. Francisco o percebeu antes de ouvir a sua primeira palavra e procurou ansiosamente uma forma de lhe oferecer consolo. Convidou-a a subir na motocicleta e se dirigiu a toda velocidade para o campo.

Frequentemente iam lanchar juntos nesse lugar. O almoço campestre resolveu suas discussões na hora de pagar a conta no restaurante e ambos desfrutavam o ar livre no esplendor desse parque. Às vezes passavam pela casa de Irene para pegar Cleo. A jovem temia que de tanto conviver com os idosos e vagar pelos caminhos da residência geriátrica, a cachorra perdesse o instinto e se tornasse idiota, por isso lhe parecia conveniente fazê-la correr um pouco. Nas primeiras saídas o pobre animal viajava aterrorizado, com as orelhas baixas e os olhos apavorados, escondida entre os dois sobre a moto, mas com o tempo chegou a gostar e enlouquecia de entusiasmo ao ruído de qualquer motor. Era um animal sem estirpe de nobreza, malhada de várias cores, herdeira da vivacidade e da astúcia legadas por seus antepassados bastardos. Estava unida a sua dona por uma pacífica lealdade. Os três sobre a moto pareciam saídos de uma feira de entretenimento, Irene com suas saias esvoaçantes, seus xales, seus adereços, seu longo cabelo ao vento, a cachorra no centro e Francisco mantendo em equilíbrio a cesta de comida.

Esse enorme parque natural, encravado no centro da cidade, era de fácil acesso, mas poucos o frequentavam e muitos nem sequer percebiam sua existência. Francisco sentia-se senhor do lugar e o utilizava quando desejava fotografar paisagens: doces colinas sedentas no verão, dourados caneleiros e carvalhos selvagens onde se aninhavam os esquilos no outono, vasto silêncio de ramos nus no inverno. Na primavera o parque despertava palpitante, iluminado por mil verdes diferentes, com miríades de insetos entre as flores, todas as fontes transbordando, suas raízes ansiosas, a seiva derramando das veias ocultas da natureza. Cruzavam uma ponte sobre o arroio e começavam a subir por um sinuoso caminho rodeado de jardins plantados com espécies exóticas. À medida que subiam se emaranhavam nos arbustos, apagavam-se os caminhos e começavam a se espalhar as suaves bétulas com as primeiras folhas do ano, os maciços pinheiros sempre verdes, os esbeltos eucaliptos, as faias vermelhas. O calor do meio-dia evaporava o orvalho da manhã e se desprendia do solo uma ligeira névoa como um véu sobre a paisagem. No topo tinham a sensação de ser os únicos habitantes desse lugar encantado. Conheciam cantos recônditos, sabiam localizar os pontos para observar a cidade a seus pés. Às vezes, quando embaixo a névoa se tornava mais densa, a base do morro se perdia numa consistente espuma e podiam imaginar que estavam numa ilha cercados de farinha. Em compensação, nos dias claros divisavam a interminável faixa prateada do tráfego e até eles chegava o burburinho como uma torrente longínqua. Em certos lugares a folhagem era tão cerrada e tão intenso o perfume vegetal, que chegava a lhes causar uma turva embriaguez. Ambos escondiam essas escapadas ao morro como um segredo precioso. Sem terem combinado previamente, evitavam mencioná-lo para preservar sua intimidade.

Na saída do Necrotério, Francisco pensou que apenas a espessa vegetação do parque, a umidade da terra e a fragrância do húmus poderiam distrair sua amiga do clamor de tantos mortos. Conduziu-a até o topo e buscou um canto afastado e na sombra. Sentaram-se sob um salgueiro perto do arroio que descia saltitante entre as pedras. Os galhos da árvore caíam ao seu redor, formando uma cabana de ramos. Encostados no nodoso tronco ficaram em silêncio, sem se tocarem, mas tão próximos em sua emoção que pareciam habitar o mesmo ventre. Impregnados de consternação, cada um absorto em seus pensamentos, sentiam a proximidade do outro como um consolo. O transcorrer das horas, a brisa do sul, o rumor da água, os pássaros amarelos e o aroma da terra lhes devolveram lentamente o sentido da realidade.

— Devíamos voltar para a editora — disse Irene finalmente.

— Devíamos.

Mas não se moveram. Ela colheu uns talos de erva e os levou à boca, mordendo-os para chupar a seiva. Voltou-se para olhar seu amigo e ele afundou-se em suas pupilas nebulosas. Sem pensar, Francisco a atraiu para si e buscou sua boca. Foi um beijo casto, tépido, leve, mas teve o efeito de um tremor telúrico em seus sentidos. Cada um percebeu a pele do outro nunca antes tão clara e próxima, a tensão de suas mãos, a intimidade de um contato almejado desde o começo dos tempos. Um calor palpitante foi-lhes invadindo os ossos, as veias, a alma, algo que não conheciam ou haviam esquecido por completo, pois a memória da carne é frágil. Tudo desapareceu ao redor deles e só tiveram consciência de seus lábios unidos, tomando e recebendo. Na verdade foi apenas um beijo, a sugestão de um contato esperado e inevitável, mas ambos estavam certos de que este seria o único beijo de que poderiam recordar até o fim de suas vidas e, de todas as carícias, a única a deixar uma marca certa em suas nostalgias.

Souberam que, dentro de alguns anos, ainda poderiam evocar com exatidão o contato úmido e cálido de seus lábios, o odor do mato fresco e a sensação afligente em seus espíritos. Aquele beijo durou como um suspiro. Quando Francisco abriu os olhos, a jovem estava de pé recortada contra o precipício com os braços cruzados no peito. Ambos respiravam agitados, ardentes, suspensos em seu próprio espaço, em seu próprio tempo. Ele não se moveu, comovido por uma emoção nova e totalitária em relação a essa mulher, já para sempre ligada a seu destino. Pareceu-lhe escutar um levíssimo soluço e compreendeu a luta desencadeada no coração de Irene, amor, lealdade, dúvidas. Vacilou entre o desejo de abraçá-la e o temor de pressionar seu espírito. Assim passaram longos momentos de silêncio. Irene se virou e, aproximando-se devagar, se ajoelhou a seu lado. Rodeou-a pela cintura e aspirou o perfume de sua blusa e a leve profunda insinuação de seu corpo.

— Gustavo me esperou por toda a vida. Me casarei com ele.

— Não acredito — sussurrou Francisco.

A tensão se aliviou pouco a pouco. Ela tomou entre suas mãos a cabeça escura de seu amigo e o fitou. Sorriram aliviados, divertidos, trêmulos, seguros de que não tentariam uma aventura fugaz porque foram feitos para compartilhar a existência como um todo e assumir juntos o desafio de se amarem para sempre.

A tarde acabava e a verde catedral do parque estava sombria. Era a hora de voltar. Desceram como uma lufada de vento montados na motocicleta. A tenebrosa visão dos cadáveres nunca seria apagada das suas almas, mas nesse momento se sentiam felizes.

O ardor do beijo não os abandonou por muitos dias e fez suas noites repletas de fantasmas delicados, deixando sua recordação na pele, como uma queimadura. A alegria desse encontro os transportava levitando pela rua, levava-os a rir sem motivo aparente, despertava-os sobressaltados na metade de um sonho. Tocavam-se os lábios com as pontas dos dedos e cada um recordava exatamente a forma da boca do outro. Irene pensava em Gustavo e nas novas verdades recém-aprendidas. Ela desconfiava de que, como todo oficial das Forças Armadas, ele participasse do exercício do poder, uma vida secreta jamais partilhada com ela. Havia dois seres diferentes nesse corpo atlético tão conhecido. Pela primeira vez teve medo dele e desejou que nunca regressasse.

Javier se enforcou na quinta-feira. Nessa tarde, como o fazia todos os dias, saiu para procurar trabalho e não voltou. Muito cedo, sua mulher pressentiu a desgraça, bem antes que fosse hora de começar a se preocupar. Quando caiu a noite, pôs-se a esperá-lo na soleira da porta com os olhos fixos na rua. Então o clamor da tragédia tornou-se-lhe insuportável, pegou o telefone e ligou para seus sogros e quantos amigos conhecia, mas não conseguiu a menor notícia de seu marido. Espreitando as sombras durante um tempo infinito, chamando-o com o pensamento, surpreendeu-a o toque de recolher, passaram as horas mais obscuras e assim enxergou o amanhecer de sexta-feira. As crianças ainda não tinham acordado quando a patrulha policial parou diante da porta de sua casa. Haviam encontrado Javier Leal pendurado em uma árvore no parque infantil. Nunca falara de suicídio, não se despediu de ninguém, não deixou palavras de adeus, mas ela soube sem dúvida alguma que se matara e compreendeu por fim os nós da corda que manipulava sem cessar.

Francisco retirou o cadáver e tratou do funeral do irmão. Enquanto realizava a árdua burocracia da morte, levava consigo a visão de Javier tal como apareceu diante de seus olhos numa mesa do Instituto Médico, repousando sob a luz gelada das lâmpadas fluorescentes. Tentava analisar as razões desse fim brutal e adaptar-se à ideia de que o companheiro de toda a sua vida, o amigo incondicional, o protetor, já não estaria mais neste mundo. Lembrou-se das lições de seu pai: o trabalho como fonte de orgulho. Nem mesmo durante as férias havia ócio para eles. No lar dos Leal até nos dias festivos faziam algo útil. A família viveu momentos difíceis, mas jamais pensou em aceitar caridade, mesmo que ela viesse de quem haviam socorrido anteriormente. Ao ver os caminhos interceptados, a Javier só restou aceitar ajuda do pai e dos irmãos, então preferiu ir calado. Francisco enveredou por lembranças distantes, quando seu irmão mais velho era um menino justiceiro como o pai e sentimental como a mãe. Unidos e solidários cresceram os três meninos Leal, três contra o mundo, três do mesmo clã, respeitados no pátio do colégio porque cada um era protegido pelos outros e qualquer ofensa era paga de imediato. José, o segundo, era o mais forte e pesado, mas o mais temido era Javier, por sua coragem e a destreza de seus punhos. Teve uma adolescência tumultuada até se apaixonar pela primeira mulher que chamou sua atenção. Casou-se com ela e foi-lhe fiel até sua noite fatal. Fez honra a seu nome: Leal com ela, com sua família, com os amigos. Amava seu trabalho de biólogo e pretendia se dedicar à docência, mas as circunstâncias o encaminharam para um laboratório comercial, onde em poucos anos ocupou altos cargos, porque seu senso de responsabilidade era animado por uma imaginação fértil que lhe permitia se antecipar aos mais atrevidos projetos da ciência. No entanto, estas condições de nada lhe serviram quando foram feitas as listas das pessoas proscritas pela Junta Militar. Sua atividade no sindicato pesou como um estigma aos olhos das novas autoridades. Primeiro o vigiaram, depois hostilizaram-no e finalmente o despediram. Ao ficar sem emprego e perder a ilusão de conseguir outro, começou sua deterioração. Vagava massacrado pelas noites de insônia e pelos dias de humilhações. Havia batido em muitas portas, esperado, corrido aos anúncios dos jornais e no fim do caminho achava-se esmagado pela desesperança. Sem trabalho, perdeu pouco a pouco sua identidade. Estava disposto a aceitar qualquer oferta, mesmo que o pagamento fosse mínimo, pois precisava urgentemente se sentir útil. Como desempregado era um marginal, um ser anônimo, ignorado por todos porque já não produzia, e essa era a medida do valor humano no mundo que lhe coube viver. Nos últimos meses abandonou seus sonhos, renunciou a seus objetivos, acabou por se considerar um pária. Os filhos não compreendiam seu mau humor e sua melancolia permanentes, também eles buscavam ocupação lavando carros, carregando sacos no mercado ou realizando qualquer tarefa para colaborar no orçamento familiar. No dia em que seu filho menor colocou sobre a mesa da cozinha umas moedas ganhas por passear com cães de ricos pelo parque, Javier Leal se encolheu como um animal acossado. Desse momento em diante não voltou a olhar ninguém nos olhos e mergulhou na desesperança. Faltava-lhe ânimo para se vestir e frequentemente passava boa parte do dia deitado na cama. As mãos lhe tremiam porque começou a beber às escondidas, sentindo-se culpado por gastar assim um dinheiro essencial em seu lar. Aos sábados realizava o esforço de se apresentar na casa de seus pais limpo e ajeitado para não angustiar mais a família. Mas não podia apagar de seu olhar aquela expressão desolada. A relação com sua mulher se deteriorou, porque nessas circunstâncias o amor se cansa. Precisava de consolo, mas ao mesmo tempo aguardava qualquer assomo de compaixão para reagir com fúria. No começo ela não acreditou que não existisse nenhum emprego disponível, mas depois, ao saber dos milhares de desempregados, calou a boca e duplicou os turnos de seu trabalho. O cansaço desses meses esgotou a juventude e a beleza que acumulava como suas únicas posses, mas não chegou a lamentá-lo porque passava ocupada em evitar a fome dos filhos e o desamparo do marido. Não pôde impedir que Javier se extraviasse na solidão. A apatia o envolveu como um manto, eliminando a noção do tempo presente, esmigalhando suas forças e despojando-o de seu valor. Agia como uma sombra. Deixou de se sentir um homem quando viu seu lar desmoronar e percebeu que o amor nos olhos de sua mulher se apagava. Em algum momento que sua família não pôde prever por estar demasiado próxima, sua vontade se abalou de forma definitiva. Renunciou ao desejo de viver e tomou a decisão de dormir sua morte.

A tragédia atingiu os Leal como uma machadada. Hilda e o professor envelheceram de repente e sua casa foi tomada pelo silêncio. Mesmo os pássaros barulhentos pareceram se calar no pátio. Apesar da rígida condenação da Igreja Católica aos suicidas, José oficiou missa pelo descanso da alma do irmão. Pela segunda vez o professor pôs os pés em um templo, a primeira foi ao se casar e nessa ocasião estava repleto de alegria, mas este transe foi diferente. Durante toda a cerimônia permaneceu de pé, com os braços cruzados e a boca apertada numa linha fina, ébrio de aflição. Sua mulher rezava entregue, aceitando a morte do filho como outra prova do destino.

Irene assistiu às exéquias desconcertada, sem conseguir entender a causa de tanta desgraça. Permaneceu calada ao lado de Francisco, abatida pelo pesadelo dessa família que chegara a amar como sua. Conhecia-os joviais, exultantes, risonhos. Ignorava que viviam a dor intimamente e dignamente. Talvez devido a sua ascendência espanhola, o Professor Leal podia expressar todas as paixões, menos essa que lhe dilacerava a alma. Os homens não choram senão por amor, dizia. Os olhos de Hilda, ao contrário, se umedeciam diante de qualquer emoção: ternura, riso, nostalgia, mas o sofrimento a enrijecia como um cristal. Houve poucas lágrimas no funeral de seu filho mais velho.

Sepultaram-no num pequeno lote de terreno adquirido na última hora. Os ritos foram improvisados e confusos, porque até esse dia não haviam pensado nas exigências da morte. Como todos os que amam a vida, sentiam-se imortais.

— Não voltaremos para a Espanha, mulher — decidiu o Professor Leal quando as últimas pás de terra cobriram o caixão. Pela primeira vez em quarenta anos aceitou que pertencia àquele solo.

A viúva de Javier Leal regressou do cemitério para seu apartamento, colocou seus poucos pertences em caixas de papelão, pegou os filhos pela mão e se despediu. Partiam para o sul, para a província onde ela nascera, porque lá a vida era menos dura e contava com o apoio de seus irmãos. Não queria que os filhos crescessem à sombra do pai ausente. Os Leal se despediram da nora e dos netos, acompanharam-nos abatidos à estação, viram-nos subir no trem e se distanciar, sem acreditar que em tão poucos dias perdiam também aquelas crianças que haviam ajudado a crescer. Não valorizavam nenhum bem material, sua confiança no futuro estava depositada na família. Jamais imaginaram envelhecer longe dos seus.

Da estação o professor voltou para casa e, sem tirar o paletó nem a gravata de luto, sentou-se numa cadeira sob a cerejeira do quintal, com os olhos perdidos. Segurava nas mãos sua velha régua de cálculo, único objeto salvo do naufrágio da guerra e trazido para a América. Sempre a teve perto sobre o criado-mudo e só permitia que os meninos brincassem com ela quando desejava dar-lhes uma recompensa. Os três aprenderam a usá-la deslizando suas peças para fazer operações com os números, e se negou a substituí-la quando foi ultrapassada pelos avanços eletrônicos. Era um tubo telescópico de bronze com minúsculos números pintados na superfície, obra de artesãos do século passado. Ali sentado sob a árvore, olhando as paredes de ladrilho que ele mesmo levantara para abrigar seu filho Javier, o Professor Leal permaneceu muitas horas. Nessa noite Francisco o levou quase à força para a cama, mas não pôde obrigá-lo a comer. No dia seguinte foi o mesmo. No terceiro, Hilda secou as lágrimas, reuniu a fortaleza sempre presente em seu interior e se dispôs a lutar pelos seus mais uma vez.

— O problema de seu pai é que não acredita na alma, Francisco. Por isso sente que perdeu Javier — disse.

Da cozinha podiam ver através da janela o professor em sua cadeira, girando a régua de cálculo. Com um suspiro, Hilda guardou o almoço na geladeira sem experimentá-lo, levou outra cadeira para o quintal e sentou-se sob a cerejeira com as mãos sobre a saia, pela primeira vez desde tempos imemoriais sem ocupá-las num tricô ou numa costura, e assim ficou imóvel durante horas. Ao anoitecer Francisco lhes suplicou que comessem algo, mas não obteve resposta. Com grande dificuldade levou-os para o quarto e os colocou na cama, onde ficaram em silêncio, com os olhos abertos, desolados, como dois velhos perdidos. Beijou-os na testa, apagou a luz e desejou com toda a alma que um sono profundo os aliviasse da angústia. Ao levantar na manhã seguinte notou-os instalados sob a árvore na mesma posição, com a roupa amassada, sem se lavar nem comer, mudos. Teve que lançar mão de todos os seus conhecimentos para controlar o impulso de sacudi-los. Paciente, sentou-se a vigiar, disposto a deixá-los chegar ao fundo de sua dor.

No meio da tarde o Professor Leal levantou os olhos e fitou Hilda.

— O que há com você, mulher? — perguntou com a voz enfraquecida pelos quatro dias de silêncio.

— O mesmo que com você.

O professor compreendeu. Conhecia-a bem e soube que se deixaria morrer na mesma medida em que ele o fizesse, porque depois de amá-lo sem interrupção durante tantos anos, não lhe permitiria partir só.

— Está bem — disse levantando-se com dificuldade e lhe estendendo a mão.

Entraram devagarinho na casa, apoiando-se mutuamente. Francisco esquentou a sopa e a vida voltou a sua rotina.

Deixando de lado a consternação dos Leal, Irene Beltrán pegou o carro de sua mãe e partiu sozinha para Los Riscos, decidida a encontrar Evangelina por sua conta. Prometera a Digna ajudá-la na busca e não pretendia dar a impressão de leviandade. Sua primeira parada foi na casa dos Ranquileo.

— Não continue procurando, senhorita. A terra a tragou — disse a mãe com a resignação de quem suportou muitas dores.

No entanto, Irene estava disposta a remover a terra, se fosse necessário, até achar a menina. Mais tarde, ao voltar na lembrança desses dias, perguntava-se o que a empurrou à zona das sombras. Desde o princípio, desconfiou que tinha nos dedos a ponta de um fio e ao esticá-lo desenredaria uma interminável meada de consternação. Intuía que essa santa de milagres duvidosos era a fronteira entre seu mundo ordenado e a região obscura nunca antes pisada. Pensando nisso, concluiu que não só foi impelida pela curiosidade própria de seu caráter e de sua profissão, mas por algo parecido à vertigem. Entreviu um poço insondável e não pôde resistir à tentação do abismo.

O Tenente Juan de Dios Ramírez a recebeu sem demora em seu escritório. Ele lhe pareceu menos robusto do que quando o conheceu naquele domingo fatídico na casa dos Ranquileo e deduziu que o tamanho de um homem depende de sua atitude. Ramirez se mostrou quase amável. Vestia a farda sem o correame, tinha a cabeça descoberta e não portava armas. Suas mãos estavam inchadas, vermelhas, cheias de frieiras, mal de pobres. Era impossível não reconhecer Irene, pois ao ver apenas uma vez seu cabelo em desalinho e seus vestidos extravagantes, qualquer um lembraria dela, por isso não tentou disfarçar e lhe manifestou sem preâmbulos seu interesse por Evangelina Ranquileo.

— Foi detida para um breve interrogatório de rotina — disse o oficial. — Passou aquela noite aqui e no outro dia foi embora cedo.

Ramírez secou o suor da testa. Fazia calor no escritório.

— Mandaram-na para a rua sem roupa?

— A cidadã Ranquileo tinha sapatos e um poncho.

— Vocês a arrancaram da cama durante a noite. Ela é menor de idade. Por que não a devolveram a seus pais?

— Não tenho que discutir com a senhora os procedimentos da polícia — respondeu secamente o tenente.

— Prefere fazê-lo com meu noivo, o Capitão do Exército Gustavo Morante?

— O que está pensando? Eu só presto contas a meu superior imediato!

Mas Ramirez vacilou. Entre a pele e os ossos tinha inculcado o princípio de fraternidade militar; acima das pequenas rivalidades entre os regimentos, estavam os interesses sagrados da pátria e os não menos sagrados da farda; deviam se defender do câncer oculto que crescia e se multiplicava no próprio seio do povo; por isso sempre se deveria desconfiar dos civis, como medida de precaução, e ser leal aos camaradas de armas como medida estratégica. As Forças Armadas devem ser monolíticas, haviam-lhe repetido mil vezes. Também influiu em seu espírito a evidente superioridade de classe social da jovem, porque se acostumara a respeitar a mais alta autoridade do dinheiro e do poder, e ela devia possuir ambos se ousava interrogá-lo com tal desembaraço, tratando-o como se fosse seu empregado. Procurou no Livro da Guarda e mostrou-o. Ali aparecia a entrada no quartel de Evangelina

Ranquileo Sánchez, quinze anos, detida pelo motivo de prestar declaração sobre um evento não autorizado na propriedade de sua família e agravos físicos à pessoa do oficial Juan de Dios Ramírez. Abaixo acrescentavam que, devido a uma crise de choro, decidiram cancelar o interrogatório. Assinava o cabo de guarda Ignacio Bravo.

— Eu diria que foi para a capital. Queria um emprego de doméstica, como sua irmã mais velha — disse Ramírez.

— Sem dinheiro e quase nua, tenente? Não parece um pouco estranho?

— Essa pirralha estava meio louca.

— Posso falar com o irmão dela, Pradelio Ranquileo?

— Não. Foi transferido para outra zona.

— Onde?

— Essa informação é confidencial. Estamos em estado de guerra interna.

Ela compreendeu que não obteria mais nada por essa via e, como ainda era cedo, foi ao povoado para dar uma volta com o propósito de falar com algumas pessoas. Queria sondar o que pensavam dos militares em geral, e do Tenente Ramírez em particular, mas ao ouvir tais perguntas as pessoas viravam a cabeça sem dizer palavra e se retiravam o mais rápido possível. Anos de regime autoritário impuseram a discrição como norma de sobrevivência. Enquanto esperava que um mecânico consertasse o pneu do carro, Irene sentou-se numa hospedaria perto da praça. A primavera se revelava no voo nupcial dos pardais, no passo requebrado das galinhas com seu séquito de pintinhos, no tremor das moças sob os vestidos de percal. Uma gata prenhe entrou na pousada e com dignidade se acomodou debaixo de sua mesa.

Em alguns momentos de sua vida Irene sentiu-se atingida pela força da intuição. Acreditava escutar os sinais do faturo e supunha que o poder da mente podia determinar certos acontecimentos. Assim se explicou que o Sargento Faustino Rivera aparecesse no mesmo lugar escolhido por ela para comer. Quando mais tarde contou a Francisco, ele expôs uma teoria mais sensata: era o único restaurante de Los Riscos e a essa hora o sargento estava com sede. Irene observou-o entrar suando, aproximar-se do balcão para pedir uma cerveja e reconheceu logo seu rosto indígena, pômulos altos, olhos oblíquos, cabelo grosso, dentes grandes e iguais. Estava fardado e levava o quepe de serviço na mão. Lembrou o pouco que sabia dele pela boca de Digna Ranquileo e decidiu empregá-lo a seu favor.

— O senhor é o Sargento Rivera? — saudou.

— Às suas ordens.

— Filho de Manuel Rivera, o de lábio leporino?

— Ele mesmo, para servi-la.

Dali em diante a conversa seguiu um curso fácil. A jovem o convidou a beber em sua mesa e, tão logo o teve acomodado com outra cerveja na mão, tornou-o sua presa. No terceiro copo era evidente que o guarda aguentava mal o álcool e ela conduziu o assunto pelos caminhos de seu interesse. Começou adulando-o ao dizer que havia nascido para ocupar cargos de responsabilidade, qualquer um podia ver isso, ela mesmo o notou na casa dos Ranquileo, quando controlou a situação com a autoridade e o sangue-frio de um verdadeiro chefe, enérgico e eficiente, não como o oficial Ramírez.

— Seu tenente é sempre tão imprudente? Como pôde atirar daquele jeito! Eu me assustei muito...

— Antes não era assim. Não era um mau homem, isso lhe asseguro — respondeu o sargento.

Conhecia-o como a palma de sua mão, porque havia anos atuava sob suas ordens. Recém-chegado da Escola de Oficiais, Ramírez reunia as virtudes de um bom militar: elegante, intransigente, cumpridor. Conhecia de cor os códigos e regulamentos, não admitia falhas, verificava o brilho dos sapatos, punia os subalternos para comprovar sua firmeza, exigia deles muita seriedade no serviço e era obsessivo com a higiene. Vigiava pessoalmente a limpeza das latrinas e toda semana perfilava os homens nus, a fim de detectar as doenças venéreas e os piolhos. Olhava com lupa suas partes íntimas e os infectados precisavam aguentar drásticos remédios e múltiplas humilhações.

— Mas não o fazia por maldade, senhorita, e sim para nos ensinar a ser gente. Creio que nessa época meu tenente tinha bom coração.

Rivera lembrava-se do primeiro fuzilamento como se estivesse a presenciá-lo. Aconteceu cinco anos atrás, a poucos dias do Pronunciamento Militar. Ainda fazia frio e naquela noite choveu sem parar, uma catarata baixou do céu para banhar o mundo e deixou o quartel limpo, cheirando a musgo e umidade. Ao amanhecer, parou a chuva, mas a paisagem parecia coberta por sua recordação e entre as pedras brilhavam as poças como pedaços de cristal. No fundo do pátio estava o pelotão e o Tenente Ramírez, muito pálido, dois passos à frente. Carregaram o prisioneiro entre dois guardas, sustentando-o pelos braços, porque não podia se manter em pé. No início, Rivera não se deu conta das más condições em que se encontrava e acreditou que estava acovardado, como outros que, depois de andar por aí praticando a subversão para foder a pátria, desmaiavam no momento de pagar suas culpas, mas em seguida observou melhor e viu que se tratava do sujeito a quem haviam rebentado as pernas. Tinham que erguê-lo no ar para evitar que seus pés batessem contra as pedras do chão. Faustino Rivera olhou seu superior e adivinhou o pensamento dele, porque em algumas noites de guarda puderam falar de homem para homem, deixando de lado as hierarquias para analisar as causas do levante militar e suas consequências. O país estava dividido pelos políticos antipatrióticos que debilitaram a nação, convertendo-a em presa fácil para os inimigos externos, dizia o Tenente Ramírez. O primeiro dever de um soldado é zelar pela segurança, por isso tomaram o poder, para devolver sua força à pátria, tirando do caminho os inimigos internos. Rivera repudiava a tortura, considerando-a o pior dessa guerra suja na qual estavam submersos, não fazia parte da sua profissão, ela não lhe fora ensinada, remexia-lhe as tripas. Era muito diferente dar uns pontapés num delinquente comum como parte da rotina e martirizar sistematicamente um prisioneiro. Por que esses desgraçados calavam? Por que não falavam no primeiro interrogatório e se livravam de tanto sofrimento inútil? No fim das contas todos confessavam ou morriam, como esse que iam fuzilar.

— Pelotão! Ateeeen...!

— Meu tenente — sussurrou a seu lado Faustino Rivera, então um simples primeiro-cabo.

— Ponha o prisioneiro contra o muro, primeiro!

— Mas meu tenente, ele não consegue ficar de pé.

— Sente-o então!

— Onde, meu tenente?

— Tragam uma cadeira, caralho! — e a voz dele fez-se vexatória.

Faustino Rivera se virou para o homem a sua esquerda, repetiu a ordem e o outro saiu. Por que não o jogam no chão e o matam como a um cachorro antes que clareie o dia e possamos ver nossas caras? Para que tanta demora?, pensou inquieto, pois a cada instante havia mais luz no pátio. O prisioneiro levantou o olhar e fixou um por um com olhos assustados de agonizante, detendo-se em Faustino. Reconheceu-o, sem dúvida, pois algumas vezes tinham jogado bola na mesma quadra e ali estava o outro de pé sobre as poças geladas com um fuzil na mão que lhe pesava como uma calha, enquanto ele estava aqui aguardando. Nisso chegou a cadeira e o tenente ordenou que o amarrassem no espaldar, porque cambaleava como um espantalho. O cabo se aproximou com um lenço.

— Não me cubra os olhos, soldado — disse o prisioneiro, e o outro baixou a cabeça envergonhado, desejando que o oficial desse a ordem logo, que essa guerra acabasse de uma vez, os tempos se normalizassem e ele pudesse andar pela rua em paz cumprimentando os paisanos.

— Aponteeem! Arrr...! — gritou o tenente.

Enfim, pensou o primeiro-cabo. O que ia morrer cerrou as pálpebras por um segundo, mas voltou a abri-las para ver o céu. Já não tinha medo. O tenente vacilou. Desde que soube sobre o fuzilamento andava consumido, martelava em sua mente uma voz antiga vinda de sua infância, talvez de algum professor ou de seu confessor no colégio de padres: todos os homens são irmãos. Mas isso não é verdade, não é irmão quem semeia a violência e a pátria vem antes, o resto é um monte de estupidez e, se não os matamos, eles nos matarão, assim dizem os coronéis, ou mata ou morre, é a guerra, estas coisas devem ser feitas, aperte as calças e não trema, não pense, não sinta e sobretudo não olhe a cara dele, porque se o fizer está fodido.

— Fogo!

A descarga sacudiu o ar e ficou vibrando no ambiente gelado. Um pardal da madrugada voou aturdido. O cheiro da pólvora e o ruído pareciam se eternizar, mas lentamente se fez outra vez o silêncio. O tenente abriu os olhos: o prisioneiro estava na cadeira olhando-o erguido, sereno. Havia sangue fresco na massa disforme de suas calças, mas estava vivo e seu rosto era diáfano na luz do amanhecer. Estava vivo e esperava.

— O que há, primeiro-cabo? — perguntou em voz baixa o oficial.

— Dispararam nas pernas, meu tenente — respondeu Faustino Rivera. — Os rapazes são da região, se conhecem, como vão matar um amigo?

— E agora?

— Agora cabe ao senhor, meu tenente.

Mudo, o oficial acabou por compreender, enquanto o pelotão aguardava observando o orvalho que se evaporava entre as pedras. Também o fuzilado esperava no outro extremo do pátio, sangrando sem pressa.

— Não te contaram, meu tenente? Todos sabem disso.

Não. Ninguém lhe contara. Na Escola de Oficiais fora treinado para lutar contra os países vizinhos ou contra qualquer filho da puta que invadisse o território nacional. Também o adestraram para combater os malfeitores, persegui-los sem piedade, dar-lhes caça sem trégua, para permitir que os homens decentes, as mulheres e crianças caminhassem tranquilos pela rua. Essa era sua missão. Mas ninguém lhe disse que teria de destroçar um homem amarrado para fazê-lo falar, não lhe ensinaram nada disso e agora o mundo se virava do avesso e ele tinha de dar o tiro de misericórdia nesse infeliz que nem sequer se queixava. Não. Ninguém tinha dito a ele.

Com dissimulação o primeiro-cabo roçou-lhe o braço para que o pelotão não visse a vacilação de seu chefe.

— O revólver, meu tenente — sussurrou.

Sacou a arma e cruzou o pátio. O eco surdo das botas sobre o pavimento ressoou nas entranhas dos homens. Ficaram frente a frente, o tenente e o prisioneiro, olhando-se nos olhos. Tinham a mesma idade. O oficial levantou o braço apontando para a têmpora do outro e apoiou o revólver com as duas mãos para dominar seu tremor. O céu bem claro foi a última coisa que o condenado viu quando a descarga perfurou sua cabeça. O sangue cobriu seu rosto e seu peito, respingando no uniforme limpo do oficial.

O soluço do tenente ficou no ar, vibrando com o tiro, mas só Faustino Rivera o escutou.

— Ânimo, meu tenente. Dizem que isto é como a guerra. A primeira vez custa, mas depois a gente se acostuma.

— Vai para o caralho, primeiro!

O cabo tinha razão e, com o correr dos dias e das semanas, seria muito mais fácil para eles matar pela pátria que morrer por ela.

O Sargento Faustino Rivera acabou de falar e enxugou o suor do pescoço. Na névoa da embriaguez mal distinguia as feições de Irene Beltrán, mas podia apreciar a harmonia de seus traços. Olhou a hora no relógio e teve um sobressalto. Havia passado duas horas falando com essa mulher e, não fosse por estar atrasado para seu turno, lhe diria umas tantas coisas mais. Sabia escutar com atenção e se interessava por suas anedotas, não como essas senhoritas fingidas que torcem o nariz quando um macho joga uns tragos entre o peito e as costas, não senhor, uma verdadeira fêmea é o que parece, com os pés no chão e ideias na cabeça, embora um pouco escassa, não se veem grandes peitos e bons quadris, não tem onde agarrar na hora da verdade.

— O meu tenente não era um mau homem, senhorita. Mudou depois, quando lhe deram poder e não teve que prestar contas a ninguém — concluiu ajeitando-se no uniforme e levantando.

Irene esperou que desse meia-volta e desligou o gravador escondido em sua bolsa sobre a cadeira. Jogou os últimos pedaços de carne para a gata, pensando em Gustavo Morante e perguntando-se se alguma vez seu noivo teria tido que cruzar um pátio com a arma na mão para dar um tiro de misericórdia num prisioneiro. Afastou essas imagens com desespero, tratando de evocar o rosto escanhoado e os olhos claros de Gustavo, mas só lhe veio à mente o perfil de Francisco Leal quando se inclinava a seu lado na mesa de trabalho, seu negro olhar brilhando de compreensão, o ricto infantil de sua boca ao sorrir e o outro gesto, angustiado e duro, quando lhe atingia a evidência da maldade alheia.

A Vontade de Deus estava profusamente iluminada, as cortinas dos salões, abertas e música no ar, porque era dia de visita e os parentes e amigos dos idosos vinham cumprir um encontro piedoso. De longe o andar térreo parecia um transatlântico ancorado por engano entre os jardins. Os hóspedes e seus visitantes passeavam pela coberta, tomando a fresca da noite ou repousando nas poltronas do terraço como fantasmas turvos, almas de outro tempo, falando sozinhos, alguns mastigando o ar, outros talvez lembrando anos distantes ou buscando na memória os nomes de seus confrades, bem como dos filhos e netos ausentes. Nessa idade o inventário do passado é como se internar num labirinto e por vezes não se consegue reconhecer um lugar, um acontecimento, um ser querido, e situá-lo na névoa. As enfermeiras uniformizadas circulavam silenciosas agasalhando pernas cansadas, distribuindo pílulas noturnas, servindo chá aos pensionistas e refresco aos demais. De invisíveis alto-falantes escapavam os acordes juvenis de uma mazurca de Chopin sem relação alguma com o vagaroso ritmo interior dos moradores da casa.

A cadela saltou com alegria quando Francisco e Irene entraram no jardim.

— Cuidado, não pise no canteiro de não-me-esqueças — recomendou ela convidando seu amigo a embarcar no navio e conduzindo-o para os viajantes do passado.

A moça levava o cabelo preso num coque que descobria a curva de sua nuca, vestia uma longa túnica de algodão e, pela primeira vez, estava sem as chocalhantes pulseiras de cobre e bronze. Algo em sua atitude surpreendeu Francisco, mas ele não soube determiná-lo. Observou-a enquanto passeava entre os idosos, risonha e cortês com todos, especialmente com aqueles que estavam apaixonados por ela. Cada um vivia um presente cercado de nostalgia. Irene indicou o paralítico, incapaz de segurar uma lapiseira entre seus dedos rígidos, que por isso lhe ditava suas cartas. Escrevia a seus camaradas da infância, a namoradas de muito tempo, a parentes enterrados há várias décadas, mas ela não enviava essa correspondência por pena, para não sofrer o desencanto de tê-la devolvida pelo correio por ausência do destinatário. Inventava respostas e as remetia ao velho para lhe evitar a dor de se saber só nesta terra. Apresentou também a Francisco um idoso senil que jamais recebia visitas. O velho tinha os bolsos cheios de tórridos tesouros que cuidava com extremo cuidado: imagens desbotadas de moças na flor da idade, cartões amarelados onde se insinuavam um seio semivelado, uma perna atrevida luzindo uma liga de cintas e rendas. Aproximaram-se da cadeira de rodas da viúva mais rica do reino. A mulher vestia um traje surrado, um xale comido pelo tempo e pela traça, uma luva só, de Primeira Comunhão. Penduradas na cadeira havia bolsas plásticas repletas de bugigangas e sobre seu colo havia uma caixa com botões, que ela contava e recontava para certificar-se de que não faltava nenhum. Intrometeu-se um coronel com medalhas de latão para lhes dizer com sussurros asmáticos que uma bala de canhão pulverizou meio corpo dessa heroica mulher. Sabe que ajuntou um saco de moedas de ouro honestamente ganhas por ser dócil com seu marido? Imagine, jovem, que incapaz deveria ser para pagar pelo que podia ter grátis; eu aconselho a meus recrutas que não gastem seu pagamento com putas, porque as mulheres abrem as pernas com prazer à vista de um uniforme, digo-o por experiência própria; a mim mesmo ainda me sobram. Antes que Francisco pudesse elucidar aqueles mistérios, aproximou-se um homem alto e muito magro, com expressão trágica em seu rosto, a perguntar por seu filho, sua nora e o bebê. Irene lhe falou à parte em segredo, depois o conduziu até um grupo animado e permaneceu a seu lado até vê-lo mais sereno. A jovem explicou a seu amigo que o velho tinha dois filhos. Um estava exilado do outro lado do planeta, e só podia se comunicar com o pai através de cartas cada vez mais distantes e frias, porque a ausência é tão adversa como a passagem do tempo. O outro desapareceu com sua mulher e uma criança de meses. O avô não teve a sorte de perder a razão e ao primeiro descuido escapava para a rua em sua ânsia de procurá-los. Irene quis mudar as suposições atrozes por uma dor mais certeira e lhe assegurou ter provas de que nenhum deles existia mais. No entanto, ele não descartava a possibilidade de ver um dia aparecer o menino, porque se falava de crianças salvas através do tráfico de órfãos. Alguns já dados como mortos surgiam de repente em países distantes adotados por famílias de outras raças, ou eram localizados em instituições de caridade depois de tantos anos, que nem sequer recordavam ter tido pais. Por meio de mentiras piedosas Irene conseguiu evitar que fugisse toda vez que o jardim ficava sem vigilância, mas não pôde impedi-lo de gastar os sonhos em tormentos irremediáveis e a vida indagando por detalhes e desejando visitar os túmulos dos seus. Indicou também a Francisco dois idosos como pergaminho e marfim balançando em uma cadeira de ferro forjado, que mal conheciam seus próprios nomes, mas tiveram a sorte de se apaixonarem, apesar da oposição tenaz de Beatriz Alcántara, que considerava aquilo uma depravação intolerável dos costumes. Onde já se viu um casal de velhos decrépitos andar se beijando às escondidas? Irene, ao contrário, defendia o direito a essa última felicidade e desejava para todos os hóspedes a mesma sorte, porque o amor os salvaria da solidão, a pior sentença da velhice; assim, deixe-os em paz, mamãe, não olhe a porta que ela deixa aberta de noite, nem faça essa cara quando os encontrar juntos de manhã, fazem amor, como não, embora o médico diga que em sua idade é impossível.

E por último mostrou a seu amigo uma senhora tomando a fresca no terraço, olhe-a bem, é Josefina Bianchi, a atriz, já ouviu falar dela? Francisco divisou uma dama miúda que sem dúvida foi uma beleza e de certo modo continuava a sê-lo. Estava de roupão e sapatilhas baixas, porque se orientava pelos horários de Paris, com diferença de várias horas e duas estações.

Sobre seus ombros descansava uma estola gasta de pele de raposa, provida de patéticos olhos de vidro e cauda deformada.

— Uma vez Cleo pegou a estola, e quando a conseguimos de volta parecia ter sido atropelada por um trem — disse Irene segurando a cadela.

A atriz guardava baús com roupas antigas de seus espetáculos favoritos, joias sem uso havia meio século, que espanava com frequência para exibir diante dos olhos estupefatos de seus amigos do lar geriátrico. Desfrutava em plenitude de todas as suas faculdades, inclusive da vaidade, e não havia diminuído seu interesse pelo mundo: lia os jornais e de vez em quando ia ao cinema. Irene a distinguia entre os demais e as enfermeiras tratavam-na com deferência, chamando-a de senhora em vez de vovó. Para consolo de seus últimos dias nunca perdera sua inesgotável imaginação e, entretida nas próprias fantasias, não dispunha de tempo e ânimo para se ocupar com as pequenas coisas da existência. Em suas lembranças não havia caos, armazenava-as em perfeita ordem e ficava feliz ao remexê-las. Nesse aspecto tinha melhor sorte do que o resto dos idosos, aos quais a falta de memória apagava episódios do passado e criava o pânico de não tê-los vivido. Josefina Bianchi tinha a seu crédito uma vida fecunda e sua maior felicidade consistia em recordá-la com precisão de notário. Lamentava apenas as ocasiões desperdiçadas, a mão que não estendeu, as lágrimas retidas, as bocas que não chegou a beijar. Teve vários maridos e muitos amantes, andou em aventuras sem medir as consequências, dissipou seu tempo com alegria, pois sempre afirmava que morreria com cem anos. Preparou seu futuro com senso prático, escolhendo ela mesma o lar de idosos quando compreendeu que não poderia viver sozinha e a um advogado incumbiu a tarefa de administrar suas economias para lhe garantir o bem-estar até o fim de seus dias. Sentia por Irene Beltrán um carinhoso afeto, porque na juventude tivera o cabelo dessa mesma cor fogosa e se divertia imaginando que a jovem era sua bisneta, ou ela mesma na época de seu esplendor. Abria seus baús repletos de tesouros, mostrava-lhe o álbum de sua celebridade e lhe dava para ler cartas de apaixonados que por ela teriam perdido a paz da alma e o sossego dos sentidos. Haviam feito um pacto secreto: no dia em que eu sujar as calças ou já não puder pintar meus lábios, me ajudará a morrer, filha, implorou Josefina Bianchi. Naturalmente, Irene prometeu.

— Minha mãe está viajando, então jantaremos sozinhos — disse Irene conduzindo Francisco ao segundo andar pela escada interna.

O andar superior estava em penumbra e silêncio, porque até ali não chegavam as luzes do térreo. Já não se ouviam os alto-falantes de A Vontade de Deus. A essa hora os visitantes se retiravam, os hóspedes voltavam a seus quartos e o sossego da noite se apoderava da casa com suas sombras peculiares. Rosa, gorda e magnífica, recebeu-os no vestíbulo com seu amplo sorriso. Sentia carinho por esse jovem moreno que a cumprimentava com entusiasmo, brincava com ela e era capaz de rolar pelo chão abraçado na cadela. Sentia-o muito mais próximo e familiar que Gustavo Morante, embora sem dúvida não fosse um bom partido para sua menina. Desde que o conheceu, sempre o vira com a mesma calça cinza de veludo, os mesmos sapatos com sola de borracha, uma lástima. Bem vestido, bem recebido, pensava, mas em seguida corrigia com o provérbio contrário: o hábito não faz o monge.

— Acenda as luzes, Irene — recomendou antes de escapulir para a cozinha.

A sala estava decorada com sobriedade, tapetes persas, quadros modernos e alguns livros de arte em estratégica desordem. Os móveis pareciam confortáveis e a profusão de plantas dava frescor ao ambiente. Francisco se acomodou no sofá pensando na casa de seus pais, onde o único luxo era um aparelho de música, enquanto Irene abria uma garrafa de vinho rosé.

— O que vamos celebrar? — perguntou ele.

— A sorte de estarmos vivos — respondeu sua amiga sem sorrir.

Observou-a em silêncio, confirmando que algo havia mudado nela. Viu-a servir as taças com a mão trêmula, um gesto triste no rosto sem maquiagem. Com a intenção de ganhar tempo e compreender seu ânimo, Francisco vasculhou entre os discos e selecionou um velho tango. Colocou-o no toca--discos e a voz inconfundível de Gardel lhes chegou através de cinquenta anos de história. Escutaram em silêncio, de mãos dadas, até que Rosa entrou anunciando que a refeição estava servida na sala de jantar.

— Espere aqui, não se mexa — pediu Irene e saiu apagando as luzes.

Voltou em poucos instantes com um candelabro de cinco velas, uma aparição surgida de outro século com sua ampla túnica branca e o resplendor do castiçal pondo pinceladas metálicas em seu cabelo. Solene, guiou Francisco pelo corredor até um cômodo que fora um grande dormitório, agora transformado em sala de jantar. Os móveis eram muito grandes para as dimensões do aposento, mas o gosto apurado de Beatriz Alcántara salvou o obstáculo pintando as paredes de vermelho pompeiano, em dramático contraste com o vidro da mesa e o forro branco das cadeiras. O único quadro representava uma natureza-morta da escola flamenga: cebolas, alhos, uma espingarda apoiada num canto e três faisões miseráveis pendurados pelas patas.

— Não olhe muito ou vai ter pesadelos — recomendou Irene.

Francisco regozijou-se silenciosamente pela ausência de Beatriz e do Noivo da Morte, satisfeito por se encontrar a sós com Irene.

— E agora, amiga, conte-me por que está triste.

— Porque até agora vivi sonhando e tenho medo de despertar.

Irene Beltrán foi uma menina mimada, única filha de pais endinheirados, protegida do contato com o mundo e até das inquietações de seu próprio coração. Agrados, mimos, afagos, colégio inglês para senhoritas, universidade católica, muito cuidado com as notícias da imprensa e da televisão, há tanta maldade e violência, é melhor mantê-la à margem dessas coisas, então irá sofrer mais tarde, é inevitável, mas deixemos que tenha uma infância feliz, dorme, minha menina, que sua mamãe está cuidando de você. Cães de raça, jardins, cavalo no clube, esqui no inverno e praia todo o verão, aulas de dança para que aprenda a se movimentar com graça, porque caminha aos pulos e se estatela nos móveis como uma contorcionista; deixe ela em paz, Beatriz, não a atormente. É necessário, devemos formá-la: radiografia da coluna, limpeza de pele, psicólogo, porque na terça-feira sonhou com areias movediças e acordou gritando. É culpa sua, Eusebio, você a educa mal com presentes de manceba, perfumes franceses, blusas de renda, joias impróprias para uma menina de sua idade. A culpada é você, Beatriz, por ser tão frívola e curta de entendimento. Irene se veste com panos compridos para te agredir, o analista já o disse. Tanto esmero para educá-la, digo eu, e olha o que nos acontece, uma criatura extravagante que zomba de tudo e abandona a pintura e a música para se dedicar ao jornalismo, essa profissão não me agrada, é um ofício de patifes, sem futuro e até perigoso. Ora, mulher, mas ao menos conseguimos que seja feliz: tem o riso fácil e o coração generoso, com um pouco de sorte viverá contente até que se case e depois, quando tiver que enfrentar a tarefa de viver, poderá dizer ao menos que seus pais lhe proporcionaram muitos anos felizes. Mas você fugiu, Eusebio, maldito seja, nos abandonou antes que ela acabasse de crescer e agora estou perdida, a desgraça se filtra por todos os meus poros, goteja, me inunda, já não posso segurá-la e cada dia é mais difícil proteger Irene de todo o mal, amém. Você vê seus olhos? Sempre os teve errantes, por isso Rosa acredita que não viverá muito, parece estar se despedindo. Olhe-os, Eusebio, já não são os de antes, encheram-se de sombras como se entrevissem um poço, onde está você, Eusebio?

Irene mediu o ódio enorme de seus pais antes que eles mesmos o suspeitassem. Nas noites de sua infância permanecia acordada escutando as intermináveis discussões, com o olhar fixo no teto de seu quarto e uma ansiedade indescritível nos ossos. Tirava-lhe o sono o murmúrio interminável de sua mãe choramingando em longas confidências ao telefone com as amigas. O som lhe chegava deformado pelas portas fechadas e por sua própria angústia. Não penetrava o sentido das palavras, mas sua imaginação lhes dava significado. Sabia que falava de seu pai. Não dormia até ouvir seu carro entrar na garagem e sua chave na fechadura, então o peso se desvanecia, respirava satisfeita, fechava as pálpebras e mergulhava no sono. Ao entrar no quarto da menina para lhe dar o último beijo do dia, Eusebio Beltrán encontrava sua filha adormecida e se retirava tranquilo acreditando que ela era feliz. Quando ela pôde decifrar os pequenos sinais, soube que algum dia ele acabaria por partir, como finalmente aconteceu. Seu pai era um itinerante da vida, sempre de passagem. Permanecia de pé balançando de um lado para o outro, incapaz de se aquietar, seu olhar se perdia na distância, mudava de assunto bruscamente em meio a uma conversa, perguntava e não ouvia as respostas. Só diante dela adquiria contornos definidos. Irene era o único ser que amava de verdade e só ela o reteve por alguns anos. Esteve a seu lado nos momentos memoráveis de seu destino de mulher, comprou-lhe o primeiro sutiã, as meias de náilon, os sapatos de salto e lhe contou como são geradas as criaturas, surpreendente história, pois Irene não podia imaginar duas pessoas que se odiavam como seus pais fazendo aquilo para trazê-la ao mundo.

Com o tempo deu-se conta de que esse homem a quem adorava podia ser déspota e cruel. Fustigava sua mulher sem trégua, indicando-lhe o vestígio de cada ruga, o quilo de sobra em sua cintura, notou como o motorista te olha, Beatriz? Você é do agrado de proletário, querida. Colocada entre ambos, Irene servia de árbitro em suas agressões intermináveis. Por que não fazem as pazes e comemoramos comendo bolo?, implorava. Seu coração se inclinava a favor do pai, porque a relação com a mãe estava maculada de rivalidades. Beatriz a observava em suas formas femininas e fazia a conta regressiva de sua própria idade. Que não cresça, por Deus!

A menina despertou cedo para os anseios da vida. Aos doze anos aparentava menos, mas já era sacudida por confusões interiores, ânsias de aventura. Estas emoções tormentosas perturbavam com frequência seu sono e fervilhavam seus dias. Leitora ávida e indiscriminada, apesar dos olhos perscrutadores de sua mãe censurando-a, lançava mão de qualquer livro a seu alcance e os que não podia mostrar diante de Beatriz, lia à meia-noite sob os lençóis, à luz de uma lanterna. Foi assim que adquiriu mais conhecimento do que o habitual para uma criatura de seu meio, suprindo com fantasias românticas o que a experiência lhe negava.

Eusebio Beltrán e a esposa estavam viajando no dia em que o recém-nascido caiu da claraboia. Isso já fazia anos, mas tanto Rosa quanto Irene não o esqueceram jamais. O motorista foi buscar a menina no colégio e a deixou na porta do jardim, porque tinha outras obrigações. Chovera o dia todo e a essa hora o céu de inverno tinha cor de chumbo fundido e começavam a ser acesas as luzes da rua. Irene se assustou ao ver sua casa na penumbra, nenhuma luz brilhava, tudo estava em silêncio. Abriu a porta com sua chave e estranhou que Rosa não a estivesse esperando como sempre fazia, nem se ouvisse pelo rádio a novela das seis. Pousou seus livros na mesa da entrada e avançou no corredor sem acender as lâmpadas. Um vago e tenebroso pressentimento a impelia para a frente. Deslizou colada às paredes nas pontas dos pés, chamando Rosa com toda a força de seu pensamento. A sala estava vazia, também a sala de jantar e a cozinha. Sem se atrever a continuar, ficou de pé escutando o ruído de tambor em seu peito, tentada a permanecer imóvel sem sequer respirar, até a volta do motorista. Tratou de raciocinar dizendo que nada podia temer, talvez sua babá estivesse do lado de fora ou tivesse descido ao sótão. Como antes nunca estivera só na casa, o desconcerto a impedia de pensar com clareza. À medida que transcorriam os minutos, foi se agachando até se encolher completamente num canto. Ao sentir frio nos pés deu-se conta de que a calefação não estava ligada e então presumiu algo grave, porque Rosa jamais descuidava de seus deveres. Decidida a descobrir a verdade, avançou pouco a pouco até escutar o primeiro gemido. Todas as suas fibras ficaram tensas, desapareceu o medo e a curiosidade guiou seus passos rumo à ala dos empregados, onde lhe era proibido entrar. Ali se encontravam as máquinas de água quente, a lavanderia e o quarto de passar, a adega das bebidas e a despensa. No final do corredor estava o quarto de Rosa, de onde provinha um choro sufocado. Para lá se dirigiu com os olhos muito abertos e a ansiedade latejando em suas têmporas. Não enxergou luz através da porta e sua fantasia visualizou cenas de horror. As leituras proibidas vieram à sua mente com uma carga de espanto e violência: bandidos dentro de casa e Rosa atirada sobre a cama com o pescoço aberto num longo corte; ratos carnívoros escapados do sótão a estavam devorando; Rosa amarrada pelos pés e mãos era ultrajada por um louco, tal como lera num folhetim que o motorista lhe emprestou. Jamais imaginara o que encontrou ao entrar.

Irene moveu o trinco com cautela e empurrou a folha da porta lentamente. Introduziu a mão, apalpou a parede à procura do interruptor e acendeu a luz. Diante de seus olhos ofuscados pela luz súbita, apareceu Rosa, sua imensa e amada Rosa, desfalecida sobre uma cadeira com as vestes repuxadas na cintura, tendo suas grossas e morenas pernas enfiadas em meias de lã até os joelhos manchadas de sangue. Sua cabeça estava jogada para trás e o rosto decomposto de sofrimento. No chão, entre seus pés, havia uma massa avermelhada enrolada numa grande tripa azul retorcida.

Ao vê-la, Rosa fez o gesto de baixar a roupa para cobrir seu ventre e tratou em vão de se recompor.

— Rosa! O que está te acontecendo?

— Vai embora, menina! Sai daqui!

— O que é isso? — perguntou Irene apontando para o chão.

A menina se aproximou de sua babá, cingiu-a com seus braços, limpou-lhe o suor da face com seu avental do colégio e cobriu seu rosto de beijos.

— De onde saiu este bebê? — perguntou finalmente.

— Caiu de cima, da claraboia — respondeu Rosa mostrando uma entrada de ar no teto. — Caiu de cabeça e morreu, por isso está cheio de sangue.

Irene se inclinou para observá-lo e comprovou que não respirava. Não lhe pareceu necessário explicar que sabia alguma coisa disso e podia determinar com exatidão que se tratava de um feto de seis ou sete meses, de aproximadamente um quilo e meio de peso, do sexo masculino, azulado devido à falta de oxigênio, provavelmente morto antes de nascer. A única coisa que a surpreendeu foi não ter percebido antes a gravidez, mas atribuiu-o à abundância das carnes de sua babá, onde bem podia disfarçar um inchaço entre suas formas roliças.

— Que faremos, Rosa?

— Ai, menina! Ninguém deve saber disso. Jura que nunca vai contar a ninguém?

— Juro.

— Vamos jogá-lo no lixo.

— É uma pena acabar assim, Rosa. O pobre não tem culpa por ter caído da claraboia. Por que não o enterramos?

Assim fizeram. Mal a mulher pôde se levantar, lavar-se e trocar de roupa, puseram a criatura dentro de uma sacola de mercado e lacraram-na com fita adesiva. Esconderam a pequena urna de plástico até a noite e, depois de se certificarem de que o motorista dormia, levaram-na para o jardim para enterrá-la. Cavaram um buraco fundo, colocaram lá o pacote com seu triste conteúdo, cobriram-no cuidadosamente, calcaram a terra e lhe rezaram uma prece. Dois dias depois Irene comprou uma muda de não-me-esqueças e a plantou no lugar onde dormia o recém-nascido que caiu da claraboia. A partir de então sentiram-se unidas por uma cumplicidade profunda, um segredo que nenhuma das duas revelou durante muitos anos, até lhes ser tão natural que extravasou por casualidade em suas conversas. Ninguém na casa se preocupou em averiguar do que se tratava. Cada novo jardineiro era encarregado pela menina de cuidar do não-me-esqueças e na primavera, quando apareciam as pequenas flores, cortava-as para fazer um ramo e deixá-lo no quarto da babá.

Brincando com seu primo Gustavo, Irene descobriu pouco depois que os beijos têm gosto de fruta e que as mais desajeitadas e inexperientes carícias podiam incendiar os sentidos. Se escondiam para se beijar, despertando o desejo adormecido. Passaram alguns verões até alcançar a máxima intimidade, por temor das consequências e contidos pela rigidez do rapaz, a quem inculcaram que há duas classes de mulheres: as decentes, para se casar, e as outras, para trepar. Sua prima pertencia às primeiras. Não sabiam evitar uma gravidez e só mais tarde, quando a rude vida do quartel instruiu o jovem sobre os ofícios dos homens e sua moral, adquiriu certa flexibilidade, e puderam se amar sem medo. Durante os anos seguintes amadureceram juntos. O casamento seria somente uma formalidade para quem já havia comprometido o futuro.

Apesar de seu noivo e do prodigioso encontro com o amor, para ela o centro do universo continuou sendo seu pai. Conhecia suas virtudes e seus grandes defeitos. Surpreendeu-o em inumeráveis traições e mentiras, viu-o covarde e perdedor, observou quando seguia outras mulheres com olhos de cão no cio. Não cultivava ilusões a respeito dele, mas amava-o profundamente. Uma tarde Irene lia em seu quarto quando o sentiu perto e antes de levantar os olhos soube que era uma despedida. Viu-o de pé na soleira e teve a impressão de que era só seu fantasma, pois já não estava ali, se apagara, como sempre temera que acontecesse.

— Saio por um momento, filha — disse Eusebio beijando-a na testa.

— Adeus, papai — respondeu a menina, certa de que não voltaria.

Assim foi. Passaram-se quatro anos, mas através de um sutil mecanismo de consolação ela não o deu por morto, como os demais. Sabia que estava vivo e isso lhe dava certa tranquilidade, porque também podia imaginá-lo feliz em uma nova vida; no entanto, os ventos de violência que agora sacudiam seu mundo cobriam-na de dúvidas. Temia por ele.

Os dois amigos acabaram de jantar. Suas figuras se recortavam contra as paredes da sala, projetando altas sombras oscilantes movidas pela luz trêmula das velas. Quase murmuravam para preservar a intimidade desse momento. Irene contou a Francisco o triste negócio do açougue filantrópico e ele concluiu que nada dessa família podia ainda surpreendê-lo.

— Tudo começou quando meu pai conheceu o enviado da Arábia — disse.

O homem tinha por missão de seu governo comprar gado ovino. Apresentaram-no a Eusebio Beltrán numa recepção de sua embaixada e imediatamente se tornaram amigos, porque ambos viviam fustigados pelo mesmo ímpeto em relação às mulheres belas e às festas prazerosas. Depois do ágape, o pai de Irene o convidou a continuar a folia na casa de uma mulher, onde continuaram comemorando com champanhe e prostitutas mercenárias até culminar numa bacanal estrepitosa que teria mandado para o inferno outros menos fortes. Acordaram no dia seguinte com o estômago nauseado e o pensamento confuso, mas depois de um banho e uma substanciosa sopa picante de amêijoas começaram a ressuscitar. Abstêmio, como bom muçulmano, o árabe suportou mal a ressaca alcoólica e durante horas foi preciso dar-lhe companhia e conforto com remédios naturais, massagens de cânfora e compressas frias na testa. Ao entardecer eram irmãos, haviam vertido em confidências o segredo de suas vidas. Então o estrangeiro sugeriu a Eusébio que tratasse de aproveitar o negócio de cordeiros, porque ali havia toneladas de dinheiro para quem soubesse ganhá-lo.

— Nunca vi uma ovelha ao natural, mas se são semelhantes às vacas ou às galinhas, não terei dificuldade — riu Beltrán.

Esse foi o começo de um negócio que o levaria à ruína e ao esquecimento de si mesmo, como vaticinou sua mulher muito antes que tivesse argumentos para imaginá-lo. Partiu para o extremo sul do continente, onde proliferavam esses rebanhos, e montou um matadouro e um frigorífico, investindo no projeto grande parte de seu capital. Quando tudo estava pronto, do coração dos países árabes foi enviado um religioso muçulmano para vigiar o trabalho, para que se desenvolvesse de acordo com as estritas leis do Alcorão. A cada ovelha morta devia rezar uma oração, olhando para Meca, e comprovar que o animal fosse degolado num só corte e sangrado na forma higiênica prescrita por Maomé. Uma vez santificados, limpos e congelados, os cadáveres eram expedidos por via aérea a seu último destino. Nas primeiras semanas o procedimento foi levado a cabo com o devido rigor, mas logo o imame perdeu seu entusiasmo inicial. Precisava de estímulo. Ninguém a seu redor compreendia a importância das suas funções, ninguém sequer falava sua língua ou lera o Livro Santo. Ao contrário, estava rodeado de rufiões estrangeiros e, enquanto ele salmodiava em árabe, riam-se dele e faziam gestos obscenos numa troça interminável. Debilitado pelo clima austral, pela nostalgia e pela incompreensão cultural, não demorou a se enervar. Eusebio Beltrán, sempre prático, sugeriu que, para não parar o trabalho, ele gravasse suas orações num gravador a pilhas. A partir desse momento o agravamento do estado do Imame foi visível. Seu mal-estar assumiu proporções alarmantes, deixou de assistir o matadouro, foi vencido pelo ócio, o jogo, o sono e o vício da bebida, tudo isso proibido por sua religião, mas ninguém é perfeito, como dizia seu patrão para consolá-lo quando o encontrava lamentando sua miséria humana.

As ovelhas partiam duras e frias como pedras lunares, sem que ninguém soubesse que não perdiam suas impurezas pela jugular e que o gravador entoava boleros e rancheiras, em vez das obrigatórias orações muçulmanas. O assunto não teria tido maiores consequências se o governo árabe não tivesse enviado, sem aviso prévio, um comissário para controlar o sócio sul-americano. No mesmo dia em que este visitou o lugar dos fatos e verificou a forma como eram violados os preceitos do Alcorão, cancelou-se o recente negócio dos cordeiros, e Eusebio Beltrán deparou com um místico maometano em plena crise de arrependimento, mas sem nenhum desejo de voltar a sua pátria naquele momento, tendo um monte de ovelhas congeladas sem mercado para venda, porque sua carne não era apreciada no país. Foi então que funcionou aquele aspecto esplêndido de sua personalidade. Viajou com a mercadoria para a capital e percorreu os bairros pobres em um caminhão, distribuindo-a de graça às pessoas mais necessitadas. Estava certo de que sua iniciativa seria imitada por outros atacadistas que, tocados em sua generosidade, doariam também parte de seus produtos aos desvalidos. Chegou a sonhar com uma corrente solidária formada por padeiros, verdureiros, proprietários de peixarias e armazéns, empresários de massas, arroz e balas, importadores de chá, café e chocolate, fabricantes de conservas, bebidas e queijos, em suma, quantos industriais e comerciantes existissem cederiam parte de seus excedentes para mitigar a fome evidente de marginalizados, viúvas, órfãos, desempregados e outros desventurados. Mas nada disso aconteceu. Os açougueiros consideravam o gesto uma palhaçada e os demais simplesmente o ignoraram. Como apesar de tudo continuou sua cruzada com entusiasmo, foi ameaçado de morte por arruinar o negócio e o prestígio de honrados comerciantes. Tacharam-no de comunista, o que acentuou a depressão nervosa de Beatriz Alcántara, que reuniu força suficiente para suportar as extravagâncias do marido, mas não para resistir ao impacto dessa perigosa acusação. Eusebio Beltrán distribuía pessoalmente pernis e dianteiros de carneiro, num carro com grandes cartazes impressos em cada lado e um alto-falante anunciando sua iniciativa. Logo se viu abordado pela polícia e por assassinos de aluguel. Os empresários da concorrência estavam decididos a acabar com ele. Recebeu inúmeras ameaças de violência e de morte, e enviaram para sua mulher mensagens anônimas de incrível crueldade. Quando o transporte do Açougue Filantrópico apareceu na televisão e a fila de miseráveis converteu-se numa multidão impossível de controlar pelos guardiães da ordem pública, Beatriz Alcántara perdeu sua última gota de paciência e jogou em sua cara tudo o que acumulara em uma vida de rancores. Eusebio se foi para não voltar.

— Nunca me preocupei por meu pai, Francisco. Estava certa de que havia fugido de minha mãe, de seus credores e das malditas ovelhas que começaram a apodrecer sem encontrar destino, mas agora duvido de tudo isso — disse Irene.

Sentia medo à noite, quando em sonhos lhe apareciam os corpos lívidos do Necrotério, Javier Leal pendurado como um fruto grotesco na acácia do parque infantil, as fileiras intermináveis de mulheres perguntando por seus desaparecidos, Evangelina Ranquileo de camisola e descalça chamando das sombras e, entre tantos fantasmas alheios, via também seu pai submerso em pântanos de ódio.

— Talvez ele não tenha fugido, mas o mataram ou está preso, como acredita minha mãe — suspirou Irene.

— Não há razão para que um homem de sua posição seja vítima da polícia.

— A razão nada tem a ver com meus pesadelos nem com o mundo em que vivemos.

Estavam assim falando quando entrou Rosa anunciando a presença de uma mulher que perguntava por Irene. Seu nome era Digna Ranquileo.

Digna suportava o peso do tempo nas costas e seus olhos haviam clareado de tanto olhar o caminho e esperar. Desculpou-se por se apresentar em hora avançada e explicou que agia movida pelo desespero, pois não sabia a quem recorrer. Como não podia deixar seus filhos sozinhos, era-lhe impossível viajar durante o dia, mas essa noite Mamita Encarnación se ofereceu para lhes fazer companhia. A boa vontade da parteira lhe permitiu tomar o ônibus para a capital. Irene deu as boas-vindas, conduziu-a para a sala e lhe ofereceu algo para jantar, mas ela só aceitou uma xícara de chá. Sentou-se na beira da cadeira com as pálpebras baixas, apertando no colo uma bolsa preta muito gasta. Usava um xale sobre os ombros e sua saia apertada de lã mal cobria as meias enroladas à altura dos joelhos. Eram evidentes seus esforços para vencer a timidez.

— Soube de Evangelina, senhora?

A mãe negou com a cabeça e depois de uma longa pausa disse que a dava como perdida, todo o mundo sabia que procurar os desaparecidos era uma tarefa que nunca tinha fim. Não vinha por ela, mas por Pradelio, o filho mais velho. Baixou a voz, com um sussurro quase inaudível.

— Está escondido — confessou.

Fugira da Delegacia. Devido ao estado de guerra, a deserção podia ser paga com a vida. Em outros tempos, para abandonar a polícia só era exigido algum trâmite burocrático, mas agora os guardas faziam parte das Forças Armadas e tinham o mesmo compromisso dos soldados no campo de batalha. A situação de Pradelio Ranquileo era perigosa, se o caçassem se daria mal, assim entendeu sua mãe ao vê-lo como animal acossado. Hipólito, seu marido, era quem tomava as decisões importantes na família, mas fora atraído pelo primeiro circo que armou sua lona na região. Bastou escutar o chamado do bumbo que anunciava o espetáculo, para pegar a maleta com os objetos de sua profissão, incorporar-se aos cômicos e partir em turnês pelos povoados e aldeias onde era difícil localizá-lo. Digna também não se animara a falar de seu problema a outras pessoas. Debateu-se por alguns dias na incerteza, até que lembrou-se de sua conversa com Irene Beltrán e o interesse da jornalista pelo infortúnio que abatia o lar dos Ranquileo. Pensou nela como no único ser a quem podia recorrer.

— Tenho que tirar Pradelio do país — murmurou.

— Por que desertou?

A mãe não o sabia. Uma noite o viu chegar pálido, a expressão alterada, com o uniforme em farrapos e o olhar de um louco. Negou-se a falar. Estava faminto e durante muito tempo comeu com voracidade, enchendo a boca com tudo que encontrou na cozinha: cebolas cruas, nacos enormes de pão, carne-seca, fruta e chá. Quando se sentiu satisfeito, apoiou os braços na mesa, escondeu entre eles a cabeça e, extenuado, dormiu como uma criança. Digna velou seu sono. Por mais de uma hora permaneceu a seu lado, observando-o para adivinhar o longo trajeto que o conduziu a esse ponto de esgotamento e medo. Ao despertar, Pradelio não quis ver seus irmãos para evitar que num descuido pudessem denunciá-lo. Sua intenção era fugir para a cordilheira onde nem os abutres o encontrariam. Essa visita tinha como único propósito despedir-se de sua mãe e lhe dizer que não voltariam a vê-lo, porque tinha uma missão e pensava em cumpri-la mesmo que lhe custasse a vida. Depois aproveitaria o verão para atravessar a fronteira por uma passagem na montanha. Digna Ranquileo não fez perguntas, pois conhecia seu filho: não partilharia seu segredo com ela nem com ninguém. Limitou-se a lembrar-lhe de que tentar fazer a travessia sem um guia por essas montanhas infinitas mesmo com bom clima era uma loucura, porque muitos se perdem nos despenhadeiros até serem surpreendidos pela morte. Depois a neve os cobre e desaparecem até o verão seguinte, quando algum viajante topa com seus restos. Sugeriu que ele aguardasse escondido até que se cansassem de procurá-lo ou seguisse para o sul, onde seria mais fácil escapar pelas montanhas baixas.

— Me deixa em paz, mãe. Farei o que tenho que fazer e depois fujo como puder — interrompeu-a Pradelio.

Partiu para a montanha guiado por Jacinto, seu irmão mais novo que conhecia as montanhas como ninguém. Escondeu-se no topo alimentando-se de lagartixas, roedores, raízes e das poucas comidas que de vez em quando o irmão levava. Digna se resignou a vê-lo cumprir seu destino, mas quando o Tenente Ramírez percorreu a região casa por casa a sua procura, ameaçando os que o acobertassem e oferecendo recompensa por sua captura, e quando o Sargento Faustino Rivera apareceu uma noite silenciosamente na casa, vestido de civil, para lhe avisar em segredo que, se conhecia o paradeiro do fugitivo, lhe indicasse, pois passariam um pente fino nos morros até encontrá-lo, a mãe decidiu não esperar mais.

— O Sargento Rivera é quase da família, por isso tinha a obrigação de me dar o aviso — esclareceu Digna.

Para uma camponesa cuja existência transcorreu sempre no lugar onde havia nascido e só conhecia os povoados mais próximos, a ideia de que um filho seu fosse para outro país lhe parecia tão irrealizável como escondê-lo no fundo do mar. Não podia imaginar o tamanho do mundo para além das fronteiras dos montes delineados no horizonte, mas desconfiava de que a terra se estendia para regiões onde se falavam outras línguas, viviam pessoas de raças diferentes em climas surpreendentes. Ali era fácil perder o rumo certo e ser tragado pela má sorte, mas ir era melhor do que morrer. Ouvira sobre os exilados, tema frequente nos últimos anos, e esperava que Irene pudesse conseguir asilo para Pradelio. A jovem tratou de lhe explicar as insuperáveis dificuldades desta ideia. Estava descartada a possibilidade de enganar a guarda armada, saltar uma cerca e pôr-se a salvo numa embaixada, pois nenhum diplomata daria proteção a um desertor das Forças Armadas, fugindo por razões desconhecidas. A única solução era fazer contato com os homens do Cardeal.

— Posso recorrer a meu irmão José — ofereceu finalmente Francisco, com pouco ânimo para arriscar sua organização, introduzindo um militar no segredo, embora fosse um pobre guarda perseguido por seus próprios companheiros. — A Igreja tem misteriosos caminhos de salvação, mas exigirá saber a verdade, senhora. Preciso falar com seu filho.

Digna lhe explicou que estava desaparecido numa caverna da cordilheira, a uma altura onde era difícil respirar e para chegar a ele teria que subir por um despenhadeiro de cabras, procurando onde apoiar o pé entre pedras e arbustos. Não era uma excursão fácil, o caminho seria longo e duro para alguém que não estava acostumado a escalar.

— Tentarei — disse Francisco.

— Se você vai, eu também vou — decidiu Irene.

Nessa noite a mulher se deitou timidamente na cama que Irene improvisou para ela e passou as horas olhando o teto baixo com olhos atônitos. No dia seguinte os três partiram para Los Riscos no carro de Beatriz, depois que a moça tirou da despensa uma sacola de provisões para Pradelio. Francisco insinuou que seria difícil subir a montanha carregando esse tremendo fardo, mas ela o olhou zombeteira e ele não insistiu.

No caminho a mãe lhes contou tudo que sabia da sorte nefasta de Evangelina, desde o instante em que o tenente e o sargento a conduziram ao jipe na mesma noite do domingo inesquecível. Os gritos da menina se dispersaram pelo campo, chamando a atenção das sombras, até que um bofetão calou-lhe a boca e parou seu espernear. Na Delegacia o cabo de guarda viu-os chegar e não se atreveu a fazer perguntas sobre a prisioneira, limitando-se a olhar para o outro lado. No último instante, quando o Tenente Ramírez com uma das mãos a levantou no ar e a carregou em suspenso até seu escritório, o sargento sentiu pena e se atreveu a lhe pedir que tivesse consideração com ela, porque estava doente e era a irmã de um homem do quartel, mas seu superior não lhe deu tempo de continuar e fechou a porta, pegando a ponta da anágua branca da menina, que ficou presa ali como uma pomba ferida. Um choro se escutou por um momento e depois houve silêncio.

Essa foi uma noite interminável para o Sargento Faustino Rivera. Não dormiu porque sentia o coração agoniado. Entreteve-se conversando com o cabo de guarda, deu umas voltas para verificar se tudo estava em ordem e depois foi se sentar sob o beiral das cocheiras, a fumar seus ásperos cigarros negros, sentindo a brisa morna da estação, o cheiro longínquo dos espinheiros em flor e o outro, dominante, do esterco fresco dos cavalos. Era uma noite estrelada e clara, coberta por um silêncio imenso. Sem saber ao certo o que esperava, permaneceu ali várias horas até ver aparecer os primeiros sinais da aurora, perceptíveis para os nascidos em contato com a natureza e acostumados a madrugar. Exatamente às quatro horas e três minutos, como disse a Digna Ranquileo e repetiu mais tarde sem que as ameaças pudessem lhe calar a boca, viu sair o Tenente Juan de Dios Ramírez com uma carga nos braços. Apesar da distância e da penumbra, não duvidou de que se tratava de Evangelina. O oficial cambaleava um pouco, mas não de bêbado, posto que nunca bebia em horas de serviço. O cabelo da jovem pendia quase até o chão e, ao passar pela vereda de cascalho que conduzia ao estacionamento, as pontas arrastaram as pedras. De seu lugar Rivera ouviu a respiração agitada do oficial e adivinhou que não era por causa do esforço, porque o frágil corpo da prisioneira pesava pouco para ele, grande, musculoso, habituado ao exercício. Resfolegava porque estava nervoso. Viu-o deixar a menina sobre a plataforma de cimento usada para descarregar os alimentos e provisões. As luzes de segurança giravam toda a noite no alto da torre para prevenir possíveis ataques, iluminando ao passar o rosto infantil de Evangelina. Tinha os olhos fechados, mas talvez vivesse, porque pareceu ao sargento que lamuriava. O tenente se dirigiu à caminhonete branca, subiu ao assento do motorista e pôs o motor em marcha, recuando lentamente para o lugar onde deixara a menina. Desceu, levantou-a em seus braços e a colocou na parte posterior do veículo, justo quando o jorro de luz do refletor varria a cena. Antes que o oficial a cobrisse com uma lona, Faustino Rivera observou Evangelina deitada de lado, com o rosto coberto por seus cabelos e os pés nus aparecendo entre as franjas do poncho. Seu superior correu para o edifício, desapareceu atrás da porta da cozinha e um minuto depois regressou com uma pá e um chuço que colocou ao lado da jovem. Em seguida subiu na caminhonete e se dirigiu para a saída. O guarda do portão reconheceu seu chefe, saudou-o com firmeza e abriu as pesadas portas. O veículo se distanciou pela estrada em direção ao norte.

O Sargento Faustino Rivera esperou consultando seu relógio entre dois cigarros, acocorado na sombra da cavalariça. Movimentava-se a todo momento para desinchar as pernas e, num dado instante, vencido pelo sono, cabeceou apoiado contra a parede. Dali podia ver a guarita, onde o Cabo Ignacio Bravo espantava o tédio se masturbando, sem desconfiar de sua presença próxima. Ao amanhecer baixou a temperatura e o frio sacudiu-lhe a sonolência. Eram seis horas e o horizonte já estava tingido pela aurora, quando a caminhonete voltou.

O Sargento Faustino Rivera escreveu tudo o que presenciara na caderneta ensebada que sempre levava consigo. Tinha a mania de anotar os fatos importantes e os triviais, sem imaginar que isso lhe custaria a vida poucas semanas mais tarde. Observou de seu esconderijo o oficial que descia do veículo, ajeitando o cinto e a cartucheira da arma e dirigindo-se para o edifício. O sargento se aproximou da caminhonete, apalpou as ferramentas e comprovou que havia terra fresca presa nos cantos. Não soube o significado daquilo nem quais foram as atividades do oficial durante sua ausência, assim o disse claramente a Digna Ranquileo, mas se podia imaginar qualquer coisa.

O carro conduzido por Francisco Leal parou na propriedade dos Ranquileo. Saíram todas as crianças para saudar a mãe e os visitantes, porque nesse dia nenhum deles foi à escola. Atrás deles surgiu Mamita Encarnación com seu peito de pomba, seu coque escuro preso por grampos e as curtas pernas pintadas de varizes, uma velha formidável que atravessara impávida os desastres da vida.

— Entrem e descansem, eu vou lhes servir chá — disse.

* * *

Jacinto os guiou até Pradelio. Era o único que conhecia o esconderijo do irmão e compreendera a necessidade de manter esse segredo a custo de sua própria vida. Selaram os dois cavalos da família Ranquileo, Jacinto e Irene montaram uma égua e Francisco outro animal, duro de queixo e bastante nervoso. Havia muito tempo que não montava num cavalo e se sentia inseguro. Podia cavalgar sem estilo, mas com firmeza, graças ao fato de que em sua infância ia na propriedade de um amigo, onde se familiarizara com a equitação. Irene, ao contrário, revelou-se uma amazona, porque na época de bonança econômica dos pais teve seu próprio cavalo.

Partiram na direção da cordilheira, subindo por um caminho difícil e solitário. Ninguém passava por ali em tempos normais e o matagal quase o apagara. Pouco depois Jacinto lhes indicou que não poderiam seguir com os animais, deveriam subir entre as pedras, procurando as saliências do morro para se firmarem. Amarraram os animais em umas árvores e começaram a subida a pé, ajudando-se uns aos outros pelas escarpadas encostas. A mochila com as latas de conserva pesava como um canhão nos ombros de Francisco. Esteve a ponto de exigir que Irene a carregasse uns metros, diante de sua obstinação em trazê-la, mas teve dó ao vê-la arquejando como uma moribunda. As palmas das mãos estavam machucadas pelas rochas e a calça rasgada no joelho, transpirava e a cada instante perguntava quanto faltava para chegar. O jovem respondia sempre a mesma coisa: ali, na curva da colina. E assim continuaram por muito tempo sob um sol inclemente, cansados e sedentos, até que Irene se declarou incapaz de dar um só passo mais.

— A subida não é nada. Espere quando for para descer — observou Jacinto.

Olharam para baixo e ela deu um grito. Haviam subido como cabritos por uma quebrada cortada a pique, segurando-se em qualquer moita que surgisse entre as irregularidades do terreno. Bem longe adivinhavam-se as manchas escuras das árvores onde deixaram os cavalos.

— Jamais poderei descer daqui. Tenho vertigem... — murmurou Irene inclinando-se seduzida pelo precipício que se estendia a seus pés.

— Se conseguiu subir, também consegue descer — segurou-a Francisco.

— Ânimo, senhorita, é logo ali, na curva da colina — acrescentou o garoto.

Irene se viu balançando no alto de um morro, gemendo de pavor, e então triunfou sua capacidade para gracejar com tudo. Reuniu forças, pegou o amigo pela mão e anunciou que estava disposta a prosseguir. Pensando em pegá-la mais tarde, deixaram a sacola com as provisões, e Francisco, livre de um peso que comprimia seus músculos, pôde ajudar Irene. Vinte minutos depois chegaram a uma curva do morro de onde surgiram de repente as sombras de matagais altos e o alívio de um mísero filete de água descendo entre as pedras. Compreenderam que Pradelio escolheu esse refúgio por causa do manancial, sem o qual seria impossível sobreviver nesses áridos montes. Inclinaram-se na vertente para molhar o rosto, o cabelo, a roupa. Ao levantar os olhos, Francisco viu primeiro as botas gastas, depois as calças de tecido verde e em seguida o torso nu avermelhado pelo sol. Por último enfrentou o rosto moreno de Pradelio del Carmen Ranquileo que lhes apontava sua arma de serviço. Sua barba crescera e, como algas planetárias, seu cabelo se eriçava endurecido pelo pó e pelo suor.

— Minha mãe mandou eles. Vêm para te ajudar — disse Jacinto.

Ranquileo baixou o revólver e ajudou Irene a se levantar. Levou-os para uma caverna cheia de sombra e fresca, cuja entrada era dissimulada com arbustos e rochas. Ali se estiraram de bruços no chão, enquanto o garoto conduzia o irmão à procura da mochila deixada para trás. Apesar de seus poucos anos e de sua esquálida figura, Jacinto estava tão animado quanto ao começar a excursão. Durante um longo momento Irene e Francisco ficaram sós. Ela dormiu num instante. Tinha o cabelo úmido e a pele queimada. Um inseto pousou em seu pescoço e avançou até sua face, mas ela não o sentiu. Francisco moveu a mão para espantá-lo e roçou seu rosto, suave e quente como uma fruta de verão. Admirou a harmonia de seus traços, os reflexos de seu cabelo, o abandono de seu corpo no sono. Desejou tocá-la, inclinar-se para sentir seu hálito, tomá-la em seus braços e protegê-la dos pressentimentos que o atormentavam desde o início dessa aventura, mas também foi vencido pela fadiga e adormeceu. Não ouviu chegarem os irmãos Ranquileo e quando o tocaram no ombro despertou sobressaltado.

Pradelio era um gigante. Chamava a atenção sua enorme ossatura inexplicável numa família de pessoas bem pequenas como era a sua. Sentado na gruta, abrindo reverente a mochila para extrair seus tesouros, acariciando um maço de cigarros para antegozar o prazer do tabaco, via-se como uma criatura desproporcional. Emagrecera muito, tinha as faces encovadas e profundas olheiras marcavam seus olhos, dando-lhe um aspecto de velhice prematura. A pele estava curtida pelo sol da montanha, os lábios gretados e os ombros feridos com cascas e bolhas. Encurvado nessa pequena abóbada aberta na rocha viva, parecia um pirata extraviado. Com grande cautela, usava suas mãos, duas garras de unhas roídas e sujas, como se temesse destruir o que tocava. Incômodo em seu envoltório, parecia ter crescido de repente, sem tempo para se habituar a suas próprias dimensões, incapaz de calcular o tamanho e o peso de suas extremidades, chocava-se contra o mundo em permanente busca de uma postura adequada. Viveu nessa estreita guarida durante muitos dias, alimentando-se de lebres e ratos que caçava a pedradas. A única visita era Jacinto, laço entre seu solitário confinamento e a região dos vivos. Empregava seu tempo com a caça, sem utilizar a arma porque precisava reservá-la para as emergências. Fabricou uma funda, e a fome lhe aperfeiçoou a pontaria para matar pássaros e roedores a distância. Um cheiro azedo num canto da gruta mostrava o lugar onde amontoava as penas e as peles secas de suas vítimas, para não deixar rastros do lado de fora. Para fugir ao tédio, dispunha de algumas histórias de vaqueiros enviadas por sua mãe, que fazia durar o máximo possível, pois constituíam a única diversão em seus lentos dias. Sentia-se como o sobrevivente de algum cataclismo, tão solitário e desesperado que por momentos recordava com melancolia as paredes de sua cela no quartel.

— Não devia ter desertado — disse Irene sacudindo a modorra que se havia instalado em sua alma.

— Se me pegam, me fuzilam. Tenho que me asilar, senhorita.

— Entregue-se e não o fuzilarão...

— Estou fodido de todos os modos.

Francisco explicou a ele as dificuldades de obter asilo em seu caso. Ao cabo de tantos anos de ditadura já ninguém saía do país por essa via. Sugeriu-lhe que se escondesse por certo tempo, enquanto ele tratava de obter documentos falsos para enviá-lo a outra província onde pudesse começar vida nova. Irene acreditou ter escutado mal, porque não podia imaginar seu amigo traficando papéis falsos. Pradelio abriu os braços num gesto sem esperança e compreenderam que, com essa estatura de cipreste e esse rosto de fugitivo, era impossível que passasse despercebido aos olhos da polícia.

— Diga-nos por que desertou — insistiu Irene.

— Por Evangelina, minha irmã.

E então, pouco a pouco, buscando as palavras na água parada de seu silêncio habitual, interrompendo-se com longas pausas, foi desenrolando sua história. O que o gigante não disse, Irene foi perguntando, olhando-o nos olhos e o que calou puderam adivinhar por seu rubor, pelo brilho de suas lágrimas e pelo tremor de suas grandes mãos.

Quando começaram a circular os rumores sobre Evangelina e o estranho mal que atraía os curiosos e destruía seu bom nome, colocando-a na mesma categoria dos loucos do hospício, Pradelio Ranquileo perdeu o sono. De todos os membros de sua família ela foi, desde o início, a mais querida, e esse sentimento cresceu com o tempo. Nada comovia tanto seu coração como ensinar os primeiros passos a essa criatura magra, pequena, com o cabelo loiro, tão diferente dos Ranquileo. Quando nasceu, ele era um menino de poucos anos, muito alto e robusto para sua idade, acostumado aos trabalhos de adulto e a assumir as responsabilidades do pai ausente. Não conhecia a tranquilidade nem a ternura. Digna passava a vida grávida ou amamentando o último recém-nascido, o que não a impedia de trabalhar a terra e fazer os serviços da casa, mas precisava de alguém em quem se apoiar. Confiava em seu filho mais velho e lhe conferia autoridade diante dos outros filhos. Em muitas ocasiões Pradelio agia como dono da casa. Sendo ainda muito jovem, cumpria esse papel e nem sequer quando voltava o pai deixava de exercê-lo de todo. Uma vez se atreveu a enfrentá-lo durante uma bebedeira para impedir que se excedesse com Digna e isso acabou de fazê-lo homem. O jovem estava adormecido e despertou ao escutar um choro tênue, saltou da cama e apareceu atrás da cortina que separava o canto onde dormiam seus pais. Viu Hipólito com a mão levantada e sua mãe encolhida como um ovo no chão, tapando a boca para não despertar os filhos com seus gemidos. Presenciara cenas similares algumas vezes e no fundo considerava os homens com o poder de castigar a mulher e os filhos, mas nessa ocasião não pôde resistir e um véu de ira cegou-o. Sem refletir, lançou-se sobre seu pai, golpeando-o e insultando-o até que Digna lhe suplicou que parasse, porque a mão levantada contra seus próprios pais se converte em pedra. No dia seguinte Hipólito amanheceu com o corpo cheio de hematomas. Seu filho estava dolorido pelo esforço, mas nenhuma de suas extremidades se petrificara, como havia sentenciado a tradição popular. Foi a última vez que Hipólito usou a violência contra sua família.

Pradelio del Carmen Ranquileo sempre soube que Evangelina não era sua irmã. Todos a tratavam como se o fosse, mas ele a viu com olhos diferentes desde pequena. Com o pretexto de ajudar sua mãe, lavava--a, embalava-a, dava-lhe de comer. A menina o adorava, aproveitando qualquer ocasião para se pendurar em seu pescoço, subir em sua cama, encolher-se em seus braços. Como um cãozinho, seguia-o por toda parte, o perseguia com suas perguntas, queria ouvir suas histórias e só dormia embalada por suas canções. Para Pradelio as brincadeiras com Evangelina estavam carregadas de ansiedade. Aguentou muitas surras por apalpá-la, pagando assim a culpa. Culpa pelos sonhos úmidos onde ela o chamava com gestos obscenos, culpa por observá-la escondido quando se agachava para urinar entre os matos, culpa por segui-la à casinha na hora do banho, culpa por inventar brincadeiras proibidas nas quais se escondiam longe dos demais se acariciando até cansar. Com esse instinto de sedução de todas as mulheres, a menina aceitava o segredo compartilhado com seu irmão mais velho e também agia em sigilo. Empregava uma mescla de inocência e impudicícia, de vaidade e recato, para enlouquecê-lo, para manter seus sentidos em carne viva e conservá-lo prisioneiro. A repressão e vigilância dos pais não fizeram mais que alimentar o calor que abrasava o sangue de Pradelio adolescente. Isso o induziu a procurar prostitutas muito cedo, porque não achava conforto nos solitários prazeres dos meninos. Evangelina ainda brincava com bonecas quando ele já sonhava em possuí-la, imaginando que o ímpeto de sua masculinidade podia atravessá-la como uma espada. Sentava-a em suas pernas para ajudá-la nas tarefas da escola e, enquanto buscava a resposta dos problemas do caderno, sentia os próprios ossos derretidos e algo quente e viscoso ardendo nas veias; as forças o abandonavam, perdia o juízo e até a vida se esvaía por causa desse odor fumegante de seu cabelo e de alvejante de sua roupa, do suor de seu pescoço, do peso de seu corpo em cima do dele; acreditava não poder aguentar sem uivar como cachorro no cio, sem pular em cima dela para devorá-la, sem correr aos álamos e pendurar-se pelo pescoço em um galho para pagar com a morte o crime de amar sua irmã com essa paixão infernal. A menina pressentia isso e se agitava sobre seus joelhos pressionando, esfregando, roçando, até senti-lo gemer afogado, apertar os nós dos dedos contra a borda da mesa, pôr-se rígido, e os dois eram envolvidos por um picante e doce aroma. Esses jogos continuaram por toda a infância.

Pradelio Ranquileo saiu de sua casa aos dezoito anos para prestar o serviço militar e não voltou.

— Fui embora para não manchar as mãos com minha irmã — confessou a Irene e Francisco na gruta da montanha.

Quando acabou de servir, alistou-se logo na polícia. Evangelina ficou frustrada, perdida, sem compreender a razão desse abandono, perturbada por inquietações que não sabia expressar e que estiveram em seu coração bem antes do despertar de suas glândulas. Foi assim que Pradelio fugiu de seu destino de agricultor pobre, de uma menina que começava a se fazer mulher e das lembranças de uma infância atormentada pelo incesto. Nos anos seguintes seu corpo ganhou dimensões definitivas e sua alma encontrou certa paz. As mudanças políticas acabaram de amadurecê-lo e mitigaram a tentação de Evangelina, porque de um dia para o outro deixou de ser um insignificante guarda rural e assumiu o poder. Notou o temor nos olhos dos outros e isso lhe agradou. Sentiu-se importante, forte, autoritário. Na noite anterior ao Golpe Militar lhe informaram que o inimigo tinha a intenção de eliminar os soldados para instaurar uma tirania soviética. Sem dúvida eram adversários perigosos e hábeis, porque até esse dia ninguém se dera conta desses planos sangrentos, exceto os comandantes das Forças Armadas, sempre vigilantes dos interesses nacionais. Se eles não tomassem a dianteira, o país estaria mergulhado numa guerra civil ou teria sido ocupado pelos russos, explicou-lhe o Tenente Juan de Dios Ramírez. A ação oportuna e valente de cada soldado, Ranquileo entre eles, salvou o povo de um destino fatal. Por isso me sinto orgulhoso em vestir o uniforme, embora algumas coisas não me agradem, cumpro as ordens sem fazer perguntas, porque se cada soldado começa a discutir as decisões dos superiores, tudo se torna um disparate e a pátria vai para o caralho. Coube-me prender muitas pessoas, não posso negar, inclusive conhecidos e amigos como os Flores. Que coisa horrível os Flores metidos no Sindicato Agrícola. Pareciam boas pessoas e ninguém teria imaginado que pensavam em atacar o quartel, uma ideia absurda, como ocorreu essa loucura a Antonio Flores e seus filhos? Eram pessoas inteligentes e com instrução. Por sorte os senhores dos terrenos vizinhos avisaram meu Tenente Ramírez e ele pôde agir a tempo. Foi muito duro para mim prender os Flores. Mas lembro-me dos gritos da Evangelina trocada quando carregamos os homens de sua família. Me deu pena porque é minha verdadeira irmã, tão Ranquileo como eu. Sim, houve muitos prisioneiros nessa época. Obriguei vários a falar, colocando-os nas cavalariças amarrados pelos pés e pelas mãos, golpeando-os sem compaixão, fuzilamos também e outras coisas que não posso dizer porque são segredos militares. O tenente tinha confiança em mim, me tratava como a um filho; eu o respeitava e admirava, era um bom chefe e me encarregava de missões especiais para as quais não servem os fracos nem os tagarelas como o Sargento Faustino Rivera, que na primeira cerveja perde a cabeça e começa a falar como uma velha. O tenente me disse muitas vezes: Ranquileo, você chegará muito longe porque é tão calado como um túmulo. E valente também. Calado e valente, as melhores virtudes de um soldado.

No exercício da autoridade Pradelio perdeu o terror de seus próprios pecados e pôde eludir o fantasma de Evangelina, exceto durante as visitas a sua casa. Então a menina voltava a agitar seu sangue com carícias de menina boba, mas já não parecia uma criança, tinha a atitude manifesta de uma mulher. No dia em que a viu arqueada para trás, convulsionada, gemendo numa paródia grotesca do ato sexual, recomeçaram de chofre os quentes tormentos quase esquecidos. Para afastá-la de sua mente lançou mão de recursos desesperados, banhos prolongados de água gelada ao amanhecer e bílis de frango com vinagre, para ver se o frio nos ossos e o ardor nas tripas lhe devolviam o juízo, mas tudo foi inútil. Por fim contou tudo ao Tenente Juan de Dios Ramírez, a quem o unia uma antiga cumplicidade.

— Eu me encarrego desse problema, Ranquileo — assegurou-lhe o oficial depois de ouvir a inusitada história. — Agrada-me que meus homens me contem suas preocupações. Você faz bem ao confiar em mim.

No mesmo dia do escândalo na casa dos Ranquileo, o Tenente Ramírez ordenou a prisão de Pradelio na cela dos incomunicáveis. Não lhe deu explicações. O soldado ali ficou muitos dias a pão e água sem conhecer a causa de seu castigo, embora soubesse que tinha relação com o comportamento tão pouco delicado de sua irmã. Ao pensar nisso, não podia evitar o sorriso. Parecia-lhe incrível que essa menina insignificante como um verme, mirrada, sem seios como as mulheres, mas apenas duas ameixas apontando entre suas costelas, tivesse levantado o tenente no ar e o sacudido como um esfregão diante de seus subalternos. Acreditou ter sonhado com isso; talvez a fome, a solidão e o desespero o estavam transtornando e na realidade aquilo jamais acontecera. Mas então se perguntava o motivo de seu confinamento. Era a primeira vez que isso lhe ocorria, nem sequer durante o serviço militar sofrera uma humilhação semelhante. Foi um recruta exemplar e fora um bom policial durante muitos anos. Ranquileo, dizia seu tenente, o uniforme deve ser seu único ideal, você tem que defendê-lo e confiar em seus superiores. Assim o fez sempre. O oficial o ensinou a dirigir os veículos da Delegacia e o converteu em seu motorista. Às vezes iam juntos tomar cerveja e visitar as putas de Los Riscos, como dois bons amigos. Por isso se atreveu a lhe contar os ataques de sua irmã, as pedras caindo sobre o teto, a dança das xícaras e a confusão dos animais. Disse tudo sem imaginar que, com uma dezena de homens armados, iria invadir a casa de seus pais e Evangelina o ridicularizaria, derrubando-o no chão do pátio.

Ranquileo sentia-se bem em seu trabalho. Era uma alma simples e custava-lhe tomar decisões, preferia obedecer calado e lhe era mais fácil pôr a responsabilidade de seus atos em mãos alheias. Gaguejava ao falar e comia as unhas até a raiz, deixando seus dedos como cotos ensanguentados.

— Antes não as comia — desculpou-se diante de Irene e Francisco.

Na rude vida militar sentia-se muito mais feliz que na casa de seus pais. Não desejava voltar ao campo. Nas Forças Armadas encontrou uma carreira, um destino e outra família. Tinha uma resistência de touro para alternar os turnos, realizar os mais pesados treinamentos e cumprir as noites de guarda. Era bom camarada, capaz de ceder sua ração a outro que estivesse com mais fome e sua coberta a outro com mais frio. Aguentava sem reclamar as brincadeiras pesadas, não perdia o bom humor, sorria complacente quando zombavam de sua ossatura de cavalo e sua avultada masculinidade. Também se riam de sua ansiedade para executar as tarefas, de seu respeito reverente pela sagrada instituição militar, seu sonho de dar a vida pela bandeira, como um herói. De repente tudo isso desmoronou. Não sabia por que se achava nessa cela, nem podia calcular o tempo transcorrido. Seu único contato com o mundo exterior consistia em algumas palavras sussurradas pelo sujeito encarregado de levar-lhe a comida. Algumas vezes lhe deu de presente cigarros e prometeu uma história de vaqueiros ou revistas de esportes, embora não tivesse luz para lê-las. Nesses dias aprendeu a viver de murmúrios, de esperanças, de pequenos truques para enganar o tédio. Pondo em alerta todos os seus sentidos, pretendia participar da vida no exterior; no entanto, por momentos sentia tamanha solidão que acreditava estar morto. Escutava os ruídos do lado de fora, sabia quando revezavam a guarda, contava os veículos entrando e saindo do pátio, afinou o ouvido para reconhecer as vozes e os passos amortecidos pela distância. Procurava dormir para passar o tempo mais rápido, mas a inatividade e a angústia espantaram seu sono. Um homem de menor porte teria podido se estirar e fazer alguns exercícios nesse espaço reduzido, mas Ranquileo estava metido numa camisa de força. Os piolhos do colchão se aninharam em sua cabeça e se multiplicaram com rapidez. As lêndeas o picavam nas axilas e no púbis, obrigando-o a se coçar até sangrar. Dispunha de um balde para fazer suas necessidades e, quando estava cheio, o fedor constituía seu pior suplício. Pensou que o Tenente Ramírez o estivesse testando. Talvez quisesse confirmar sua resistência e a têmpera de seu caráter antes de incumbi-lo de uma missão especial, por isso não usou o recurso de apelação ao qual tinha direito nos três primeiros dias. Tratou de se manter calmo, não se alquebrar, não chorar nem gritar como fazia quase todo preso incomunicável. Quis dar exemplo de força física e moral, para que o oficial apreciasse suas qualidades, e demonstrar-lhe que mesmo nas situações mais extremas não fraquejava. Tratava de passear em círculos para evitar as cãibras e desinchar os músculos, mas era impossível porque sua cabeça tocava o teto e se esticasse os braços batia nas paredes. Nessa cela haviam confinado algumas vezes até seis prisioneiros, mas por muito poucos dias, nunca tantos como ele estava vivendo, e além disso não eram presos comuns, mas inimigos da nação, agentes soviéticos, traidores, dissera o tenente com toda clareza. Habituado ao exercício e ao ar livre, essa imobilidade forçada do corpo invadia também sua mente, o enjoava, esquecia nomes e lugares, via sombras monstruosas. Para não enlouquecer cantava a meia-voz. Gostava de fazê-lo, embora em tempos normais a timidez o impedisse. Evangelina gostava de ouvi-lo e permanecia em silêncio, com os olhos fechados, como se ouvisse vozes de sereias, canta mais, canta mais... Durante seu cativeiro pôde pensar muito nela, recordar nitidamente cada um de seus gestos e a cumplicidade do desejo proibido que compartilharam desde crianças. Deixava a imaginação voar e punha o rosto de sua irmã na memória de suas mais ousadas experiências. Era ela quem se abria como uma melancia madura, vermelha, suculenta, morna, ela é que suava essa fragrância penetrante de mariscos, ela é que o mordia, o arranhava, o chupava, gemia, agonizava de sufoco e de prazer. Era em sua carne compassiva que mergulhava até perder o fôlego e tornar-se esponja, medusa, estrela-do-mar. Podia ficar muitas horas se acariciando com o fantasma de Evangelina, mas sempre sobravam muitas. Entre essas paredes o tempo estava suspenso num instante eterno. Em alguns momentos chegou ao limite da loucura e pensou em arrebentar a cabeça contra a parede até que a poça de sangue passasse por baixo da porta e alertasse o guarda, para ver se ao menos o transferiam para a enfermaria. Uma tarde estava a ponto de fazê-lo, quando apareceu o Sargento Faustino Rivera. Abriu a tranca da porta de ferro, passou-lhe cigarros, fósforos, chocolate.

— Os meninos mandam lembranças. Vão comprar velas e revistas para entretê-lo, estão preocupados com você e querem falar com o tenente para ver se suspende o castigo.

— Por que me mantêm aqui?

— Não sei. Talvez por sua irmã.

— Estou bem fodido, sargento.

— Parece mesmo. Sua mãe veio perguntar por você e também por Evangelina.

— Evangelina? O que aconteceu com ela?

— Não sabe?

— O que aconteceu com a minha irmã? — gritou Pradelio golpeando a porta como um doido.

— Eu não sei nada. Não grite porque se me pegam aqui vou pagar muito caro, Ranquileo. Não fique desesperado, sou seu parente e vou te ajudar. Voltarei logo — disse o sargento indo embora depressa.

Ranquileo caiu no chão e quem passou pelo pátio pôde escutar um choro de homem que abalou as consciências por horas. Seus amigos nomearam uma comissão para interceder junto ao oficial, mas não tiraram nada a tempo. O mal-estar propagou-se entre os soldados, que murmuravam nos banheiros, nos corredores, na sala de armas, mas o Tenente Juan de Dios Ramírez os ignorou. Então Faustino Rivera, o mais prudente, decidiu pôr as coisas em seu lugar. Dois dias mais tarde aproveitou a cumplicidade da noite e a ausência momentânea do oficial para se aproximar da cela dos presos incomunicáveis. O vigia viu-o chegar, imediatamente adivinhou suas intenções e ajudou fingindo dormir, porque também considerava injusto esse castigo. Sem precisar evitar ruídos ou ser visto, o sargento pegou a chave pendurada num prego na parede e dirigiu-se para a porta de ferro. Tirou Ranquileo de sua prisão, passou-lhe sua roupa e sua arma regulamentar com seis balas, conduziu-o à cozinha e ele mesmo o serviu com dupla ração de alimento. Depois entregou-lhe uma pequena quantia cotizada pela tropa e foi deixá-lo o mais longe possível num jipe do quartel. Os que os viram, olharam para o outro lado e não quiseram saber dos detalhes. Um homem tem direito de vingar sua irmã, disseram.

Arrastando-se de noite e se escondendo imóvel nos campos durante o dia, Pradelio Ranquileo passou quase uma semana, sem se atrever a pedir ajuda, porque imaginava a raiva do tenente ao descobrir sua fuga e sabia que os guardas não poderiam desobedecer às ordens de buscá-lo por céu e terra. Oculto nas sombras, esperou até que a impaciência e a fome o levassem finalmente à casa de seus pais. O Sargento Rivera havia estado ali e contara a Digna o mesmo que a ele, assim não tiveram necessidade de falar disso. A vingança é assunto de machos. Rivera lhe dissera, ao despedir-se, que procurasse sua irmã, mas na verdade quis dizer que a vingasse, disso Pradelio estava seguro. Tinha certeza de sua morte. Não dispunha de provas, mas conhecia seu superior o bastante para imaginá-lo.

— Será difícil cumprir meu dever, porque se desço deste morro me matarão — disse a Francisco e Irene na gruta.

— Por quê?

— Guardo um segredo militar.

— Se quer nossa ajuda, deve contá-lo.

— Nunca o contarei.

Estava muito agitado, transpirava, mordia as unhas, havia em seus olhos um brilho cheio de pavor, passava as mãos pelo rosto como se desejasse espantar horrendas lembranças. Sem dúvida, tinha muito mais para dizer, mas estava atado por tremendos laços de silêncio. Balbuciou que seria melhor morrer de uma vez, pois não existia escapatória para ele. Irene tentou tranquilizá-lo: não devia se desesperar, encontrariam a forma de ajudá-lo, era questão de um pouco de tempo. Francisco vislumbrava naquela história vários aspectos obscuros e sentia uma desconfiança instintiva; mas repassava seus contatos, procurando alguma solução para lhe salvar a vida.

— Se o Tenente Ramírez matou minha irmã, eu sei onde escondeu seu corpo — disse Pradelio no último momento. — Conhecem a mina abandonada de Los Riscos?

Interrompeu-se bruscamente, arrependido do que disse, mas, pela expressão de seu rosto e o tom de sua voz, Francisco compreendeu que não falava de uma possibilidade, mas de uma certeza. Havia lhes dado uma pista.

Era o meio da tarde quando se despediram e iniciaram a descida, deixando Ranquileo abatido, ruminando ideias de morte. Descer a montanha foi tão difícil quanto subi-la, especialmente para Irene, que trêmula olhava o abismo, mas não parou até chegar ao lugar onde deixaram os cavalos. Ali respirou aliviada, olhou para a cordilheira e lhe pareceu impossível ter subido até esses cumes abruptos esfumados na cor do céu.

— Basta por hoje. Voltarei depois com algumas ferramentas para ver o que tem nessa mina — decidiu Francisco.

— E eu com você — disse Irene.

Olharam-se e compreenderam que ambos aceitavam chegar ao limite dessa aventura que podia conduzi-los à morte e mais além.

* * *

Beatriz Alcántara avançou pisando com altivez no polido linóleo do aeroporto, seguindo o carregador que levava suas malas azuis. Vestia um traje decotado de linho cor de tomate e levava os cabelos presos na nuca, porque não teve ânimo para um arranjo mais esmerado. Duas grandes pérolas barrocas em suas orelhas ressaltavam o tom de açúcar queimado de sua pele e o brilho de seus olhos pardos iluminados por um novo bem-estar. Várias horas de voo num assento incômodo, tendo como vizinha uma monja galega, não lhe tiraram a alegria de seu último encontro com Michel. Sentia-se outra mulher, rejuvenescida, leve. O orgulho de quem se acredita bela dava a seu andar um ritmo insolente. À sua passagem os olhos dos homens se voltavam e nenhum deles suspeitava de sua verdadeira idade. Ainda podia usar decote tranquila, sem sinais delatores no peito nem flacidez nos braços, suas pernas tinham contornos suaves e a linha das costas mantinha sua altivez. O ar marítimo lhe dera um aspecto festivo ao rosto, dissimulando a pinceladas as finas rugas de suas pálpebras e de sua boca. Apenas suas mãos, com manchas e rugas apesar dos unguentos mágicos, delatavam a passagem do tempo. Estava satisfeita com seu corpo. Considerava-o obra sua e não da natureza, porque era o produto acabado de sua enorme força de vontade, o resultado de anos de dieta, exercícios, massagens, relaxamento iogue e avanços da cosmetologia. Em sua maleta levava ampolas de óleo para os seios, colágeno para o pescoço, loções e cremes de hormônios para a cútis, estrato de placenta e *vison* para os cabelos, cápsulas de geleia real e pólen da eterna juventude, máquinas, escovas e esponja vegetal para a elasticidade dos tecidos. É uma luta perdida, mamãe, a idade é inexorável e a única coisa que você pode conseguir é atrasar um pouco as evidências. Vale a pena tanto esforço? Quando se estendia ao sol nas areias mornas de alguma praia tropical, tendo apenas como roupa um triângulo de pano no sexo e comparando-se a mulheres vinte anos mais jovens, sorria orgulhosa. Sim, filha, vale a pena. Às vezes, ao entrar em um salão, percebia o ar impregnado de inveja e desejo, então sabia que seus esforços davam resultados. Mas era sobretudo nos braços de Michel que adquiria a certeza de que seu corpo constituía um capital rentável, pois lhe proporcionava o maior deleite.

Michel encarnava seu luxo secreto, a confirmação de sua autoestima, a causa de sua mais íntima vaidade. Era tão mais novo que podia passar por seu filho, alto, de ombros largos e estreitos quadris de toureiro, o cabelo desbotado pelo excesso de sol, os olhos claros, um sotaque doce ao falar e toda a sabedoria necessária na hora do amor. A vida ociosa, o esporte e a falta de obrigações imprimiam um sorriso permanente em seu rosto e lhe davam uma disposição brincalhona para o prazer. Vegetariano, abstêmio, inimigo do fumo, sem quaisquer pretensões intelectuais, obtinha seus maiores prazeres nas diversões ao ar livre e nos encontros amorosos. Doce, terno, simples e sempre de bom humor, vivia em outra dimensão, como um arcanjo caído na terra por engano. Agia de forma engenhosa para que sua vida transcorresse em férias eternas. Conheceram-se numa praia de palmeiras inclinadas e quando se enlaçaram para dançar pela primeira vez na penumbra do hotel, compreenderam que era inevitável um encontro mais íntimo. Na mesma noite Beatriz lhe abriu a porta de seu quarto, sentindo-se como uma adolescente. Estava um tanto aflita porque temia que descobrisse pequenos sinais delatores de sua idade, passados despercebidos à sua implacável vigilância, mas Michel não lhe deu tempo para essas inquietações. Acendeu a luz disposto a conhecê-la por completo, enquanto a beijava com lábios versados e a despia de todos os seus enfeites: as pérolas barrocas, os anéis de brilhantes, as pulseiras de marfim, até deixá-la nua e vulnerável. Então ela suspirou tranquila, porque na expressão dos olhos de seu amante teve a confirmação de sua beleza. Esqueceu a passagem dos anos, o desgaste da luta e o aborrecimento que outros homens semearam em seu espírito. Compartilharam uma relação alegre e não a chamaram de amor.

A proximidade de Michel excitava Beatriz ao extremo de fazê-la esquecer todas as suas preocupações. Esse homem tinha o poder sobrenatural de desvanecer com seus beijos os velhos decrépitos de A Vontade de Deus, as extravagâncias de sua filha e as dificuldades econômicas. Perto dele só existia o presente. Aspirava seu aroma de animal jovem, seu hálito limpo, o suor de sua pele lisa, o rastro salobre do mar no seu cabelo. Apalpava seu corpo, o pelo áspero do peito, a suavidade de suas faces recém-barbeadas, a força de seu abraço, a firmeza renovada de seu sexo. Nunca antes fora amada nem possuída assim. A relação com seu marido era cheia de rancores acumulados e rejeições involuntárias, e seus amantes ocasionais eram homens mais velhos que supriam a falta de vigor com artes de simulação. Não desejava lembrar de seus cabelos ralos, seus corpos flácidos, seus odores perniciosos de fumo e bebida, seus pênis esforçados, seus presentes mesquinhos, suas promessas inúteis. Michel não mentia. Nunca disse te amo, mas você me agrada, me sinto bem ao seu lado, quero fazer amor com você. Era pródigo na cama, devotado a dar-lhe alegria, satisfazer seus caprichos, inventar novas necessidades.

Michel representava o lado oculto e mais luminoso de sua vida. Era impossível compartilhar esse segredo, porque ninguém teria compreendido sua paixão por um homem bem mais jovem. Podia imaginar os comentários entre suas amizades: Beatriz perdeu o juízo por um rapaz, um estrangeiro que certamente a explora e extorquirá todo o seu dinheiro, deveria sentir vergonha de sua idade. Ninguém acreditaria na ternura e no riso partilhados, em sua amizade, em que ele jamais pedia nada e não aceitava presentes. Reuniam-se duas vezes por ano em qualquer lugar do mapa para viver alguns dias de ilusão e retornar logo depois com o corpo agradecido e a alma alvoroçada. Beatriz Alcántara retomava as rédeas do trabalho, assumia suas tarefas e voltava às relações elegantes com seus pretendentes habituais, viúvos, divorciados, maridos infiéis, sedutores endêmicos que lhe dispensavam atenções especiais sem tocar seu coração.

Cruzou a porta envidraçada que separava o setor restrito do aeroporto e do outro lado viu sua filha confundida com a multidão. Estava acompanhada por esse fotógrafo que nos últimos meses não se separava dela, como se chamava ele? Não pôde evitar um esgar de desgosto ao ver Irene tão descuidada em sua aparência. Ao menos quando usava sua roupa de cigana demonstrava alguma originalidade, mas com essas calças amarrotadas e o cabelo preso com um rabo parecia uma professora rural. Ao se aproximar, percebeu outros sinais inquietantes, mas não conseguiu determiná-los.

Havia um ar de tristeza em seus olhos, um ricto ansioso em sua boca, mas não pôde perguntar mais na pressa de colocar as malas no carro e tomar o caminho de casa.

— Trouxe roupa muito fina para o seu enxoval, filha.

— Talvez não chegue a usá-la, mamãe.

— O que você quer dizer? Aconteceu alguma coisa com o seu noivo?

Beatriz observou Francisco Leal de soslaio e esteve a ponto de lançar um comentário mordaz, mas decidiu calar-se até o momento de estar a sós com Irene. Respirou fundo e logo exalou o ar em seis tempos, relaxando os músculos do pescoço e esvaziando seu espírito de toda agressividade, para se colocar em sintonia positiva, como lhe ensinara seu professor de ioga. Tão logo se sentiu melhor pôde gozar do belo espetáculo da cidade na primavera, as ruas limpas, as paredes recém-pintadas, as pessoas corteses e disciplinadas, isso tinha que agradecer às autoridades, tudo sob controle e muito bem vigiado. Observou as vitrines das lojas abarrotadas de mercadorias estrangeiras nunca antes consumidas no país, os luxuosos edifícios com piscinas rodeadas de palmeiras anãs nos terraços, caracóis de cimento abrigando lojas de fantasia para os caprichos dos novos-ricos e altas muralhas ocultando a região da pobreza, onde a vida transcorria fora da ordem do tempo e das leis de Deus. Diante da impossibilidade de eliminar a miséria, proibiu-se mencioná-la. As notícias da imprensa eram tranquilizadoras, viviam num reino encantado. Eram completamente falsos os rumores de mulheres e crianças assaltando padarias impelidas pela fome. As más notícias só provinham do exterior, onde o mundo se debatia em problemas irremediáveis que não diziam respeito à benemérita pátria. Pelas ruas circulavam carros japoneses tão delicados que pareciam ser descartáveis e as enormes motocicletas pretas com tubos cromados dos executivos; em todas as esquinas havia cartazes de publicidade oferecendo apartamentos exclusivos para gente especial, as viagens de Marco Polo a crédito e os últimos avanços da eletrônica. Proliferavam os lugares de diversão com as luzes acesas e as portas vigiadas até o toque de recolher. Comentava-se a opulência, o milagre econômico, o capital estrangeiro atraído torrencialmente pelos benefícios do regime. Os descontentes eram qualificados de antipatriotas, pois a felicidade era compulsória. Mediante uma lei de segregação não escrita, mas conhecida por todos, funcionavam dois países no mesmo território nacional, um da elite dourada e poderosa e outro da massa marginalizada e silenciosa. É o custo social, assim o definiam os jovens economistas da nova escola e assim o repetiam os meios de comunicação.

O carro parou num semáforo e três criaturas andrajosas se aproximaram para limpar o para-brisa, oferecer figuras religiosas, pacotes de agulhas ou simplesmente para pedir esmola. Irene e Francisco trocaram um olhar, porque ambos estavam pensando a mesma coisa.

— Cada dia há mais pobres — disse Irene.

— Vai começar também com essa cantilena? Em toda parte há mendigos. O que acontece é que aqui as pessoas não querem trabalhar, este é um país de preguiçosos — rebateu Beatriz.

— Não há trabalho para todos, mamãe.

— O que você quer? Que não haja diferença entre os pobres e as pessoas decentes?

Irene corou sem se atrever a olhar Francisco, mas sua mãe continuou imperturbável.

— Esta é uma etapa de transição, logo virão tempos melhores. Ao menos temos ordem, não? Além do mais, a democracia conduz ao caos, assim disse mil vezes o General.

Fizeram o resto do trajeto em silêncio. Ao chegarem a casa, Francisco levou as malas ao segundo andar, onde Rosa aguardava com as luzes acesas. Agradecida por suas atenções, Beatriz convidou-o para jantar com elas. Era seu primeiro gesto cordial e ele aceitou de imediato.

— Sirva logo a comida, Rosa, porque temos uma surpresa em A Vontade de Deus — disse Irene.

A seu pedido, Beatriz adquirira na viagem presentinhos para os idosos e o pessoal de serviço. Irene comprou bolos e preparou ponche de frutas para uma comemoração. Depois de comer, desceram ao primeiro andar, onde os hóspedes esperavam vestidos com sua melhor roupa, as enfermeiras exibiam aventais engomados e as primeiras flores da estação transbordavam os jarros para dar boas-vindas à patroa.

Josefina Bianchi, a atriz, anunciou que os deleitaria com uma representação teatral. Francisco captou uma piscadela de Irene, compreendeu que participava do segredo e quis se retirar antes que fosse tarde, porque sofria com o ridículo alheio, mas sua amiga não lhe deu tempo de improvisar uma desculpa. Obrigou-o a se sentar junto a Rosa e sua mãe, nas cadeiras do terraço, e desapareceu com Josefina para dentro da casa. Esperaram alguns minutos muito incômodos para Francisco. Beatriz fazia comentários banais sobre os lugares visitados em sua viagem, enquanto as enfermeiras punham as cadeiras diante da grande janela da sala de jantar. Os hóspedes se acomodaram agasalhados com pulôveres e mantas, porque a idade avançada gela os ossos e nem sequer a tepidez de uma noite de primavera pode suavizar o frio senil. Apagaram-se os focos de luz do jardim, os acordes de uma antiga sonata inundaram o ar e abriram-se as cortinas. Por um instante Francisco vacilou entre o pudor que o impelia a fugir e o feitiço desse espetáculo inusitado. Diante de seus olhos apareceu um cenário banhado de luz, como um aquário na escuridão. O único móvel do amplo espaço vazio era um sofá de brocado amarelo junto a um abajur de chão com quebra-luz de pergaminho, que formava um círculo de ouro no qual se destacava uma figura intacta do passado, um espírito do século dezenove. A princípio não reconheceu Josefina Bianchi e acreditou que era Irene, pois naquele rosto se haviam esfumado os estragos do tempo. Languidez, sedução, harmonia em cada um de seus gestos. Vestia um suntuoso traje de enfeites plissados e rendas cor de marfim, desbotado, enrugado, mas ainda esplêndido apesar do cinza dos anos e da travessia por arcas e baús. À distância se percebia o suave farfalhar da seda. Mais que sentada, a atriz parecia flutuar com a agilidade de um inseto, lânguida, sensual, eternamente feminina. E antes que Francisco chegasse a se recompor da surpresa, parou a música nos alto-falantes e a Dama das Camélias deixou ouvir sua voz sem idade, então ele perdeu sua resistência e se abandonou à magia da representação. A seus ouvidos chegava a tragédia da cortesã, seu longo lamento sem estridências e por isso mais comovente. Com uma das mãos ela afastava o amado invisível e com um gesto da outra o chamava, suplicava por ele, o acariciava. Os anciãos pareciam imobilizados em suas recordações, ausentes e silenciosos. As empregadas, desconcertadas por aquela mulher tão frágil e leve, que um sopro podia transformar em pó, sentiam o peito oprimido. Ninguém pôde escapar ao feitiço.

Francisco sentiu no ombro a mão de Irene, mas foi incapaz de se virar, seduzido pelo espetáculo. Quando um acesso de tosse, parte da atuação ou efeito da decrepitude, pôs fim às palavras da imortal apaixonada, seus olhos ardiam, a ponto de chorar. Invadido pela melancolia, não pôde aplaudir com os demais. Deixou sua cadeira e foi até o fundo do jardim, no lugar mais sombrio, seguido pela cadela pulando a seus pés. Dali observou o lento deslocamento dos idosos e suas enfermeiras, que bebiam ponche e abriam seus presentes com dedos titubeantes, enquanto Margarita Gautier, de repente envelhecida cem anos, procurava seu Armando Duval, segurando numa mão um leque de penas e na outra um bolinho de creme. Fantasmas que deslizavam entre as cadeiras e vagavam pelos caminhos margeados de angicos vermelhos, o perfume intenso dos jasmins, o resplendor amarelo das lâmpadas, tudo contribuía para uma sensação de sonho. O ar da noite parecia saturado de presságios.

Irene procurou seu amigo e ao vê-lo aproximou-se sorrindo. Então notou a expressão de seu rosto e intuiu as emoções que o arrebatavam. Apoiou a testa no peito de Francisco e seu cabelo indomável lhe acariciou a boca.

— Em que você está pensando?

Ele pensava em seus pais. Dentro de alguns anos atingiriam a idade dos hóspedes de A Vontade de Deus que, como eles, haviam trazido filhos ao mundo e labutado sem trégua para dar-lhes apoio. Nunca sonharam terminar seus dias e esperar a morte assistidos por mãos mercenárias. Os Leal viviam em tribo desde sempre, partilhando pobreza, alegria, sofrimento e esperança, ligados por laços de sangue e de responsabilidade. Restavam ainda muitas famílias assim; talvez os anciãos que nessa noite presenciaram o ato de Josefina Bianchi não se diferenciassem de seus pais; porém, estavam sós. Eram as vítimas esquecidas do vento que dispersou as pessoas para todas as direções, os retardatários da diáspora, os que ficaram para trás sem espaço próprio, sem um lugar nos novos tempos. Não conservavam netos perto para cuidar ou ver crescer, filhos para ajudar na tarefa de viver, não tinham um jardim para plantar sementes nem um canário que cantasse ao entardecer. Sua ocupação era evitar a morte, pensando sempre nela, antecipando-a, temendo-a. Francisco jurou para si mesmo que isso jamais aconteceria com seus pais. Repetiu a promessa em voz alta com os lábios ocultos no cabelo de Irene.

TERCEIRA PARTE

DOCE PÁTRIA

Eu viajo com nosso território e seguem vivendo comigo,
lá longe, as essências longitudinais de minha pátria.

Pablo Neruda

Tempos depois Irene e Francisco se perguntariam em que exato momento o rumo de suas vidas se desviou, e eles indicariam essa funesta segunda-feira, quando entraram na mina abandonada de Los Riscos. Mas talvez fosse antes, naquele domingo em que conheceram Evangelina Ranquileo, ou naquela tarde em que prometeram a Digna ajudá-la na busca da menina perdida, ou quem sabe seus caminhos estivessem traçados desde o início e não puderam senão percorrê-los.

Partiram para a mina na motocicleta — mais prática em terrenos escarpados do que o carro —, levando algumas ferramentas, uma garrafa térmica com café quente e o equipamento fotográfico, sem mencionar para ninguém o objetivo da viagem, ambos dominados pela sensação de estarem cometendo uma insensatez. A partir do instante que decidiram entrar, à noite, num campo desconhecido para abrir a mina, os dois sabiam que a temeridade podia custar-lhes a vida.

Estudaram o plano até conhecê-lo de cor e ter a certeza de que podiam chegar ao destino sem fazer perguntas que levantassem suspeitas. Nada havia de perigoso nessa planície de suaves colinas, mas ao enveredarem pelos caminhos escarpados dos morros, onde as sombras caíam a pique muito antes do pôr do sol, a paisagem se tornou agreste e solitária e o eco devolveu seus pensamentos amplificados pelo grito longínquo da águia.

Inquieto, Francisco avaliou a imprudência de arrastar sua amiga numa aventura cujo porto ignorava.

— Você não está me levando a lugar nenhum. Sou eu que estou te levando — gracejou ela e talvez tivesse razão.

Um letreiro roído pela ferrugem, mas ainda legível, anunciava que a zona era um recinto vigiado e a passagem era proibida. Fios de arame farpado cercavam o acesso com aspecto ameaçador e, por um momento, os jovens tiveram a tentação de se aferrar a esse pretexto para recuar, mas em seguida abandonaram os subterfúgios e buscaram uma abertura na teia de arames para passar com a moto. O aviso e a cerca contribuíram para confirmar o palpite de que ali havia algo para ser descoberto. Como haviam planejado, a noite se fechou justamente quando chegaram a seu destino, facilitando o segredo de suas idas e vindas. A entrada da mina era um fosso no alto do morro como uma boca muda gritando sem voz. Estava encoberta com pedras, terra batida e uma mistura de alvenaria. Tiveram a impressão de que ninguém circulava por essas paragens havia anos. A solidão havia se instalado para ficar, apagando os vestígios do atalho e a lembrança da vida. Esconderam a motocicleta sob uns arbustos e em seguida percorreram o lugar em todas as direções para se certificarem de que não havia vigilância. A inspeção os tranquilizou, porque não viram rastros humanos nos arredores, só uma tapera abandonada ao vento e ao mato, a uns cem metros da mina. Metade do teto havia sido levada pelo vento, uma parede jazia no solo e a vegetação invadia o interior, cobrindo tudo como um tapete de pasto silvestre. Tanto deserto e esquecimento num lugar próximo a Los Riscos e à estrada lhes pareceu bastante estranho.

— Estou com medo — sussurrou Irene.

— Eu também.

Abriram a garrafa térmica e beberam um longo gole de café, que lhes reconfortou o corpo e a alma. Caçoaram com a ideia de que tudo isso era um jogo e trataram de contagiar um ao outro com a crença de que nada de mau podia lhes acontecer, protegidos como estavam por algum espírito benfeitor. Era uma clara noite de lua e logo se acostumaram à penumbra. Pegaram a picareta e a lanterna e se dirigiram à furna. Jamais haviam visto uma mina por dentro e a imaginavam como uma caverna aberta na terra, a enorme profundidade. Francisco recordou que a tradição proibia a presença de mulheres nas minas, porque provocam desastres subterrâneos, mas Irene não ligou para essa superstição, decidida a seguir adiante de qualquer modo.

Francisco atacou a entrada com sua ferramenta. Tinha pouca habilidade para trabalhos braçais, mal sabia usar a picareta e compreendeu que o trabalho seria mais longo do que o previsto. Sua amiga não tentou ajudá-lo, sentou-se numa rocha, agasalhada em seu colete, evitando a brisa que passava pelos morros. Qualquer som estranho a sobressaltava. Temia a presença de animais, ou, pior ainda, de soldados espreitando nas imediações. A princípio procuraram não fazer o menor ruído, mas logo se conformaram com o inevitável, porque o golpe do ferro contra as pedras se propagava pelos montes próximos, produzia o eco e o repetia mil vezes. Se houvesse patrulhamento na zona, como indicava o aviso, não teriam escapatória. Em menos de meia hora Francisco tinha os dedos arroxeados e as palmas cheias de bolhas, mas seu esforço resultou numa abertura a partir da qual puderam remover a mão o material solto. Irene o ajudou e logo conseguiram abrir uma grande brecha para deslizarem ao interior.

— As damas primeiro — zombou Francisco indicando o buraco.

Como resposta ela lhe entregou a lanterna e retrocedeu dois passos. O jovem introduziu a cabeça e os braços no rombo, iluminando a cavidade. Uma rajada de ar fétido golpeou seus narizes. Esteve a ponto de desistir, mas pensou que não havia chegado até ali para abandonar a tarefa antes de iniciá-la. O halo de luz recortou um círculo nas trevas e apareceu uma abóbada estreita. Não se parecia em nada com o imaginado: era uma câmara cavada nas duras entranhas do monte, da qual partiam dois túneis estreitos, bloqueados com escombros. Ainda existiam os andaimes de madeira para evitar os desmoronamentos na época de exploração do minério, mas o tempo os carcomera e estavam tão apodrecidos que alguns se sustentavam em seu lugar por milagre e bastaria um sopro para romper seu delicado equilíbrio. Iluminou o interior para reconhecer o terreno antes de introduzir o resto do corpo. De repente um vulto fugaz roçou seus braços a poucos centímetros de seu rosto. Deu um grito, mais surpreendido que assustado, e a lanterna caiu de suas mãos. De fora Irene o escutou e, temendo algo atroz, pegou-o pelas pernas e começou a puxá-lo fortemente.

— O que aconteceu? — perguntou com o coração na boca.

— Nada, só um rato.

— Vamos embora daqui! Eu não estou gostando nem um pouco disso...

— Espera, vou dar uma olhada por dentro.

Francisco passou através do buraco deslizando o corpo, precavido para evitar as pedras pontiagudas, e desapareceu tragado pela boca do morro. Irene viu a negra abertura envolver seu amigo e teve um sobressalto de angústia, embora a razão a advertisse de que os perigos não estavam dentro da mina, mas fora dela. Se fossem surpreendidos, podiam esperar uma bala na nuca e uma discreta sepultura ali mesmo. Por motivos menores as pessoas morriam. Recordou as histórias de espectros relatados por Rosa em sua infância: o diabo instalado nos espelhos para assustar as mulheres vaidosas; o bicho-papão carregando um saco repleto de crianças sequestradas; os cães com escamas de crocodilo no lombo e unhas de bode; homens de duas cabeças espreitando nos cantos para pegar as meninas que dormem com as mãos debaixo dos lençóis. Histórias truculentas para provocar seus pesadelos, mas cuja fascinação era tal que não podia deixar de escutá-las e pedia que Rosa as contasse, tremendo de medo, querendo tapar os ouvidos e fechar os olhos para não saber e, ao mesmo tempo, se sentindo obrigada a averiguar os menores detalhes: se o demônio anda nu, se o bicho-papão cheira mal, se os cachorrinhos fraldiqueiros também se convertem em bestas pavorosas, se os bicéfalos entram nos quartos protegidos pela imagem da Virgem. Nessa noite, diante do buraco da mina, Irene voltou a sofrer essa mescla de espanto e atração de épocas remotas, quando a babá a aterrorizava com suas fábulas. Por fim decidiu seguir Francisco e se meteu através da abertura com facilidade, pois era pequena e ágil. Precisou apenas de alguns segundos para se habituar à penumbra. O cheiro lhe pareceu insuportável, como se aspirasse um veneno letal. Tirou o lenço de cigana que levava amarrado na cintura e cobriu metade do rosto.

Os amigos percorreram a caverna, descobrindo duas passagens. A da direita parecia fechada só com escombros e terra solta, ao passo que a outra estava murada com um trabalho de alvenaria. Optaram pela mais simples e começaram a mover as pedras e a afastar a terra da primeira. Enquanto tiravam material, a pestilência aumentava e amiúde tinham de pôr a cabeça para fora, pelo orifício da entrada, para respirar um pouco de ar puro, que lhes chegava limpo e são como um jorro de água fresca.

— O que procuramos exatamente? — perguntou Irene, quando sentiu arder as mãos esfoladas.

— Não sei — respondeu Francisco, e continuaram trabalhando em silêncio, porque a vibração de suas vozes balançava os andaimes apodrecidos.

A apreensão se apoderou de ambos. Olhavam por cima do ombro o espaço negro às suas costas, imaginavam olhos observando-os, sombras movediças, sussurros provenientes das profundezas. Ouviam ranger as velhas madeiras e sentiam entre seus pés as corridas furtivas dos roedores. O ar era denso e pesado.

Irene pegou uma rocha e a empurrou com todas as suas forças para desprendê-la. Forcejou um pouco, conseguiu arrancá-la e colocou-a a seus pés, fazendo aparecer uma brecha escura junto à luz da lanterna. Sem pensar, pôs a mão para tatear o interior e nesse instante um grito terrível brotou de suas entranhas e sacudiu a abóbada, ressoando contra as paredes num eco surdo e estranho que não reconheceu como sua própria voz. Apertou-se contra Francisco, que a protegeu levando-a para um canto contra a parede no momento em que uma viga se soltava do teto caindo com estrépito. Permaneceram abraçados, com os olhos fechados, quase sem respirar por um tempo eterno, e quando afinal o silêncio retornou e o pó levantado pelo desmoronamento baixou, puderam recuperar a lanterna e verificar que a saída estava livre. Sem soltar Irene, Francisco dirigiu a luz para o lugar onde havia removido a rocha e surgiu o primeiro achado dessa cova repleta de horrores. Era uma mão humana, ou melhor, o que restava dela.

Arrastou a moça para fora da mina e a apertou contra seu peito, obrigando-a a respirar fundo o ar puro da noite. Quando a sentiu mais tranquila, trouxe a garrafa térmica e lhe serviu café. Estava transtornada, muda, trêmula, incapaz de segurar a caneca em seus dedos. Ele deu a ela de beber como se fosse uma doente, acariciou-lhe o cabelo, tratou de acalmá-la explicando que haviam encontrado o que buscavam, certamente se tratava de Evangelina Ranquileo e, apesar de ser macabro, não continha ameaça alguma, tratava-se apenas de um cadáver. Embora as palavras carecessem de significado para ela, demasiado impressionada para reconhecê-las como seu próprio idioma, a cadência da voz a acalentou, consolando-a um pouco. Muito depois, quando ficou mais calma, Francisco decidiu acabar seu trabalho.

— Me espere aqui. Vou voltar à mina por alguns minutos, você consegue ficar sozinha?

A jovem concordou em silêncio e encolhendo as pernas como uma criança afundou o rosto entre os joelhos, procurando não pensar, não ouvir, não ver, nem sequer respirar, presa na maior angústia, enquanto ele regressava à sepultura, levando a câmera fotográfica e o lenço amarrado no rosto.

Francisco conseguiu tirar pedras e remover a terra, até descobrir o corpo completo de Evangelina Ranquileo Sánchez. Reconheceu-a pelo tom claro de seu cabelo. Um poncho a envolvia nas pernas, estava descalça e vestia algo como uma anágua ou camisola de dormir. Encontrava-se em tal estado de deterioração, apodrecendo em caldos em que os vermes se nutriam, fermentando em sua própria desolação, que ele teve de recorrer a um esforço descomunal para controlar as náuseas e seguir adiante. Não era homem de perder o controle com facilidade, havia realizado experiências profissionais com cadáveres e podia dominar seu estômago, mas até então nunca estivera diante de um espetáculo semelhante. A sordidez do ambiente, a penetrante fetidez e o temor acumulado contribuíam para que ele perdesse a serenidade. Não podia respirar. Com toda a pressa tirou várias fotografias sem se preocupar com o enquadramento nem medir a distância, apressado porque em cada *flash* de luz branca iluminando a cena, a náusea se atravessava em sua garganta. Apressou-se para terminar o mais rápido possível e escapou desse sepulcro.

Ao ar livre soltou a máquina e a lanterna e se deixou cair por terra de joelhos, com a cabeça baixa, procurando relaxar e controlar as investidas de seu estômago. Tinha o cheiro colado a sua pele como uma peste e gravada em sua retina a imagem de Evangelina se cozinhando em sua última aflição. Irene teve de ajudá-lo a se levantar.

— O que faremos agora?

— Fechar a mina, depois veremos — decidiu ele assim que conseguiu libertar a voz da garra ardente que lhe oprimia o peito.

Amontoaram as mesmas pedras na abertura, trabalhando depressa, aturdidos e nervosos, como se ao fechá-la pudessem apagar seu conteúdo e retroceder no tempo até o momento em que ainda ignoravam a verdade e podiam permanecer inocentes no lado luminoso da realidade, longe daquele achado. Francisco pegou sua amiga pela mão e a conduziu para a tapera em ruínas, único refúgio visível na colina.

A noite estava agradável. Na luz virginal se esfumava a paisagem, perdiam-se os perfis dos morros e dos grandes eucaliptos envoltos na sombra. A tapera se levantava sobre a colina apenas visível na suave penumbra, brotada do solo como um fruto natural. Em comparação com a mina, seu interior pareceu aos jovens tão acolhedor como um ninho. Acomodaram-se num canto sobre a erva selvagem, olhando o céu estrelado em cuja abóbada infinita brilhava uma lua de leite. Irene colocou a cabeça no ombro de Francisco e chorou toda sua angústia. Ele a envolveu com um braço e assim ficaram muito tempo, talvez horas, buscando na quietude e no silencio alívio para o que haviam descoberto, forças para o que deveriam suportar. Descansaram juntos escutando o leve rumor das folhas dos arbustos movidas pela brisa, o grito próximo das aves noturnas e o sigiloso movimento das lebres nos pastos.

Pouco a pouco se afrouxou o nó que oprimia o espírito de Francisco. Percebeu a beleza do céu, a suavidade da terra, o cheiro intenso do campo, o contato de Irene contra seu corpo. Adivinhou seus contornos e tomou consciência do peso de sua cabeça em seu braço, da curva de seu quadril contra o seu, dos cachos acariciando o pescoço, a impalpável delicadeza de sua blusa de seda quase tão fina como a textura de sua pele. Lembrou do dia em que a conheceu, quando seu sorriso o deslumbrou. Desde então a amava e todas as loucuras que o conduziram a essa caverna eram só pretextos para chegar finalmente a esse instante precioso em que a tinha para ele, próxima, abandonada, vulnerável. Sentiu o desejo como uma onda premente e poderosa. O ar ficou preso em seu peito e seu coração disparou em frenético galope. Esqueceu o noivo tenaz, Beatriz Alcántara, seu incerto destino e todos os obstáculos entre os dois. Irene seria sua porque assim estava escrito desde o começo do mundo.

Ela notou a mudança em sua respiração, ergueu o rosto e fitou-o. Na tênue claridade da lua cada um adivinhou o amor nos olhos do outro. A tépida proximidade de Irene envolveu Francisco com um manto misericordioso. Fechou as pálpebras e a atraiu buscando seus lábios, abrindo-os em um beijo absoluto, carregado de promessas, síntese de todas as esperanças, longo, úmido, cálido beijo, desafio à morte, carícia, fogo, suspiro, lamento, soluço de amor. Percorreu sua boca, bebeu sua saliva, aspirou seu hálito, disposto a prolongar aquele momento até o fim de seus dias, sacudido pelo furacão de seus sentidos, certo de até então ter vivido somente para essa noite maravilhosa na qual se fundiria para sempre à mais profunda intimidade dessa mulher. Irene mel e sombra, Irene papel de arroz, pêssego, espuma, ai, Irene, a espiral das suas orelhas, o cheiro do seu pescoço, as pombas das suas mãos, Irene, sentir este amor, esta paixão que nos queima na mesma fogueira, sonhando-te acordado, desejando-te dormindo, minha vida, minha mulher, minha Irene. Não soube quanto mais lhe disse nem o que ela sussurrou nesse murmúrio sem pausa, nesse manancial de palavras ao ouvido, esse rio de gemidos e sufocos de quem faz o amor amando.

Numa centelha de juízo ele compreendeu que não devia ceder ao impulso de rolar com ela sobre a terra, tirando-lhe a roupa com violência e arrebentando suas vestes na urgência do delírio. Temia que a noite fosse muito curta, e também a vida, para esgotar esse vendaval. Com lentidão e certo embaraço, porque as mãos lhe tremiam, abriu um por um os botões de sua blusa e descobriu o côncavo tépido de suas axilas, a curva de seus ombros, os seios pequenos e a nudez dos seus mamilos, tal como os havia intuído ao sentir seu contato nas costas quando viajavam na moto, ao vê-la inclinada sobre a mesa de diagramação, ao estreitá-la no abraço de um beijo inesquecível. Na concavidade de suas palmas se aninharam duas andorinhas mornas e secretas, nascidas na medida de suas mãos, e a pele da jovem, azul de lua, estremeceu ao contato. Levantou-a pela cintura, ela de pé e ele ajoelhado, buscou o calor oculto de seus seios, fragrância de madeira, amêndoa e canela; desatou as tiras de suas sandálias e apareceram seus pés de menina, que acariciou reconhecendo-os, porque os sonhara inocentes e leves. Abriu-lhe o fecho da calça e baixou--a revelando o suave caminho de seu ventre, a sombra de seu umbigo, a longa linha das costas que percorreu com dedos fervorosos, suas coxas firmes cobertas de uma intangível penugem dourada. Viu-a nua contra o infinito e com os lábios traçou seus caminhos, cavou seus túneis, subiu suas colinas, andou seus vales e assim desenhou os mapas necessários de sua geografia. Ela se ajoelhou também e ao mover a cabeça balançaram as escuras mechas sobre seus ombros, perdidas na cor da noite. Quando

Francisco tirou a roupa, foram como o primeiro homem e a primeira mulher antes do segredo original. Não havia espaço para outros, longe se encontrava a fealdade do mundo ou a iminência do fim, só existia a luz desse encontro.

Irene jamais amara assim, ignorava aquela entrega sem barreiras, temores nem reservas, não se lembrava de ter sentido tanto prazer, comunicação profunda, reciprocidade. Maravilhada, descobria a forma nova e surpreendente do corpo de seu amigo, seu calor, seu sabor, seu aroma, explorava-o conquistando-o palmo a palmo, semeando-o de carícias recém-inventadas. Nunca fruíra com tanta alegria a festa dos sentidos, pegue-me, possua-me, receba-me, porque assim, do mesmo modo, te pego, te possuo, te recebo eu. Ocultou o rosto em seu peito aspirando a tepidez de sua pele, mas ele a afastou levemente para fitá-la. O espelho negro e brilhante de seus olhos devolveu sua própria imagem embelezada pelo amor compartilhado. Passo a passo iniciaram as etapas de um rito imortal. Ela o acolheu e ele se abandonou, afundando em seus mais privados jardins, antecipando-se cada um ao ritmo do outro, avançando para o mesmo fim. Francisco sorriu em completa felicidade, porque havia encontrado a mulher perseguida em suas fantasias desde a adolescência e buscada em cada corpo ao longo de muitos anos: a amiga, a irmã, a amante, a companheira. Longamente, sem pressa, na paz da noite habitou nela, detendo-se no limiar de cada sensação, saudando o prazer, tomando posse ao mesmo tempo que se entregava. Muito depois, quando sentiu vibrar o corpo dela como um delicado instrumento e um fundo suspiro saiu da boca dela para alimentar a sua, uma formidável represa explodiu em seu ventre e a força dessa torrente o sacudiu, inundando Irene de águas felizes.

Permaneceram estreitamente unidos em tranquilo repouso, descobrindo o amor em plenitude, respirando e palpitando em uníssono até que a intimidade renovou seu desejo. Ela o sentiu crescer de novo em seu interior e buscou seus lábios em interminável beijo. Com o céu por testemunha, arranhados por seixos, cobertos de pó e folhas secas amassadas na desordem do amor, premiados por um ardor inesgotável, uma desmedida paixão, brincaram sob a lua até que a alma lhes partiu em suspiros e suores e morreram, por último, abraçados, com os lábios colados, sonhando o mesmo sonho. Haviam iniciado uma travessia inexorável.

Despertaram com as primeiras luzes da manhã e o alvoroço dos pardais, deslumbrados pelo encontro dos corpos e a cumplicidade dos espíritos. Então lembraram do cadáver da mina e recuperaram o sentido da realidade. Com a arrogância do amor compartilhado, mas ainda trêmulos e assombrados, vestiram-se, subiram na motocicleta e percorreram o caminho para a casa dos Ranquileo.

Inclinada sobre o tanque de madeira, a mulher lavava a roupa esfregando-a com uma escova. Seus pés largos firmemente plantados sobre uma tábua para não pisar no barro, as mãos pesadas trabalhando com energia, esfregava, torcia e depois colocava os trapos num balde, onde se amontoavam para depois serem enxaguados na água corrente do açude. Estava só, porque a essa hora as crianças iam para a escola. O verão se insinuava nas frutas maduras, na exaltação das flores, nas sestas sufocadas e nas borboletas brancas voando em todas as direções como lenços arrastados pela brisa. Bandos de pássaros invadiam os campos unindo seus trinados ao rumor contínuo das abelhas e dos insetos. Nada disso Digna percebia, com os braços mergulhados na lavagem, alheia a tudo que não fosse seu duro trabalho. O barulho da moto e o coro dos cachorros chamaram sua atenção e ergueu os olhos. Viu a jornalista e seu inseparável companheiro, o da câmera fotográfica, avançarem pelo pátio ignorando os latidos. Secou as mãos no avental e foi ao encontro deles sem sorrir, porque bem antes de olhá-los nos olhos adivinhou as más notícias. Irene Beltrán a apertou num abraço tímido, única forma de condolência que lhe ocorreu. A mãe entendeu imediatamente. Não houve lágrimas em seus olhos, acostumados a tão variadas dores. Contraiu a boca em gesto desolado e um rouco suspiro escapou de seu peito antes que pudesse impedi-lo. Tossiu para ocultar essa debilidade e, afastando uma mecha de sua testa, indicou aos jovens que a seguissem para dentro da casa. Sentaram-se os três ao redor da mesa e durante alguns minutos ficaram em silêncio, até que Irene reuniu as palavras para dizê-lo.

— Acho que a encontramos... — murmurou.

E lhe contou o que viram na mina, sem se deter nos detalhes atrozes e deixando no ar a dúvida de que esses restos poderiam ser de outra pessoa. Mas Digna descartou essa esperança, porque havia muitos dias aguardava as provas da morte de sua filha. Sabia-o pelo pesar que tomou conta de seu coração desde a noite em que a levaram e pelo conhecimento acumulado em tantos anos de ditadura.

— Nunca devolvem os que levam — disse.

— Isto não tem nada a ver com a política, senhora, é um crime comum — respondeu Francisco.

— É a mesma coisa. Foi o Tenente Ramírez quem a matou e ele é dono da lei. Que posso eu fazer?

Também Irene e Francisco suspeitavam do oficial. Pensavam que havia detido Evangelina para cobrar-lhe de alguma maneira a humilhação que o fez passar perante os olhos de tantas testemunhas. Talvez pretendesse retê-la só por alguns dias, mas não avaliou a fragilidade de sua prisioneira e se excedeu no castigo. Quando viu o estrago, mudou de ideia e decidiu esconder seu corpo na mina e falsificar o Livro da Guarda para se proteger de qualquer investigação. Mas isso eram só conjeturas. Havia um longo caminho a percorrer até o fundo desse segredo. Enquanto os jovens se lavavam no açude, Digna Ranquileo preparou o café da manhã. Ocupada nos gestos rituais de avivar o fogo, ferver água e acomodar pratos e xícaras, disfarçava sua tristeza. Sentia um grande pudor de suas emoções.

Ao sentirem o cheiro de pão quente, Irene e Francisco perceberam quanto apetite tinham, porque não haviam ingerido alimento algum desde o dia anterior. Comeram devagar. Olhavam-se para se reconhecerem, sorriam lembrando a festa recém-vivida, tocavam-se as mãos em mútua promessa. Apesar da tragédia que os envolvia, estavam tomados de uma paz egoísta, como se tivessem encaixado as peças do quebra-cabeça de suas vidas e pudessem por fim vislumbrar seus destinos. Acreditavam-se a salvo de todo mal, amparados pelo encanto desse novo amor.

— É preciso avisar Pradelio para que não continue procurando sua irmã — sugeriu Irene.

— Eu subirei a montanha. Me espere aqui, para descansar um pouco, e faça companhia à senhora Digna — decidiu Francisco.

Depois de comer, beijou sua amiga e partiu na moto. Lembrava o caminho e chegou sem dificuldade ao mesmo lugar onde antes deixaram os cavalos, quando foram com Jacinto pela primeira vez. Ali colocou a moto entre as árvores e começou a subir a pé. Confiava em seu senso de direção para encontrar o refúgio sem muitos desvios, mas logo se deu conta de que não seria tão fácil, porque nesses dias a aparência da paisagem havia mudado. Os primeiros calores do verão fustigavam as encostas dos morros, queimando a vegetação e antecipando a sede do solo. As cores se tornavam pálidas, desbotadas. Francisco não reconheceu os pontos de referência que havia fixado em sua memória e se deixou guiar pelo instinto. No meio do caminho parou angustiado, certo de ter perdido o rumo, porque lhe parecia passar e repassar pelo mesmo lugar. Não fosse porque estivesse subindo, teria jurado que andava em círculos. Estava esgotado pela tensão acumulada nos últimos dias e pela noite anterior na mina. Evitava, sempre que fosse possível, pôr a prova seus nervos com ações impulsivas. Em seu trabalho na clandestinidade tinha de escolher perigos e correr riscos, mas preferia fazer planos meticulosos e limitar-se a eles. Não lhe agradavam os sobressaltos. No entanto, sentia que já era inútil fazer conjeturas, porque a vida estava se tornando um caos. Estava acostumado a sentir a violência suspensa no ar como um gás dissimulado, ao qual uma faísca podia explodir num interminável incêndio, mas como tantos outros na mesma situação, não pensava nisso. Tratava de organizar sua vida dentro de certa normalidade. Mas ali, na solidão da montanha, compreendeu que ultrapassara uma fronteira invisível e ingressara numa nova e terrível dimensão.

Ao se aproximar o meio-dia, o calor se tornou abrasador. Não havia nenhuma vegetação amena onde buscar proteção. Aproveitou uma saliência nas rochas e se acomodou para descansar um pouco, procurando recuperar o ritmo de seu coração. Caralho, seria melhor voltar antes de cair aqui extenuado. Enxugou o suor do rosto e continuou subindo cada vez com mais lentidão e maiores pausas. Por fim viu uma vertente insignificante que descia turva entre as pedras e soltou um suspiro de alívio, porque estava certo de que o rastro de água o levaria até o refúgio de Pradelio Ranquileo. Molhou o pescoço e a cabeça, sentindo o ardor do sol na pele. Subiu os últimos metros, encontrou a nascente do arroio e procurou a gruta entre os matagais, chamando Pradelio aos gritos. Ninguém respondeu. O lugar estava seco, a terra, gretada e os arbustos, cobertos de um pó que dava a toda a paisagem uma cor de argila velha. Separando alguns ramos apareceu a abertura da gruta e não precisou entrar para saber que estava deserta. Percorreu os arredores sem encontrar vestígios do fugitivo e imaginou que devia ter partido havia vários dias, porque não restavam sobras de comida nem marcas no chão varrido pelo vento. Dentro da gruta achou latas vazias e algumas histórias de faroeste com as páginas amareladas e ensebadas, únicos indícios de que por ali passara alguém. Quando deixou o irmão de Evangelina, estava em cuidadosa ordem, como é do feitio de uma pessoa habituada à disciplina militar. Reviu esses pobres pertences à procura de algum sinal, de alguma mensagem. Não havia indícios de violência e deduziu que os soldados não o haviam encontrado; sem dúvida, conseguiu ir embora a tempo, talvez tenha descido ao vale e procurado se afastar da zona ou se aventurado através da cordilheira com o objetivo de alcançar a fronteira.

Francisco Leal sentou-se na gruta e folheou os livros. Eram edições populares de bolso, com ilustrações malfeitas, adquiridas em sebos ou em bancas de jornal. Sorriu diante do alimento intelectual de Pradelio Ranquileo: o Cavaleiro Solitário, Hopalong Cassidy e outros heróis do faroeste norte-americano, defensores míticos da justiça, protetores dos oprimidos contra os malvados. Recordou sua conversa durante o encontro anterior, o orgulho desse homem pela arma que levava na cintura. O revólver, as correias, as botas, eram os mesmos dos valentes de suas historietas, os elementos mágicos que podem converter um homem insignificante no senhor da vida e da morte, que podem lhe dar um lugar neste mundo. Tão importantes eram para você, Pradelio, que, quando os tiraram, só a certeza de sua inocência e a esperança de recuperá-los permitiram que continuasse vivendo. Eles te fizeram acreditar que tinha poder, martelaram seu cérebro com o barulho de alto-falantes no quartel, te comandaram em nome da pátria e assim proporcionaram sua dose de culpa, para que você não possa lavar as mãos e permaneça vinculado para sempre por laços de sangue, pobre Ranquileo.

Sentado na gruta, Francisco Leal lembrou-se de sua própria emoção na única vez que segurou uma arma na mão. Passou pela adolescência sem maiores perturbações, mais interessado na leitura que na militância política, como uma reação contra a prensa clandestina e os inflamados discursos libertários de seu pai. No entanto, ao terminar o bacharelado, um pequeno grupo extremista o recrutou, atraindo-o com o sonho de uma revolução. Muitas vezes mergulhou atrás na memória para se perguntar sobre o fascínio da violência, essa vertigem irresistível para a guerra e a morte. Tinha dezesseis anos quando partiu para o sul com uns guerrilheiros novatos para treinar numa incerta insurreição e numa Grande Marcha em algum lugar. Sete ou oito rapazes, mais necessitados de uma ama-seca do que de um fuzil, formavam aquela esquálida tropa, sob o comando de um chefe três anos mais velho, único conhecedor das regras do jogo. Francisco não estava imbuído pelo desejo de aplicar as teorias de Mao na América Latina, porque nem sequer se dera ao trabalho de lê-las, mas uma simples e mundana ânsia por aventura. Queria se afastar da tutela dos pais. Disposto a provar que já era um homem, numa noite, abandonou sua casa sem dizer adeus, levando na mochila apenas uma faca de explorador, um par de meias de lã e um caderno para escrever versos. Sua família o procurou até na polícia e, quando por fim conseguiu averiguar seus passos, não pôde se consolar com semelhante desgraça. O Professor Leal fechou a boca e consumiu-se na melancolia, ferido na alma pela ingratidão desse filho que partiu sem explicações. Sua mãe vestiu hábito da Virgem de Lourdes, clamando ao céu pela devolução de seu preferido. Para ela, cuidadosa de sua aparência e sujeita à moda para subir ou descer as barras das saias, acrescentar babados ou tirar pregas, aquilo deve ter significado um sacrifício enorme. Seu marido, que a princípio se dispôs a pôr em prática sua experiência pedagógica e esperar, sereno, o retorno espontâneo de Francisco, ao ver sua mulher com a túnica branca e o cordão celeste de Lourdes, perdeu a paciência. Num impulso incontrolável arrancou-os aos puxões do corpo, vociferando contra a barbárie e ameaçando ir embora de casa, do país e da América, se voltasse a se apresentar com aquele vestuário ridículo. Depois, deixou de lado o escrúpulo, abriu mão de seu exaltado caráter e partiu em busca do filho perdido. Durante dias percorreu os atalhos dos jumentos, indagando de cada sombra com que cruzou em seu caminho e, enquanto andava de aldeia em aldeia, de morro em morro, acumulava fúria e fazia planos para dar no moleque a única surra de sua vida. Por fim, alguém disse que nos bosques se ouviam de vez em quando tiros de fuzil e costumavam sair dali alguns jovens sujos a mendigar comida e roubar galinhas, mas na verdade ninguém pensava que fosse o primeiro esboço de um projeto revolucionário para todo o continente, mas somente uma seita religiosa herege inspirada na Índia, como outras já vistas nessas paragens. Essas descrições bastaram ao Professor Leal para encontrar o acampamento dos guerrilheiros. Ao vê-los cobertos de farrapos, sujos e cabeludos, comendo feijão em lata e sardinhas velhas, treinando com um rifle da Primeira Guerra Mundial, picados pelas vespas e outros insetos da montanha, passou-lhe de súbito toda a raiva e invadiu-o a compaixão sempre presente em seu espírito. Uma disciplinada militância política o induzia a considerar a violência e o terrorismo como um erro estratégico, sobretudo em um país em que se podia alcançar a mudança social por outros meios. Estava convencido de que os pequenos grupos armados não tinham a menor oportunidade de sucesso. Esses jovens só conseguiriam a intervenção do exército regular para massacrá-los. A revolução, dizia, deve provir do povo que desperta, toma consciência de seus direitos e de sua força, assume a liberdade e se põe em marcha, mas jamais de sete meninos burgueses brincando de guerra.

Francisco estava de cócoras junto a uma pequena fogueira esquentando água, quando viu aparecer entre as árvores uma figura irreconhecível. Era um velho vestido de paletó preto e gravata, coberto de pó e abrolhos, com uma barba crescida de três dias e o cabelo em desalinho, levando uma pequena valise preta em uma das mãos e na outra um galho seco para se apoiar. O rapaz se pôs de pé, surpreso, e ao seu redor os companheiros o imitaram. Então deu-se conta de quem era. Lembrava de seu pai como um homenzarrão impressionante, com olhos apaixonados e vozeirão de orador, mas de modo algum como o ser gasto e triste que avançava coxeando, as costas encurvadas, os sapatos cheios de terra.

— Papai! — chegou a dizer antes que um soluço lhe cortasse a voz.

O Professor Leal, soltando o rústico bastão e a pequena valise, abriu os braços. Seu filho pulou por cima da fogueira, passou correndo diante de seus assombrados camaradas e abraçou-se ao pai, comprovando ali que já não podia se refugiar em seu peito, porque era meia cabeça mais alto e muito mais forte.

— Sua mãe está te esperando.

— Vou.

Enquanto o rapaz buscava suas coisas, o professor aproveitou a ocasião para dirigir um discurso aos outros, argumentando que se queriam uma revolução deviam proceder dentro de certas normas e jamais por meio da improvisação.

— Não improvisamos, somos da linha Pequim — disse um.

— Estão loucos. O que serve para os chineses não funciona aqui — respondeu o professor categoricamente.

Bem mais tarde esses mesmos jovens iriam pelas montanhas, serras e selvas distribuindo balas e palavras de ordem asiáticas em povoados esquecidos pela história americana. Mas disso o professor não podia suspeitar quando levou seu filho do acampamento. Os rapazes viram-nos se afastar abraçados e deram de ombros.

Durante a viagem de trem de volta para casa, o pai se manteve silencioso observando Francisco. Ao chegarem à estação lhe disse em poucas palavras todo o conteúdo de seu coração.

— Espero que isso não se repita. Em breve vou te dar uma correada por cada lágrima de sua mãe, você não acha justo?

— Sim, papai.

No fundo Francisco estava satisfeito por estar de volta ao lar. Pouco depois, curado definitivamente da tentação guerrilheira, mergulhou nos textos de psicologia, fascinado por aquele jogo de ilusionismo, de ideias contidas dentro de outras e estas por sua vez em outras, num desafio sem fim. Ficou absorvido também pela literatura e se perdeu seduzido pela obra dos escritores latino-americanos, dando-se conta de que vivia em um país em miniatura, uma mancha no mapa, imerso num vasto e prodigioso continente onde o progresso chega com séculos de atraso: terra de furacões, terremotos, rios extensos como mares, selvas tão fechadas que não penetra a luz do sol; um solo em cujo húmus eterno se arrastam animais mitológicos e vivem seres humanos imutáveis desde a origem do mundo; uma geografia desengonçada onde se nasce com uma estrela na testa, sinal do maravilhoso, região encantada de tremendas cordilheiras onde o ar é sutil como um véu, desertos absolutos, escuros bosques e serenos vales. Ali se misturam todas as raças no crisol da violência: índios emplumados, viajantes de repúblicas distantes, negros andarilhos, chineses vindos de contrabando em caixotes de maçã, turcos confusos, meninas de fogo, frades, profetas e tiranos, todos lado a lado, os vivos e os fantasmas daqueles que ao longo de séculos pisaram essa terra bendita por tantas paixões. Em todos os lugares estão homens e mulheres americanos, padecendo nos canaviais, tremendo de febre nas minas de estanho e prata, perdidos sob as águas mariscando pérolas e sobrevivendo, apesar de tudo, nas prisões.

À procura de outras vivências, quando Francisco terminou sua graduação decidiu aperfeiçoá-la com estudos no exterior, o que desconcertou um pouco seus pais, mas aceitaram financiá-lo e tiveram a delicadeza de silenciar suas advertências sobre a perversidade que espreita os jovens quando eles viajam sós. Passou alguns anos fora, ao cabo dos quais obteve um doutorado e um aceitável domínio do inglês. Para se manter lavava pratos num restaurante e fotografava festas de família nos bairros de imigrantes.

Entretanto, seu país estava em plena ebulição política e no ano de seu regresso ganhava as eleições um candidato socialista. Apesar dos prognósticos pessimistas e das conspirações para impedi-lo, sentou-se na cadeira presidencial diante do estupor da embaixada americana. Francisco nunca havia visto seu pai tão feliz.

— Está vendo, filho? Seu fuzil não foi necessário.

— Você era anarquista, velho. Seu partido não está no governo — brincava Francisco.

— Isso são sutilezas! O importante é que o povo tem o poder e jamais poderão tirá-lo.

Como sempre, estava na lua. No dia do Golpe Militar, julgou que se tratava de um grupo de rebeldes que seriam dominados rapidamente pelas Forças Armadas leais à Constituição e à República. Muitos anos depois, continuava esperando a mesma coisa. Combatia a ditadura com métodos extravagantes. Em pleno auge da repressão, quando adaptaram até os estádios e as escolas para enclausurar milhares de prisioneiros políticos, o Professor Leal imprimiu alguns panfletos em sua cozinha, subiu ao último andar do edifício do Correio e lançou-os na rua. Soprava vento favorável e sua missão foi coroada de êxito, porque alguns deles aterrissaram no Ministério de Defesa. O texto continha certas opiniões que lhe pareceram apropriadas ao momento histórico:

> A educação dos militares, do soldado raso até as mais altas patentes, converte-os necessariamente nos inimigos da sociedade civil e do povo. Inclusive seu uniforme, com todos esses adornos ridículos que diferenciam os regimentos e os postos, todas essas bobagens infantis que ocupam boa parte de sua existência e os faria parecer palhaços se não fossem sempre ameaçadores, tudo isso os separa da sociedade. Esse atavio e suas mil cerimônias pueris, entre as quais transcorrem suas vidas sem qualquer objetivo que não o de treinar para a matança e a destruição, seriam humilhantes para homens que não tivessem perdido o sentimento da dignidade humana. Morreriam de vergonha se não houvessem chegado, mediante uma sistemática perversão das ideias, a torná-lo fonte de vaidade. A obediência passiva é sua maior virtude. Submetidos a uma disciplina despótica, acabam sentindo horror de quem quer que se comporte livremente. Querem impor à força a disciplina brutal, a ordem estúpida de que eles mesmos são vítimas.
>
> Não se pode amar o serviço militar sem detestar o povo.
>
> Bakunin

Se lhe houvesse ocorrido uma segunda ideia ou consultado uma opinião de especialista, o Professor Leal teria percebido que era um texto muito extenso para atirá-lo no ar, porque antes que alguém conseguisse ler a metade seria preso. Mas era tanta a sua admiração pelo pai do anarquismo, que nada disse de seus planos. Sua mulher e seus filhos se inteiraram às vinte e quatro horas, quando a imprensa, o rádio e a televisão difundiram um comunicado militar e ele o recortou para conservá-lo em seu álbum.

COMUNICADO Nº 19

1. Advertemos os cidadãos de que as Forças Armadas não tolerarão manifestações públicas de nenhum tipo.
2. O cidadão Bakunin, signatário de um panfleto nocivo à sagrada honra das Forças Armadas, deverá se apresentar voluntariamente até as 16h30min de hoje no Ministério da Defesa.
3. O não comparecimento significará que se põe à margem do disposto pela Junta de Comandantes em Chefe, com as consequências prováveis de prever por lei.

Nesse mesmo dia os três irmãos Leal decidiram tirar a prensa da cozinha para evitar que seu pai caísse nas armadilhas de seu apaixonado idealismo. A partir de então procuraram dar-lhe poucos motivos de inquietação. Nenhum lhe contou suas atividades na oposição, mas não puderam impedir que, quando levaram preso José com vários padres e freiras do Vicariato, o Professor Leal se sentasse na Praça de Armas com um cartaz nas mãos: Neste momento estão torturando meu filho. Se Javier e Francisco não chegam a tempo para agarrá-lo pelos braços e levá-lo dali, teria se embebido de gasolina e ateado fogo como um bonzo diante dos olhos dos que se juntaram compadecidos.

Francisco entrou em contato com grupos organizados para tirar fugitivos por uma fronteira e introduzir membros da oposição por outra. Mobilizava dinheiro para ajudar os sobreviventes escondidos e para comprar alimentos e remédios, recolhia informação a ser enviada ao estrangeiro, escondida nas sandálias de frades e perucas de bonecas. Cumpriu algumas missões quase impossíveis: fotografou parte dos arquivos confidenciais da Polícia Política e microfilmou as cédulas de identidade dos torturadores, julgando que algum dia esse material contribuiria para fazer justiça. Só compartilhou esse segredo com José, que não desejava escutar nomes, endereços nem outros detalhes, porque já havia comprovado como era difícil calar diante de certas pressões.

Por estarem unidos na cumplicidade de tarefas afins, Francisco pensou em seu irmão quando estava na gruta de Pradelio Ranquileo. Lamentou não haver solicitado sua ajuda antes. Se o fugitivo se embrenhara na região silenciosa das montanhas, não encontrariam sua pista, e se descera ao vale para cumprir sua vingança e fosse preso, seria impossível socorrê-lo.

Francisco repeliu o cansaço, empapou sua roupa para se refrescar e começou a descida com o calor da tarde pesando como um fardo sobre sua cabeça, cegando-o por momentos com pontos multicoloridos que dançavam diante de suas pupilas. Finalmente chegou ao lugar onde deixara a motocicleta e ali encontrou Irene aguardando-o. Sua amiga, impaciente demais para esperá-lo na casa dos Ranquileo, parou o primeiro caminhão de verduras que viu passar e lhe pediu uma carona. Abraçaram-se ansiosos. Ela o conduziu até a sombra benéfica das árvores, onde havia nivelado o chão e tirado os gravetos. Ajudou-o a se recostar e, enquanto ele descansava tratando de dominar o tremor de suas pernas, ela limpou-lhe o suor com um lenço, partiu um melão, presente de Digna, e lhe deu para comer, tirando com os dentes os pedaços e colocando-os na boca do homem com um beijo. A fruta estava morna e bem doce, mas a ele pareceu que cada bocado era um remédio excelente, capaz de anular a fadiga e combater o desalento. Quando do melão sobraram apenas as cascas mordidas, Irene molhou o lenço numa poça e se limparam. Sob o sol desapiedado das três horas renovaram as promessas sussurradas na noite anterior, acariciando-se com uma sabedoria recém-aprendida.

Apesar da felicidade desse amor apenas iniciado, Irene não afastava de sua memória a visão da mina.

— Como Pradelio soube onde estava o corpo de sua irmã? — perguntava-se.

Na realidade, Francisco não havia pensado nisso nem lhe pareceu o momento adequado para fazê-lo. Sentia-se extenuado e seu único desejo era dormir alguns minutos para afastar o enjoo, mas ela não lhe deu tempo. Sentada, com as pernas cruzadas como um faquir, falava depressa, saltando de uma ideia para outra, como sempre fazia. Nesse exato detalhe, acreditava ela, encontrava-se a chave de alguns mistérios fundamentais. Enquanto seu amigo reunia forças e tentava clarear a mente, ela navegava pelo tema levantando dúvidas e buscando respostas, até concluir enfaticamente que Pradelio Ranquileo conhecia a mina de Los Riscos porque antes ali estivera com o Tenente Juan de Dios Ramírez. Deviam utilizá-la para esconder algo. O soldado sabia que era um lugar seguro e imaginava que seu superior voltaria a usá-lo em caso de necessidade.

— Não entendo nada — disse Francisco com o olhar de um sonâmbulo surpreendido em plena caminhada.

— É muito simples. Vamos à mina e cavamos o outro túnel. Talvez encontremos uma surpresa.

Depois Francisco recordaria esse momento com um sorriso, porque enquanto o círculo de terror se fechava sobre eles, o sentimento que lhe dominava era o desejo de abraçar Irene. Esquecendo os mortos que começavam a brotar do solo como ervas daninhas e o medo de serem presos ou assassinados, sua mente estava ocupada no inesgotável anseio de fazer amor. Mais importante do que esclarecer o lance intrincado por onde avançavam às apalpadelas, lhe parecia procurar um lugar confortável para brincar com ela; mais poderosa que o cansaço, o calor e a sede, era a urgência de estreitá-la entre seus braços, envolvê-la, aspirá-la, senti-la dentro de sua própria pele, possuí-la entre as árvores ali mesmo junto da estrada, à vista de quem atinasse passar. Por sorte Irene tinha as ideias mais lúcidas. Você está com febre, disse-lhe quando tentou estendê-la na relva. Puxando-o pela roupa, conduziu-o até a moto e convenceu-o a partir, montando atrás, abraçada a sua cintura, soprando-lhe ordens peremptórias e palavras de intimidade ao ouvido, até que a trepidação do veículo e a luz branca do sol atenuaram os ímpetos passionais de seu amigo e lhe devolveram a calma habitual. E assim se dirigiram novamente à mina de Los Riscos.

* * *

Era noite quando Irene e Francisco chegaram à casa dos Leal. Hilda terminava de preparar uma tortilha de batatas e o intenso aroma do café recém-passado impregnava a cozinha. Retirada a prensa, esse amplo aposento apresentou pela primeira vez suas proporções reais e todos puderam apreciar seu encanto: os velhos móveis de madeira com bancada de mármore, a geladeira antiquada e, ao centro, a mesa de mil utilidades onde se reunia a família. No inverno constituía o lugar mais quente e aconchegante do mundo. Ali, junto à máquina de costura, ao rádio e à televisão, encontravam a luz e o calor de um aquecedor a querosene, do forno e do ferro de passar. Para Francisco não existia lugar melhor. As mais gratas recordações de sua infância se passaram nesse cômodo, brincando, estudando, falando horas pelo telefone com alguma namorada de tranças escolares, enquanto sua mãe, então jovem e muito bela, ocupava-se de seus afazeres cantarolando músicas populares de sua Espanha distante. O ambiente sempre cheirava a ervas frescas e condimentos para temperar guisados e fritadas. Misturavam-se em deliciosa harmonia ramos de romeiro, folhas de louro, dentes de alho, bulbos de cebola, junto às fragrâncias mais sutis da canela, do cravo de cheiro, da baunilha, do anis e do chocolate para fazer ao forno pães e biscoitos.

Nessa noite Hilda coava umas colheradas de autêntico café, presente de Irene Beltrán. Essa ocasião merecia que se tirasse do armário as pequenas xícaras de porcelana de sua coleção, todas diferentes e tão delicadas como suspiros. O aroma vindo da cafeteira foi a primeira coisa que os jovens perceberam ao abrir a porta e ele os guiou ao coração da casa.

Ao entrar, Francisco se sentiu envolvido pela tepidez do ambiente, a mesma de sua infância, quando era um menino magro e frágil, vítima das brincadeiras grosseiras de outras crianças mais fortes e desapiedadas. Operado após poucos meses de nascido por uma anomalia congênita em uma perna, sua mãe foi o pilar de sua infância, criando-o à sombra de suas saias, amamentando-o além do período normal e carregando-o nas costas, nos braços ou apoiado em seus quadris como um apêndice do próprio corpo, até que seus ossos sararam de todo e pôde se virar sozinho. Chegava do colégio arrastando a pesada pasta de seus objetos e antecipando-se ao encontro com sua mãe na cozinha, onde ela o aguardava com o lanche e seu tranquilo sorriso de boas-vindas. Essa lembrança deixou um vestígio imorredouro em seu espírito e, ao longo de sua existência, cada vez que necessitava recuperar a certeza de sua infância, reconstruía na memória os detalhes precisos desse aposento, símbolo da presença totalitária do amor materno. Nessa noite teve a mesma sensação ao vê-la movimentando a frigideira com a tortilha e cantarolando a meia-voz. O pai estava inclinado sobre seus cadernos corrigindo provas, iluminado pela lâmpada do teto.

O aspecto dos recém-chegados alarmou o casal Leal. Os jovens estavam emaciados, com a roupa amassada e suja, uma estranha expressão no olhar.

— O que aconteceu com vocês? — perguntou o professor.

— Achamos um túmulo clandestino. Há muitos cadáveres lá dentro — respondeu Francisco.

— Merda! — exclamou seu pai, primeiro palavrão em sua vida na frente da mulher.

Hilda levou o pano de prato à boca e abriu seus redondos olhos azuis com espanto, ignorando a grosseria de seu marido.

— Virgem Santíssima! — foi a única coisa que atinou balbuciar.

— Acho que são vítimas da polícia — disse Irene.

— Desaparecidos?

— Pode ser — disse Francisco tirando da bolsa alguns rolos de filme e colocando-os sobre a mesa. — Tirei algumas fotografias...

Hilda se persignou com um gesto automático. Irene desabou sobre uma cadeira no limite de sua resistência, enquanto o Professor Leal andava de um lado para o outro sem encontrar em seu amplo e exaltado vocabulário palavras adequadas. Tinha predisposição à grandiloquência, mas aquilo teve o efeito de emudecê-lo.

Irene e Francisco contaram o ocorrido. Chegaram à mina de Los Riscos no meio da tarde, fatigados e famintos, mas dispostos a investigar a fundo, aferrados à esperança de que uma vez resolvidos os enigmas poderiam voltar à normalidade e se amarem tranquilos. À luz do dia o lugar nada tinha de sinistro, mas a lembrança de Evangelina os obrigou a se aproximar com reticência. Francisco quis entrar sozinho, mas Irene estava decidida a vencer a repugnância e ajudá-lo a abrir a segunda passagem para acabarem logo e saírem dali o quanto antes. Removeram com facilidade os escombros e as pedras da entrada, rasgaram o lenço em dois pedaços, amarraram-nos nos seus rostos para se proteger do insuportável fedor e entraram na primeira câmara. Não foi necessário acender a lanterna. O sol entrava pela brecha iluminando com luz difusa o corpo de Evangelina Ranquileo, que Francisco cobriu com o poncho para tirá-lo da vista de sua amiga.

Irene precisou se apoiar na parede para manter o equilíbrio. Suas pernas ficaram moles. Tratou de pensar no jardim de sua casa quando florescia o não-me-esqueças sobre o túmulo do recém-nascido que caiu da claraboia, ou nas frutas maduras empilhadas em grandes cestas nos dias de feira. Francisco lhe implorou que saísse, mas ela conseguiu dominar seu estômago e, pegando do chão um pedaço de ferro, atacou a fina camada de cimento que fechava o túnel. Ele a seguiu na tarefa com a picareta. A massa de alvenaria deve ter sido feita por mãos inexperientes, porque ao menor esforço se desmanchava em finas partículas. A pestilência se somou o ar rarefeito pelo pó e cimento suspensos numa nuvem densa, mas não retrocederam, porque com cada golpe adquiriam maior certeza de que atrás desse obstáculo algo os esperava, uma verdade oculta por muitíssimo tempo. Dez minutos mais tarde desenterraram pedaços de pano e alguns ossos. Era um tórax de homem coberto com uma camisa de cor clara e uma jaqueta azul. Enquanto se assentava um pouco a poeira, acenderam a lanterna para examinar esses ossos e comprovar, sem deixar lugar a dúvidas, sua procedência humana. Bastou bater com a picareta um pouco mais no escombro e então rolou a seus pés um crânio com uma mecha de cabelo ainda preso na testa. Irene não pôde resistir mais e saiu da mina tropeçando, enquanto Francisco continuava cavando sem pensar, como uma máquina silenciosa. Foram surgindo novos despojos e então compreendeu que tinham encontrado um túmulo cheio de cadáveres, enterrados sabe-se lá há quanto tempo, a julgar pelo estado em que estavam. Os restos brotavam da terra misturados com roupas enroladas e manchadas com uma substância escura e oleosa. Antes de se retirar, Francisco tirou algumas fotos, com toda tranquilidade e precisão, como se se movesse em sonhos, porque havia ultrapassado a fronteira de seu próprio assombro. O extraordinário acabou por parecer-lhe natural, e descobriu certa lógica na situação, como se a violência tivesse estado ali esperando-o sempre. Esses mortos, surgidos da terra com as mãos descarnadas e a testa perfurada por uma bala, aguardavam havia muito, chamando-o sem cessar, mas até então não teve ouvidos para escutá-los. Transtornado, surpreendeu-se falando em voz alta para explicar-lhes seu atraso, com o sentimento de haver falhado a um encontro marcado. Do lado de fora, Irene o chamou, devolvendo-lhe o sentido da realidade. Saiu da mina arrastando a alma.

Os dois fecharam a entrada deixando-a aparentemente tal como estava quando a encontraram. Durante alguns minutos descansaram aspirando o ar puro a plenos pulmões, apertando as mãos e ouvindo as pulsações desenfreadas de seus corações. A respiração agitada e o tremor de seus corpos lhes recordavam que ao menos eles continuavam com vida. O sol se escondeu nos montes e o céu se tornou cor de petróleo. Subiram na motocicleta e partiram rumo à cidade.

— E agora, o que faremos? — perguntou o Professor Leal, quando terminaram o relato.

Durante muito tempo discutiram a melhor forma de enfrentar o problema, descartando a ideia de recorrer à lei, que teria sido como pôr o pescoço num laço corrediço. Supunham que Pradelio Ranquileo sabia que sua irmã estava na mina porque ele mesmo havia utilizado esse lugar para esconder os outros crimes. Avisar as autoridades podia significar que também Irene e Francisco desapareceriam em poucas horas e a mina de Los Riscos se cobriria de novas pás de terra. Justiça era apenas um termo esquecido da linguagem que quase já não se empregava, porque tinha caráter subversivo, como a palavra liberdade. Os militares tinham impunidade para todos os seus atos, o que ocasionava contratempos ao próprio governo, porque cada setor das Forças Armadas dispunha de seus sistemas de segurança, além da Polícia Política, convertida em poder máximo do Estado, à margem de todo controle. O zelo profissional dos que se ocupavam dessas funções produzia erros lamentáveis e perda de eficiência. Com certa frequência, dois ou três grupos disputavam o mesmo prisioneiro para interrogá-lo por motivos opostos, ou se confundiam os agentes infiltrados e os do mesmo lado acabavam liquidando-se entre si.

— Meu Deus! Como vocês foram se meter nessa mina? — suspirou Hilda.

— Fizeram o certo. Agora é preciso ver como sairão desta enrascada — retrucou o professor.

— A única coisa que me ocorre é denunciar pela imprensa — sugeriu Irene pensando nas poucas revistas de oposição que ainda circulavam.

— Irei amanhã com as fotografias — decidiu Francisco.

— Não vai chegar longe. Eles matarão vocês na primeira esquina — assegurou o Professor Leal.

Mas todos concordaram que a ideia não era descabida. A melhor solução consistia em gritar a notícia ao vento, mandá-la para correr o mundo, atiçando consciências e sacudindo até os próprios fundamentos da pátria. Então Hilda, usando seu incontestável senso comum, lembrou-lhes de que a Igreja era a única entidade em pé, todas as demais organizações haviam sido dissolvidas e varridas pela repressão. Com sua ajuda existia uma oportunidade diante do impossível, de abrir a mina sem perder a vida nessa tentativa. Concordaram em colocar esse segredo nas mãos do Cardeal.

Francisco conseguiu um táxi para levar Irene até sua casa antes do toque de recolher, já não restavam à jovem forças para se firmar no assento traseiro da moto. Ele se deitou tarde, porque teve que revelar os filmes. Dormiu mal, dando voltas desesperadas na cama, vendo nas sombras o rosto de Evangelina cercada de ossos amarelados soando como castanholas. Gritou no sonho e despertou com Hilda a seu lado.

— Preparei tília, filho, bebe.

— Acho que preciso de algo mais forte...

— Fique quieto e obedeça, é para isso que você tem mãe — ordenou-lhe ela sorrindo.

Francisco se sentou na cama, soprou a infusão e começou a bebê-la a goles lentos, enquanto ela o observava sem disfarçar.

— Por que está me olhando tanto, mamãe?

— Você não me contou tudo o que aconteceu ontem. Irene e você fizeram amor, não é?

— Caramba! Você tem que se meter em tudo?

— Tenho direito de saber.

— Estou velho para te prestar contas — riu Francisco.

— Olha, quero te prevenir que esta é uma jovem decente. Espero que você tenha boas intenções com ela ou vamos brigar muito, eu e você. Me entendeu? E agora acaba a sua tília e, se tem a consciência limpa, vai dormir como um santo — concluiu Hilda enquanto arrumava as cobertas.

Francisco a viu sair, depois de deixar a porta aberta para ouvir se a chamasse, e sentiu a mesma ternura de sua infância, quando essa mulher se sentava em sua cama para acariciá-lo com mão leve até que adormecesse. Passaram-se muitos anos desde então, mas continuava tratando-o com a mesma impertinente solicitude, ignorando até que devia se barbear duas vezes ao dia, seu doutorado em psicologia e o fato de que podia levantá-la do chão com um só braço. Caçoava dela, mas não fazia nada para mudar o hábito desse carinho descarado. Sentia-se dono de um privilégio e esperava gozá-lo enquanto fosse possível. A relação de ambos, iniciada no instante da gestação e fortalecida pelo reconhecimento dos mútuos defeitos e virtudes, era uma preciosa dádiva que esperavam prolongar para além da morte de qualquer um dos dois. No resto da noite dormiu profundamente, e ao despertar lembrou de seus sonhos. Permitiu-se um longo banho quente, tomou café preparado com os últimos vestígios do pó importado e partiu com as fotos na bolsa rumo ao povoado onde vivia seu irmão.

José Leal era encanador. Quando não estava operando com a solda e a chave inglesa, mantinha-se ocupado em múltiplas atividades para a comunidade de pobres onde escolheu viver, de acordo com sua incurável vocação de servir ao próximo. Vivia em um bairro populoso e extenso, invisível da estrada, fechado por muralhas e uma fileira de álamos apontando para o céu com seus galhos nus, pois nem a vegetação crescia sadia nessa área. Atrás daquele discreto biombo havia ruas de pó e calor tórrido no verão, de lodo e chuva no inverno, moradias construídas com material de refugo, imundície, roupa estendida, brigas de cachorros. Agrupados nas esquinas, os homens ociosos esperavam as horas passarem, enquanto as crianças brincavam com a sucata e as mulheres lutavam para combater a deterioração. Era um mundo de escassez e penúria, onde o único consolo seguro era a solidariedade. Aqui ninguém morre de fome, porque ao cruzar o limite do desalento, sempre se estende uma mão amiga, dizia José Leal para explicar as panelas comuns nas quais um grupo de vizinhas deixava o que cada um podia dar à sopa de todos. Os agregados viviam junto às famílias, porque eram mais pobres que os pobres e não possuíam sequer um teto. Nos refeitórios das crianças, a Igreja distribuía uma porção de comida diária aos menores. Tantos anos vendo o mesmo não haviam endurecido os sentimentos do padre diante da fila de crianças recém-lavadas e penteadas esperando sua vez para entrar no galpão, onde aguardavam os pratos de alumínio colocados sobre longas mesas, enquanto seus irmãos mais velhos, a quem não chegava a caridade, vadiavam esperando alguma sobra. Duas ou três mulheres se encarregavam de cozinhar os alimentos obtidos pelos padres à custa de súplicas e ameaças espirituais. Além de servirem as rações, elas vigiavam para que as crianças comessem sua parte, porque muitos escondiam a comida e o pão para levá-los a suas casas, onde o restante da família comia nada mais que algumas verduras recolhidas nas lixeiras do mercado e um osso fervido várias vezes para dar ao caldo um ligeiro sabor.

José vivia num barraco de madeira semelhante a tantos outros, embora mais amplo porque também prestava serviços de escritório para atender aos problemas temporais e espirituais desse rebanho desolado. Francisco se revezava ali com um advogado e um médico, para prestar auxílio aos moradores em seus conflitos, doenças e desesperanças, sentindo-se com frequência inúteis, porque não havia solução para o acúmulo de tragédias que precisavam enfrentar.

Francisco encontrou seu irmão pronto para sair, vestido com calças de operário e uma pesada maleta com suas ferramentas. Depois de verificar que estavam sós, Francisco abriu sua bolsa. Enquanto o padre observava as fotografias, ficando por instantes mais pálido, passou a contar-lhe a história, começando por Evangelina Ranquileo e seus ataques de santidade, que ele conhecia mais ou menos quando ajudou a buscá-la no Necrotério, e terminando no momento em que a seus pés rolaram os restos cujas imagens tinha na mão. Só omitiu o nome de Irene Beltrán para mantê-la à margem das consequências.

José Leal escutou até o final e depois permaneceu muito tempo em silêncio, o olhar fixo no chão, em atitude de meditação. Seu irmão imaginou que tentava se controlar. Em sua juventude qualquer forma de abuso, injustiça ou maldade lhe gerava uma corrente elétrica, cegando-o de ira. Os anos de sacerdócio e a têmpera de seu caráter lhe deram forças para dominar esses arrebatamentos e, com um metódico exercício de humildade, aceitar o mundo como uma obra imperfeita na qual Deus põe as almas à prova. Por fim levantou o rosto. Sua face havia recuperado a serenidade e sua voz soou tranquila.

— Falarei com o Cardeal — disse.

— Deus nos ampare na batalha que devemos travar — disse o Cardeal.

— Assim seja — acrescentou José Leal.

O prelado levantou mais uma vez as fotografias com as pontas dos dedos, observando os trapos sujos, as órbitas sem olhos, as mãos cortadas. Para quem não o conhecia, o Cardeal sempre se revelava uma surpresa. À distância nos atos públicos, nas telas de televisão e quando oficiava missa na catedral, com seus paramentos bordados em ouro e prata e sua corte de acólitos, parecia esbelto e elegante. Mas na realidade era um homem baixo, robusto, rústico, com pesadas mãos de camponês, que falava muito pouco e quase sempre em tom áspero, mais por timidez do que por descortesia. Seu temperamento silencioso era notório na presença de mulheres e em reuniões sociais, mas no exercício de seu trabalho não dava mostras disso. Tinha poucos amigos, pois a experiência lhe havia ensinado que em seu cargo a reserva é uma virtude indispensável. Os poucos que conseguiam penetrar no círculo de sua intimidade asseguravam que possuía um caráter afável, próprio das pessoas do campo. Provinha de uma numerosa família interiorana. Da casa de seus pais guardava a recordação de esplêndidos almoços, a enorme mesa onde se sentavam uma dezena de irmãos, os vinhos envelhecidos, engarrafados no pátio e guardados durante anos nas adegas. Ficou-lhe para sempre a predileção pelas suculentas sopas de verdura, os bolos de milho, os cozidos de galinha, as sopas de mariscos e sobretudo os doces caseiros. As freiras que atendiam sua residência se esmeravam em copiar as receitas de sua mãe e enviar para a sala de jantar os mesmos pratos de sua infância. Embora não se vangloriasse de ter ganhado sua amizade, José Leal o conhecia através de seu trabalho no Vicariato, onde com frequência estiveram em contato, unidos pelo mesmo desejo compassivo de levar solidariedade humana lá onde o amor divino parecia ausente. Na presença dele experimentava, a cada vez, o desconcerto do primeiro encontro, porque em sua mente conservava a imagem de um homem de porte distinto, diferente desse idoso maciço com mais aspecto de aldeão do que de príncipe da Igreja. Sentia por ele uma grande admiração, mas tratava de não manifestá-la, porque o Cardeal não tolerava nenhuma forma de adulação. Muito antes que o resto do país pudesse apreciá-lo em sua verdadeira dimensão, José Leal tinha provas da coragem, da vontade e da astúcia que mais tarde demonstrou ao enfrentar a ditadura. Nem a campanha de hostilidade, nem os padres e freiras presos, nem as advertências de Roma conseguiram desviá-lo de seus propósitos. O chefe da

Igreja assumiu o encargo de defender as vítimas da nova ordem, pondo sua formidável organização a serviço dos perseguidos. Se a situação se revelava perigosa, mudava sua estratégia, respaldado pelos dois mil anos de prudência e conhecimento do poder. Assim evitava um confronto aberto entre os representantes de Cristo e os do General. Em algumas ocasiões dava a impressão de recuar, mas logo se percebia que era só uma manobra política de emergência. Não se desviava um mínimo de sua tarefa de amparar viúvas e órfãos, socorrer presos, contar mortos e substituir a justiça pela caridade, onde era necessário. Por essas e muitas outras razões, José o considerou a única esperança para desenterrar o segredo de Los Riscos.

Nesse momento estavam no escritório do Cardeal. Sobre a pesada mesa de madeira antiga se destacavam as fotografias banhadas pela luz que entrava em torrentes através dos vidros. De sua cadeira, o visitante podia apreciar da janela o límpido céu de primavera e as copas das árvores centenárias da rua. O aposento estava decorado com móveis escuros e estantes com livros. Nas paredes nuas só havia uma cruz de arames farpados, enviada de presente pelos presos de um campo de concentração. Numa mesa com rodas estava servido o chá em grandes xícaras de louça branca, acompanhado por massas folhadas e geleia provenientes do convento das carmelitas. José Leal bebeu o último gole de chá e recolheu as fotografias, colocando-as dentro de sua maleta de encanador. O Cardeal apertou uma campainha e logo apareceu seu secretário.

— Por favor, entre em contato hoje mesmo com as pessoas desta lista — ordenou entregando-lhe uma folha onde sua perfeita caligrafia anotara uma série de nomes. O secretário saiu e o sacerdote se voltou para José. — Como soube desta história, padre Leal?

— Já lhe disse, Eminência. É um segredo de confissão — sorriu José dando a entender que não desejava falar disso.

— Se a polícia decidir interrogá-lo, não aceitará essa resposta.

— Correrei esse risco.

— Espero que não seja necessário. Sei que você foi detido algumas vezes, não é?

— Sim, Eminência.

— Não deve chamar a atenção. Prefiro que no momento não vá a essa mina.

— Estou muito interessado nisto e desejo ir até o final, se o senhor me permitir — respondeu José corando.

O velho o olhou de forma inquisitiva durante alguns segundos, buscando seus motivos mais profundos. Havia atuado com ele durante anos e o considerava um elemento valioso dentro do Vicariato, onde se requeria gente forte, valente e de coração generoso como esse homem vestido de operário que segurava no colo uma maleta cheia de maldade. O olhar direto do sacerdote o convenceu de que não agia impulsionado pela curiosidade ou pela soberba, mas pela ânsia de encontrar a verdade.

— Tenha cuidado, padre Leal, não só pelo senhor, mas também pela posição da Igreja. Não desejamos uma guerra com o governo, compreende?

— Perfeitamente, Eminência.

— Venha esta tarde à reunião que convoquei. Se Deus o permitir, amanhã você abrirá essa mina.

O Cardeal se levantou da cadeira e acompanhou o visitante até a porta, caminhando lentamente com a mão apoiada no braço musculoso desse homem que, como ele, havia escolhido a dura missão de amar o próximo mais do que a si mesmo.

— Vá com Deus — despediu-se o ancião, apertando sua mão com energia, antes que José iniciasse o gesto de beijar-lhe o anel.

Ao anoitecer reuniu-se no escritório do Cardeal um grupo de pessoas escolhidas. O fato não passou despercebido aos olhos da Polícia Política e dos Corpos de Segurança do Estado, que informaram o General em pessoa, mas não se atreveram a impedi-lo por instruções precisas de evitar conflitos com a Igreja, caralho, estes padres malditos se metem onde ninguém os manda, por que não se ocupam da alma e nos deixam o governo? Mas deixem-nos, que não seja algo que crie outra confusão, disse o General furioso, e averiguem que diabos estão tramando para colocarmos o curativo antes da ferida, antes que esses desgraçados comecem a disparar pastorais do púlpito para foder a pátria e não haja mais remédio do que dar-lhes uma lição, embora isso não me trouxesse nenhum benefício, eu sou católico, apostólico, romano e praticante. Não quero uma briga com Deus.

Não souberam o que se falou nessa noite, apesar dos microfones comprados em terras bíblicas, que, ao serem ajustados a três quadras de distância, podiam captar até os suspiros e arquejos dos casais apaixonados nos hotéis distantes; apesar dos telefones grampeados de todo o mundo para escutar até a última intenção murmurada na vasta prisão do território nacional; apesar dos agentes infiltrados na própria residência episcopal vestidos de exterminadores de baratas, distribuidores de armazéns, jardineiros e até coxos, cegos e epilépticos instalados na porta pedindo esmola e bênção à passagem das batinas. Os Corpos de Segurança se esmeraram, mas só averiguaram que durante muitas horas permaneceram atrás da porta fechada as pessoas desta lista, meu General, e logo saíram do escritório para entrar na sala de jantar, onde se serviu caldo de frutos do mar, vitela assada com batatas *sauté* e de sobremesa uma... Vá para o caralho, Coronel, não me dê receitas de cozinha, mas o que falaram! Nem a menor ideia, meu General, mas, se for o caso, podemos interrogar o secretário. Não seja imbecil, Coronel!

À meia-noite as pessoas da lista se despediram na porta da residência do Cardeal, ante o olhar atento da polícia postada descaradamente na rua. Todos sabiam que a partir desse momento suas vidas corriam perigo, mas ninguém vacilou, estavam habituados a caminhar à beira de um abismo. Há anos trabalhavam para a Igreja. Com exceção de José Leal, todos eram laicos e alguns tão ateus que nunca tiveram contato com a religião até o Golpe Militar, quando se uniram no inevitável compromisso de resistir na sombra. Ao ficar só, o Cardeal apagou as luzes e se dirigiu a seu quarto. Havia despachado cedo seu secretário e todo o pessoal de serviço, porque não lhe agradava que pernoitassem. Os anos lhe haviam encurtado o sono e preferia se recolher tarde, passando suas vigílias no escritório, dedicado ao trabalho. Percorreu a casa verificando se as portas e janelas estavam fechadas, porque desde a última explosão de bomba em seu jardim tomava algumas precauções. Afastou a oferta do General de colocar uma equipe de guarda-costas e tampouco aceitou um grupo de jovens voluntários católicos para velar por sua segurança. Estava convencido de que se vive até a hora marcada, e nem um instante a mais ou a menos. Também dizia que os representantes da Igreja não podem sair pelo mundo em carros blindados e com coletes à prova de bala como os políticos, os chefes da máfia e os tiranos. Se tivesse êxito qualquer dos atentados contra sua pessoa, logo outro sacerdote ocuparia seu lugar para continuar sua obra. Isso lhe dava grande tranquilidade.

Entrou em seu quarto, trancou a pesada porta de madeira, tirou a roupa e pôs o camisão de dormir. Nesse momento sentiu o cansaço e o peso da responsabilidade assumida, mas não se permitiu nenhuma dúvida. Ajoelhou-se em seu genuflexório, afundou a cabeça entre as mãos e falou com Deus tal como fazia em cada instante de sua vida, com a certeza profunda de ser ouvido e encontrar respostas a suas interrogações. Nunca lhe falhou. Às vezes a voz de seu Criador demorava em se fazer ouvir ou se manifestava através de tortuosos caminhos, mas jamais emudecia de todo. Durante muito tempo esteve mergulhado na oração até que sentiu os pés gelados e a carga dos anos lhe esmagando as costas. Lembrou que já não estava em idade de exigir tanto esforço de seus ossos e entrou na cama com um suspiro satisfeito, porque o Senhor havia aprovado suas decisões.

Amanheceu uma quarta-feira ensolarada como dia de pleno verão. A comissão chegou a Los Riscos em três carros, dirigida pelo bispo auxiliar e guiados por José Leal, que havia assinalado a rota num mapa segundo as instruções de seu irmão. Os jornalistas, os representantes de organismos internacionais e os advogados eram observados a distância pelos agentes do General que desde a noite anterior não lhes perdia a pista.

Irene quis ser a enviada em nome de sua revista, mas Francisco a impediu. Eles não contavam com proteção, como era o caso do resto da comitiva, cuja posição oferecia certa segurança. Se fossem relacionados com o descobrimento dos cadáveres, não haveria esperança de saírem com vida e isso poderia lhes acontecer, porque ambos estiveram presentes quando Evangelina levantou o Tenente Ramírez no ar, foram vistos perguntando pela jovem desaparecida e mantiveram contato com a família Ranquileo.

Nas proximidades da mina os carros pararam. José Leal foi o primeiro a arremeter contra os escombros da entrada, aproveitando seus braços de urso e seu treinamento em trabalhos pesados. Os outros o imitaram e em poucos minutos fizeram um buraco enquanto a distância os Corpos de Segurança se comunicavam por rádio para informar que os suspeitos estavam violando a mina fechada, apesar dos avisos de advertência, esperamos instruções, meu General, câmbio e desligo. Limitem-se a observar, tal como lhes ordenei, e não intervenham, aconteça o que acontecer, não se metam com eles, câmbio e desligo.

Decidido a tomar a iniciativa, o bispo auxiliar foi o primeiro a entrar na mina. Não era ágil, mas conseguiu se contorcer como um mangusto para introduzir as pernas e depois deslizar o resto do corpo para o interior. A pestilência golpeou-lhe como uma pancada, mas apenas quando seus olhos se acostumaram à penumbra e divisou os restos de Evangelina Ranquileo, foi que lançou a exclamação que atraiu os demais. Ajudaram-no a sair, puseram-no de pé e o conduziram à sombra das árvores para que recuperasse o fôlego. Entretanto, José Leal improvisou tochas de papel de jornal enrolado, sugeriu que todos cobrissem os rostos com lenços e conduziu-os um a um à sepultura, onde quase ajoelhados cada um dos presentes pôde ver o corpo em decomposição da menina e o túnel de ossos entrelaçados, cabelos, farrapos. Bastava remover um pouco as pedras, que rolavam novos restos humanos. Ao saírem ninguém se sentiu capaz de falar, estavam trêmulos, lívidos, olhavam-se começando a entender a magnitude do achado. José Leal foi o único com ânimo suficiente para fechar a entrada, pensando nos cães que podiam farejar entre os ossos ou que, advertidos pelo buraco aberto, os autores desses crimes se soubessem descobertos e fizessem desaparecer as provas, precaução inútil, porque a duzentos metros, dentro de um furgão, a polícia os espiava com binóculos trazidos da Europa e máquinas de raios infravermelhos chegadas dos Estados do Norte, o que permitiu ao Coronel tomar conhecimento do conteúdo da mina quase ao mesmo tempo que o bispo auxiliar; mas as instruções de meu General são claríssimas: não se metam com os padres, esperem que deem o próximo passo para ver a que merda se propõem, afinal de contas são só uns poucos mortos desconhecidos.

A comissão regressou logo à cidade e, depois de jurar não fazer comentários, se dispersou até a tarde, quando devia se reunir de novo com o Cardeal para prestar-lhe contas de sua gestão.

Nessa noite a luz do arcebispado permaneceu acesa até o amanhecer, diante do desconcerto dos espiões trepados nas árvores da rua com seus aparelhos adquiridos no Extremo Oriente para ver na escuridão através das paredes, mas ainda não sabemos a que se propõem, meu General, já começou o toque de recolher e continuam falando e tomando café, se o senhor nos ordenar, entramos, revistamos e prendemos todo mundo, o que diz? Homens, não sejam idiotas!

Ao amanhecer os visitantes se dispersaram e o prelado despediu-se deles na porta. Só ele se mantinha imperturbável porque sua alma estava em paz e não conhecia o medo. Deitou-se brevemente, e depois do desjejum telefonou para o presidente da Corte Suprema a fim de solicitar que recebesse o mais rápido possível três enviados seus, portadores de uma carta de grande importância. Uma hora depois o envelope estava na mão do juiz, que desejava se encontrar em outro extremo do mundo, longe dessa bomba-relógio que inevitavelmente explodiria:

Senhor Presidente da Atual Corte Suprema.

Senhor Presidente: Dias atrás uma pessoa comunicou a um sacerdote, sob segredo de confissão, ter sabido e haver comprovado a existência de vários cadáveres que se encontram em um lugar cuja localização lhe indicou. Esse sacerdote, autorizado por quem lhe informava, pôs as circunstâncias ao conhecimento das autoridades eclesiásticas.

Com o objetivo de verificar a informação, no dia de ontem, uma comissão integrada pelos abaixo-assinados, os senhores diretores das revistas *Acontecer* e *Semana*, respectivamente, assim como funcionários do Instituto de Direitos Humanos, fomos até o lugar indicado pelo informante. Trata-se de uma antiga mina, atualmente abandonada, na encosta dos morros próximos à localidade de Los Riscos.

No lugar, depois de remover o material seco que tapava a boca da mina, comprovamos a existência de restos humanos que teriam pertencido a um número indeterminado de pessoas. Verificada essa circunstância, interrompemos nossa inspeção do lugar, pois nosso objetivo consistiu somente em apreciar a seriedade da denúncia recebida e não podemos avançar mais em uma tarefa própria de investigação judicial.

No entanto, consideramos que as características do lugar e a localização dos restos, cuja existência constatamos, tornam verossímil a informação sobre a eventual existência de elevado número de vítimas.

O alarme público que podem provocar essas circunstâncias nos induziu a pô-las diretamente ao conhecimento da mais alta autoridade judicial do país, a fim de que o Egrégio Tribunal adote as medidas para uma rápida e exaustiva investigação.

Em consideração ao Sr. Presidente,
atenciosamente

Alvaro Urbaneja (Bispo Auxiliar)
Jesús Valdovinos (Vigário Episcopal)
Eulogio García de la Rosa (Advogado)

O juiz conhecia o Cardeal. Compreendeu que não se tratava de uma ameaça, mas que estava disposto a enfrentar a batalha. Nesse caso devia estar com todos os ases na manga, pois era astuto demais para lhe colocar esse monte de ossos nas mãos e intimá-lo a aplicar a lei, sem estar completamente seguro. Não era preciso grande experiência para concluir que os autores desses crimes atuaram amparados pelo sistema repressivo e por isso a Igreja intervinha sem confiar na Justiça. Enxugou o suor da testa e do pescoço, pegou suas pílulas para o caso de falta de ar e taquicardia, temendo que chegara sua hora da verdade depois de tantos anos de distribuir a justiça de acordo com as instruções do General, de tantos anos perdendo expedientes e enrolando aos advogados do Vicariato num emaranhado burocrático, de tantos anos fabricando leis com efeito retroativo para delitos recém-criados; teria sido melhor sair de cena a tempo, me aposentar quando ainda parecia possível fazê-lo com dignidade, ir cultivar minhas rosas em paz e passar à história sem esta carga de culpas e vergonhas que não me deixam dormir e me assediam durante o dia em cada deslize, embora não o tenha feito por ambição pessoal, mas para servir à pátria, como o General me pediu poucos dias após assumir o poder; mas agora é tarde, essa maldita mina se abre ante meus pés como meu próprio túmulo e esses mortos não poderão ser calados como tantos outros, se o Cardeal decidiu intervir; devia ter-me retirado no dia do Pronunciamento Militar, quando bombardearam o Palácio dos Presidentes, prenderam os ministros, dissolveram o Congresso e os olhos do mundo esperavam que alguém aparecesse para defender a Constituição; nesse mesmo dia devia ter ido para casa alegando que estava velho e doente, devia ter feito isso em vez de me colocar às ordens da Junta de Comandantes e iniciar o expurgo em meus próprios tribunais.

O primeiro impulso do presidente da Corte Suprema foi convocar o Cardeal e propor-lhe um acordo, mas em seguida compreendeu que o assunto ultrapassava sua capacidade de negociação. Pegou o telefone, discou o número secreto e se comunicou diretamente com o General.

* * *

Traçaram um círculo de ferro, capacetes e botas ao redor da mina de Los Riscos, mas não puderam impedir que o boato voasse incontrolável de boca em boca, de casa em casa, de vale em vale, até que se soube em todas as partes e uma profunda comoção sacudiu a pátria. Os soldados mantiveram distantes os curiosos, mas não se atreveram a barrar o caminho do Cardeal e sua comitiva, como fizeram com os jornalistas e com os observadores das potências estrangeiras, atraídos pelo escândalo daquele massacre. Às oito da manhã de sexta-feira, o pessoal do Departamento de Investigações, com máscaras e luvas de borracha, procedeu à retirada das terríveis provas, por instruções da Corte Suprema, que por sua vez as recebeu do General: abram a maldita mina, tirem o monte de mortos e assegurem à opinião pública que castigaremos os culpados, depois veremos, as pessoas têm memória curta. Chegaram numa caminhonete com grandes bolsas de plástico amarelo e uma equipe de pedreiros para remover os escombros. Anotaram tudo em estrita ordem e disposição: um corpo humano de sexo feminino em avançado estado de decomposição, coberto com uma manta escura, um sapato, restos de cabelo, ossos de uma extremidade inferior, uma omoplata, um úmero, vértebras, um tronco com ambas as extremidades superiores, uma calça, dois crânios, um completo e outro sem mandíbula, uma arcada dentária com obturações de metal, mais vértebras, restos de costelas, um tronco com trapos de roupa, camisas e meias de diversas cores, uma crista ilíaca e várias ossaturas mais, montante que completou trinta e oito bolsas devidamente lacradas, numeradas e transportadas à caminhonete. Tiveram que realizar várias viagens para levá-las ao Instituto Médico. O ministro em visita contou por alto catorze cadáveres, a julgar pelo número de cabeças encontradas, mas não descartou o fato temerário de que, ao cavar com maior cuidado, aparecessem outros corpos ocultos sob camadas sucessivas de tempo e terra. Alguém fez a brincadeira macabra de que, se escavassem um pouco mais, surgiriam esqueletos de conquistadores, múmias de incas e fósseis de Cro-Magnon, mas ninguém sorriu porque a inquietação se apoderava de todos os espíritos.

Desde cedo começaram a chegar as pessoas, aproximando-se até o limite marcado pelos fuzis e se colocaram atrás dos soldados. Primeiro foram as viúvas e os órfãos da região, cada um com um trapo negro atado no braço esquerdo em sinal de luto. Mais tarde acorreram os demais, quase todos camponeses da localidade de Los Riscos. Por volta do meio-dia chegaram ônibus dos bairros periféricos da capital. A aflição flutuava no ar como uma antecipação de tormenta, imobilizando os pássaros em seu voo. Aguardaram muitas horas sob um sol lívido que esfumava os contornos das coisas e as cores do mundo, enquanto as sacolas iam enchendo. A distância tentavam reconhecer um sapato, uma camisa, uma mecha de cabelos. Os que possuíam a visão melhor passavam o dado aos demais: apareceu outro crânio, este tem cabelo branco, poderia ser o compadre Flores, lembram-se dele? Agora fecham outro corpo, mas não haviam terminado, estão tirando mais, dizem que levaram os restos para o Necrotério e lá poderemos olhá-los de perto, e isso quanto custa? Não sei, teremos que pagar algo, cobram para que se reconheçam seus próprios mortos? Não, homem, isso deve ser grátis...

Durante toda a tarde foi juntando gente até formar uma multidão sobre a colina, ouvindo o som das pás e picaretas cavando a terra, o ir e vir da caminhonete oficial, o tráfego de policiais, funcionários e advogados, os protestos dos jornalistas que não receberam autorização para entrar. Ao pôr do sol, elevou-se um coro de vozes para cantar uma oração fúnebre. Houve quem armasse uma improvisada barraca de mantas, disposto a ficar ali por tempo indeterminado, mas os guardas correram-no a coronhadas antes que outros imitassem sua ideia. Isso foi pouco antes de aparecer o Cardeal, que cruzou a barreira de soldados no carro do arcebispado, ignorando os sinais para que parasse, desceu do veículo e se dirigiu a passos largos para se postar diante da caminhonete, onde contou as sacolas com olhos implacáveis, enquanto o ministro em visita improvisava explicações. Quando partiu a última carga de pacotes de plástico amarelo e a polícia ordenou que se limpasse a área, já caíra a noite, as pessoas começaram a andar na escuridão, iniciando a volta.

Uns relatavam aos outros seu drama particular, comprovando que todas as desgraças eram semelhantes.

No dia seguinte, nas dependências do Instituto Médico, reuniam-se viajantes de todas as partes do país com a esperança de identificar seus mortos, mas impediram-lhes a passagem até nova ordem, como indicou o General, porque uma coisa é desenterrar cadáveres e outra, muito diferente, é exibi-los para que todo mundo os veja com se isto fosse uma feira, o que imaginaram esses impertinentes, abafe este assunto, Coronel, antes que minha paciência se acabe.

— E que fazemos com a opinião pública, os diplomatas e a imprensa, meu General?

— O de sempre, Coronel. Na guerra não se muda de estratégia. É preciso aprender com os imperadores romanos...

Na rua do Vicariato sentaram-se centenas de pessoas com os retratos de seus entes perdidos na mão, murmurando incansáveis: onde estão? Enquanto isso, um grupo de padres operários e freiras de calças compridas jejuavam na catedral, apoiando o clamor de todos. No domingo, nos púlpitos se leu a pastoral redigida pelo Cardeal e, pela primeira vez em tão longo e sombrio tempo, as pessoas se atreveram a se virar para o vizinho e chorar em sua companhia. Chamavam-se para comentar os casos multiplicados até perder a conta. Organizaram uma procissão para rezar pelas vítimas e, antes que as autoridades se dessem conta do ocorrido, uma multidão incontrolável avançou pelas ruas carregando bandeiras e cartazes onde pediam liberdade, pão e justiça. Começou como tênues fios humanos brotando dos povoados periféricos. Juntaram-se pouco a pouco, engrossaram as fileiras, apertaram-se em compacta massa e foram cantando, a plena voz, hinos religiosos e palavras de ordem política silenciadas por tantos anos que já as acreditavam esquecidas para sempre. O povo se aglomerou nas igrejas e cemitérios, únicos lugares em que até então a polícia não entrava com seus aparatos de guerra.

— O que fazemos com eles, meu General?

— O de sempre, Coronel — respondeu ele das profundidades do bunker.

Enquanto isso a televisão insistia com seus programas habituais de música, concursos, sorteios e filmes de amor e comédias. Os jornais apresentavam os resultados dos jogos de futebol e o noticiário mostrava o chefe supremo da nação inaugurando uma nova agência bancária. Mas em poucos dias a notícia do achado na mina e as fotografias dos cadáveres circulavam pelo mundo através dos telégrafos. As agências de notícias se apoderaram delas e as enviaram de volta a seu país de origem, onde foi impossível sufocar por mais tempo o escândalo, apesar da censura e das explicações mirabolantes das autoridades. Todos viram em suas tevês o engravatado locutor lendo a versão oficial: eram terroristas executados por seus próprios sequazes; mas ninguém duvidou de que se tratava de prisioneiros políticos assassinados. O horror foi comentado entre pilhas de verduras e frutas nos mercados, entre alunos e professores nas escolas, entre os operários nas fábricas e até nos fechados salões da burguesia, onde para alguns foi uma surpresa descobrir que algo andava muito mal no país. O murmúrio temeroso que durante tantos anos andou se escondendo atrás das portas e das janelas fechadas, pela primeira vez saiu para a rua gritando em coro, e esse lamento, aumentado pelos mil casos novos vindos à tona, sacudiu todos os espíritos. Só os mais indolentes puderam, uma vez mais, ignorar os sinais e continuar impassíveis. Beatriz Alcántara foi um deles.

Na segunda-feira à hora do café, Beatriz encontrou sua filha lendo o jornal na cozinha e notou seus braços cobertos de feridas.

— Você está com a peste!

— É alergia, mamãe.

— Como você sabe?

— Francisco me disse.

— Agora os fotógrafos fazem diagnóstico! Onde iremos parar?

Irene não respondeu e sua mãe observou de perto as marcas, comprovando que na verdade não pareciam contagiosas e possivelmente aquele sujeito tinha razão, era só uma erupção provocada pela primavera. Tranquilizada, pegou uma parte do jornal para dar uma olhada e seus olhos depararam com a enorme manchete encabeçando a primeira página: "Desaparecidos! Ha! Ha! Ha!" Tomou seu suco de laranja um pouco surpreendida, porque mesmo para uma pessoa como ela isso era chocante. No entanto, estava farta de escutar por todos os lados a história de Los Riscos e aproveitou a oportunidade para comentá-la com Rosa e sua filha: fatos como aquele eram lógicos numa guerra como a defendida pelos patrióticos militares contra o câncer marxista, em todas as batalhas existem baixas, o melhor é esquecer o passado e construir o futuro, esquecer tudo e recomeçar da estaca zero, não falar mais de desaparecidos, dá-los simplesmente como mortos e resolver de uma vez os problemas legais.

— Por que você não faz o mesmo com papai? — perguntou Irene se coçando com as duas mãos.

Beatriz ignorou o sarcasmo. Estava lendo o artigo em voz alta: "O importante é avançar no caminho do progresso, procurando cicatrizar as feridas e superar as animosidades, para o qual não ajuda a busca de cadáveres. Graças às ações empreendidas pelas Forças Armadas, foi possível programar a nova etapa que vive a nação. O período de emergência felizmente superado se caracterizou pelo exercício de amplíssimas faculdades da autoridade estabelecida, que atuava em diversos níveis com todo o poder necessário para impor a ordem e restabelecer a convivência cívica."

— Concordo plenamente — acrescentou Beatriz. — Qual é a ânsia de identificar esses corpos da mina e buscar culpados? Isso aconteceu há vários anos, são mortos antigos.

Por fim gozavam de bem-estar, podiam comprar a bel-prazer, não como antes, que tinham de fazer fila até para um miserável frango, agora era fácil conseguir serviço doméstico e se acabou a efervescência socialista, tão prejudicial no passado. O povo deveria trabalhar mais e falar menos de política.

Tal como disse com muito brilho o Coronel Espinoza e ela memorizou: "Lutemos juntos por este país tão lindo, que tem um sol tão lindo, coisas tão lindas e uma liberdade tão linda."

Rosa deu de ombros na pia e Irene sentiu aumentar a ardência em todo o seu corpo.

— Não coce, você vai se machucar e quando Gustavo chegar vai parecer uma leprosa.

— Gustavo voltou ontem à noite, mamãe.

— Ah! E por que não me disse? Quando se casam?

— Nunca — respondeu Irene.

Beatriz ficou com a xícara a meio caminho entre o pires e os lábios. Conhecia sua filha o suficiente para saber quando suas decisões eram irrevogáveis. O brilho de seus olhos e o tom de sua voz lhe indicaram que o motivo dessa alergia não era um problema amoroso, mas de outra espécie. Recordou os últimos dias e deduziu que algo anormal acontecia na vida de Irene. Não tinha os horários habituais, desaparecia durante o dia e voltava arrasada de fadiga e com o carro coberto de pó, havia abandonado suas saias ciganas e seus acessórios de pitonisa para se vestir como um rapaz, comia pouco e nas noites despertava gritando; no entanto, Beatriz estava longe de relacionar esses sinais com a mina de Los Riscos. Quis averiguar mais, mas a jovem terminou de pé seu café e saiu dizendo que realizaria uma reportagem fora da cidade e não voltaria antes de anoitecer.

— A culpa é do fotógrafo, tenho certeza! — exclamou Beatriz quando sua filha saiu.

— Para onde o coração se inclina, o pé caminha — respondeu Rosa.

— Comprei um enxoval de luxo e agora me vem com essa novidade. Tantos anos de namoro com Gustavo para brigar na última hora.

— Não há mal que não venha para bem, senhora.

— Eu não te aguento, Rosa! — saiu Beatriz batendo a porta.

Rosa nada disse do que tinha visto na noite anterior, quando o capitão regressou depois de tantos meses de ausência e a menina Irene o recebeu como a um desconhecido, me bastou ver seu rosto para saber que o melhor seria me despedir do vestido de noiva e de meus planos de criar meninos loiros de olhos azuis nos dias de minha velhice. O homem põe e Deus dispõe. Se a mulher oferece a face para que seu noivo não a beije na boca, até um cego pode ver que já não sente amor; se o leva à sala, senta-se o mais distante possível e fica olhando-o em silêncio, é que pensa dizer-lhe ali mesmo sem rodeios, tal como teve que ouvi-lo o capitão: sinto muito, mas não vou me casar com você porque estou amando outro; assim disse e ele nada respondeu, coitado, me dá pena, ficou muito vermelho e lhe tremia o queixo como uma criança que está prestes a chorar, eu o vi pela fresta da porta entreaberta e não fiz por curiosidade, Deus me livre, se não tenho o direito de conhecer os problemas de minha menina, se não, como poderei ajudá-la? Não foi em vão que cuidei dela e a amei mais que sua própria mãe. Senti o coração apertado quando vi esse rapaz sentado na beira do sofá com os pacotes embrulhados em papel de presente, seu cabelo recém-cortado, sem saber onde colocar esse amor que andou juntando todos esses anos para Irene; bom moço, me pareceu, alto e elegante como um príncipe, anda sempre bem vestido, ereto como um cabo de vassoura, um verdadeiro cavalheiro, mas de pouco vale sua pinta de galã, porque a menina não repara nessas coisas e muito menos agora que está apaixonada pelo fotógrafo; camarão que dorme a onda leva, Gustavo não devia tê-la deixado só por tantos meses. Eu não entendo esses casais modernos; no meu tempo não havia tanta liberdade e tudo funcionava como deve ser: a mulher calada em sua casa. As noivas esperavam bordando lençóis e não andavam empoleiradas nas traseiras das motocicletas de outros homens; isso devia prevenir o capitão em vez de partir em viagem tão tranquilo, eu vi desde o princípio e lhe disse: ausências causam esquecimentos; mas ninguém fez caso, me olharam com dó, como se eu fosse uma estúpida, mas não tenho nem um fio de cabelo de tonta, mais sabe o diabo por ser velho que por ser diabo. Acho que Gustavo adivinhou que estava frito, não havia nada para fazer, esse amor estava morto e enterrado. As mãos dele suavam quando pôs os presentes sobre a mesa da sala, perguntou se aquela decisão era definitiva, ouviu a resposta e foi embora sem olhar para trás e sem perguntar o nome de seu rival, como se no fundo soubesse que não podia ser outro que não Francisco Leal. Estou amando outro, foi tudo o que Irene disse e deve ter sido suficiente, porque bastou para despedaçar um noivado que durava não sei quantos anos. Estou amando outro, disse minha menina, e seus olhos brilharam com uma luz que nunca vi neles antes.

Ao cabo de uma semana a notícia de Los Riscos dera lugar a outras, varrida pela ânsia de alimentar a curiosidade do público por tragédias novas. Tal como prognosticou o General, o escândalo começava a ser esquecido, já não ocupava a primeira página dos jornais e só aparecia em algumas revistas de oposição de circulação restrita. Nesse ritmo dos fatos, Irene decidiu procurar provas e acrescentar detalhes ao caso para manter vivo o interesse com a esperança de que o clamor popular fosse mais forte que o medo. Indicar os assassinos e encontrar os nomes dos cadáveres se converteu numa obsessão para ela. Sabia que um passo em falso ou um revés de sorte bastariam para acabar com sua vida, mas estava disposta a impedir que os crimes fossem elipsados pelo silêncio da censura e pela cumplicidade dos juízes. Apesar da promessa feita a Francisco Leal de permanecer à sombra, sentiu-se presa por sua própria exaltação.

Quando Irene ligou para o Sargento Faustino Rivera para convidá-lo a almoçar com o pretexto de uma reportagem sobre acidentes nas estradas, conhecia seus riscos, por isso mesmo partiu sem avisar ninguém, com a sensação de dar um passo temerário, mas inevitável. A longa pausa do sargento para responder ao telefone deixou claro que desconfiava de que era só uma desculpa para abordar outros temas, mas também para ele os mortos da mina constituíam um pesadelo e desejava compartilhá-lo.

Marcaram a duas quadras da praça do povoado, na mesma pousada onde haviam se encontrado antes. O cheiro de carvão e carne assada invadia as ruas adjacentes. Na porta, encostado sob um beiral de telhas, o sargento esperava vestido à paisana. Irene teve alguma dificuldade em reconhecê-lo, mas ele lembrava dela com precisão e fez o primeiro cumprimento. Vangloriava-se de ser homem observador, acostumado a reter os menores detalhes, indispensável virtude em sua profissão de policial. Notou as mudanças na aparência da jovem e se perguntou onde estavam suas pulseiras escandalosas, suas saias largas e a dramática maquiagem de seus olhos que tanto o impactaram quando a conheceu. A mulher que tinha diante de si, com o cabelo preso numa trança, calça de brim e uma enorme bolsa pendurada no ombro mal tinha alguma semelhança com a imagem anterior. Instalaram-se numa mesa discreta no fundo do pátio, sob a sombra de densos amores-perfeitos.

Durante a sopa, que Irene não experimentou, o sargento mencionou algumas estatísticas sobre as vítimas de trânsito na região, sem deixar de esquadrinhar sua anfitriã com o rabo dos olhos. Notou sua impaciência, mas não lhe deu chance para desviar a conversa pelo caminho desejado até estar bem certo de suas intenções. O aparecimento de um leitão dourado e crocante, repousando num leito de batatas *sauté,* com uma cenoura no focinho e ramos de salsa nas orelhas, trouxe à memória de Irene o porco cevado na casa dos Ranquileo e uma onda de náusea subiu à sua garganta. Os sobressaltos de seu estômago a atormentavam desde o dia em que entrou na mina. Mal levava alguma coisa à boca, voltava a ver o corpo em decomposição, a sentir o inesquecível fedor, a se estremecer com o mesmo espanto daquela noite. Agradeceu esse momento de silêncio e procurou afastar os olhos dos bigodes manchados de banha quente e os grandes dentes de seu convidado.

— Suponho que está a par dos mortos na mina de Los Riscos — disse por fim procurando uma forma direta de abordar o assunto.

— Afirmativo, senhorita.

— Dizem que um deles é Evangelina Ranquileo.

O homem se serviu de outro copo de vinho e levou à boca outro pedaço de leitão. Ela pressentiu que tinha a situação sob controle, porque se Faustino

Rivera não tivesse intenção de falar, teria recusado a entrevista. O fato de estar ali era prova suficiente de boa disposição. Deu-lhe tempo de mastigar alguns bocados e em seguida pôs a funcionar seus truques de jornalista e sua simpatia natural, para obrigá-lo a soltar a língua.

— É preciso foder com os revoltosos, com o perdão da palavra, senhorita. Essa missão nos cabe e é uma alta honra cumpri-la. Os civis se revoltam com qualquer pretexto, é preciso desconfiar deles e aplicar-lhes mão pesada, como disse meu Tenente Ramírez. Mas também não se trata de matar sem legalidade, porque isso seria uma carnificina.

— E não foi, sargento?

— Não, ele não concorda, são calúnias dos traidores da pátria, infâmias dos soviéticos para desprestigiar o governo de meu General, é o cúmulo prestar atenção a esses boatos; uns poucos cadáveres achados no fundo de uma mina não significa que todos os fardados sejam assassinos; ele não nega a existência de alguns fanáticos, mas não é justo jogar a culpa em todos e, além disso, é preferível alguns abusos a que as Forças Armadas voltem aos quartéis, abandonando o país nas mãos dos políticos.

"Sabe o que aconteceria se meu General caísse, que Deus não o permita? Os marxistas se levantariam e passariam na faca todos os soldados com suas mulheres e crianças. Eles nos marcaram. Matariam todos nós. Este é o preço por cumprir com nosso dever."

Irene o escutava em silêncio, mas ao cabo de um instante sua paciência se esgotou e decidiu encurralá-lo de uma vez por todas.

— Escute, sargento, deixe de rodeios. Por que não me diz o que tem em mente?

E então o homem, com se estivesse esperando esse sinal, baixou suas defesas e lhe repetiu o que antes contara a Pradelio Ranquileo sobre o destino de sua irmã e lhe falou de suas suspeitas, nunca antes formuladas em voz alta. Voltou a essa madrugada fatídica, quando o Tenente Juan de Dios Ramírez regressou ao quartel depois de levar a prisioneira. Nesse dia faltava uma bala em seu revólver. Era obrigação informar ao cabo de plantão quando disparavam as armas de serviço, para registrar num livro especial de armamento. Durante os primeiros meses depois do Pronunciamento Militar, explicou o sargento, os registros ficaram desorganizados, pois era impossível dar conta de cada munição disparada pelos fuzis, carabinas e revólveres da Delegacia, mas logo que as coisas se normalizaram, voltaram às antigas rotinas. Por isso, quando o tenente teve que dar uma explicação, disse que havia matado um cachorro raivoso. Também escreveu no Livro de Guarda que a menina foi posta em liberdade às sete da manhã, retirando-se por sua vontade.

— O que não é certo, senhorita, segundo consta em minha caderneta de anotações — acrescentou o sargento com a boca cheia de comida, passando-lhe uma pequena agenda de capa ensebada. — Olhe, aqui está tudo, também acrescentei que nos veríamos hoje e escrevi nossa conversa há duas semanas, lembra-se? Não esqueço nada, pode-se ler tudo aqui.

Ao pegar a caderneta, Irene teve a impressão de que pesava como uma pedra. Observou-a aterrorizada, sentindo com nitidez o impacto do pressentimento. Quase lhe implorou que a destruísse, mas afastou essa ideia de sua mente, esforçando-se para agir de forma razoável. Nos últimos dias havia tido com frequência esses inexplicáveis impulsos que a induziam a duvidar de seu juízo.

O sargento lhe contou que o Tenente Ramírez assinou sua declaração e ordenou ao Cabo Ignacio Bravo que fizesse o mesmo. Nada disse sobre ter levado Evangelina Ranquileo durante a noite nem seus homens lhe perguntaram, porque conheciam de sobra sua inclinação ao mal e não desejavam ir parar na solitária, como Pradelio.

— Era um bom rapaz, o Ranquileo — disse o sargento.

— Era?

— Dizem que morreu.

Irene Beltrán sufocou uma exclamação de desalento. A notícia frustrava seus planos. Seu passo seguinte era encontrar Pradelio Ranquileo e convencê-lo a se apresentar diante dos tribunais. Era talvez a única testemunha do que havia acontecido em Los Riscos disposta a depor contra o tenente e a explicar os assassinatos, porque seu desejo de vingar a irmã podia vencer o medo das consequências. O sargento repetiu o boato de que Pradelio caíra num barranco na montanha, embora a bem da verdade ele não estivesse certo, pois ninguém viu seu cadáver. Ao começar a segunda garrafa de vinho, Rivera já depusera toda prudência e começou a desfiar suas suspeitas, o primeiro é a pátria, mas nesse caso não está em jogo e a justiça vem antes, digo eu, embora me ameacem, perca minha carreira e acabe arando a terra como meus irmãos. Estou decidido a ir até o fim, irei à Corte, jurarei sobre a bandeira e a Bíblia, contarei a verdade à imprensa. Por isso anotei tudo em minha caderneta: a data, a hora, todos os pormenores. Sempre a levo debaixo da camiseta, gosto de senti-la contra o peito e até durmo com ela porque uma vez quiseram roubá-la. Estas anotações valem ouro, senhorita, são as provas que outros quiseram apagar, mas já disse, eu nunca esqueço. Eu a mostrarei ao juiz se for necessário, porque Pradelio e Evangelina merecem justiça, eram meus parentes.

O sargento pôde imaginar o que aconteceu na noite do desaparecimento de Evangelina como se visse num filme. O Tenente Ramírez dirigiu pela estrada assobiando, sempre assobia quando está nervoso; iria pensando no caminho, embora conheça bem a região e saiba que a essa hora não encontrará outros veículos. É um motorista prudente. Calcula que quatro ou cinco minutos depois de cruzar o portão e se despedir com um gesto do Cabo Ignacio Bravo, de guarda na porta, chegou à estrada principal e pegou a direção norte. Alguns quilômetros adiante desviou-se do caminho para a mina, uma via ruim, sem pavimento e cheia de buracos, por isso voltou com a caminhonete suja e as rodas cheias de barro. Supõe que o oficial escolheu um lugar apropriado para parar o mais perto possível da mina. Não apagou as luzes porque precisava das duas mãos livres e a lanterna lhe seria incômoda. Foi à parte traseira, tirou a lona e viu a silhueta da menina. Deve ter sorrido com essa expressão de desgosto que seus subalternos conhecem e temem. Afastou o cabelo do rosto de Evangelina e pôde apreciar seu perfil, o pescoço, os ombros, os seios de colegial. Pareceu-lhe que apesar dos hematomas e das feridas devia estar bonita, como todas as jovens sob as estrelas. Sentiu um calor conhecido entre as pernas e respirou agitadamente, riu, sarcástico, que besta sou, murmurou.

— Desculpe minha franqueza, senhorita — se interrompeu Faustino Rivera chupando os últimos ossos do almoço.

O Tenente Juan de Dios Ramírez tocou o peito da jovem e talvez tenha comprovado que ainda respirava. Tanto melhor para ele, tanto pior para ela. O sargento parece estar vendo com seus próprios olhos quando seu superior, maldito seja, sacou a arma e a colocou sobre a caixa de ferramentas junto à lanterna, abriu o cinturão de couro e o fecho das calças e lançou-se sobre ela com uma violência inútil, pois não encontrou resistência. Penetrou-a apressadamente, esmagando-a contra o chão metálico da caminhonete, apertando, arranhando, mordendo a menina perdida sob o volume de seus oitenta quilos, as correias do uniforme, as pesadas botas, recuperando assim o orgulho de macho que ela lhe arrebatou naquele domingo no pátio de sua casa. O Sargento Rivera pensa nisso e se descompõe, porque tem uma filha da mesma idade de Evangelina. Ao terminar, deve ter descansado sobre a prisioneira até notar que ela não fazia o menor movimento, não se queixava e tinha os olhos abertos fixos no céu, assombrados com sua própria morte. Então ajeitou a roupa, pegou-a pelos pés e a puxou para o chão. Procurou a lanterna e a arma, dirigiu o facho de luz para a cabeça, aproximou o cano do revólver e, após soltar o dispositivo de segurança, disparou à queima-roupa, recordando aquela manhã distante em que com um gesto semelhante deu um tiro de misericórdia em seu primeiro fuzilado. Com a lança e a pá desimpediu a entrada da mina, levou o cadáver enrolado no poncho, introduziu-o de qualquer maneira arrastando-o até o túnel da direita, cobriu-o com escombros e pedras e depois se retirou. Antes de partir, voltou para fechar a entrada da mina, com o pé espalhou a terra para cobrir a mancha escura e os pedaços de matéria mole respingados no lugar do disparo e percorreu cuidadosamente o lugar até encontrar a cápsula da bala, que guardou no bolso de sua farda para prestar conta ao controle de munições, de acordo com o regulamento. Nesse instante deve ter inventado a história do cachorro raivoso. Dobrou a lona, colocou-a na parte posterior da caminhonete, juntou as ferramentas, ajeitou o revólver na cartucheira e lançou uma última olhada ao redor para verificar que não havia rastros de sua ação. Subiu ao veículo e dirigiu-se para a estrada rumo à Delegacia. Ia assobiando.

— Como lhe disse, senhorita, sempre assobia quando está nervoso — rematou o Sargento Rivera. — Admito não ter provas de tudo que contei, mas poderia jurar pela memória de minha santa mãe, que em paz descanse, que as coisas aconteceram mais ou menos assim.

— Quem são os outros mortos da mina? Quem os matou?

— Não sei. Pergunte aos camponeses da região. Por aqui desapareceram muitos. Vá aonde a família Flores...

— Tem certeza de que se atreve a repetir em juízo tudo isso que disse?

— Sim. Tenho certeza. A perícia balística e a autópsia de Evangelina provarão que tenho razão.

Irene pagou a conta, disfarçadamente colocou o gravador em sua bolsa e se despediu de seu convidado. Ao apertar sua mão, sentiu o mesmo mal-estar irracional que a invadira ao pegar a caderneta. Não pôde olhá-lo nos olhos.

O Sargento Faustino Rivera não conseguiu prestar declarações ante o juiz, porque nessa mesma noite foi atropelado por uma caminhonete branca que saiu em fuga, matando-o instantaneamente. A única testemunha presente, o Cabo Ignacio Bravo, assegurou que tudo aconteceu muito rápido e não chegou a reparar na placa do veículo nem no motorista. A caderneta nunca apareceu.

Irene procurou a casa dos Flores. Era de madeira e folhas de zinco, igual a todas as outras das redondezas. A propriedade fazia parte de um loteamento de agricultores pobres que se beneficiaram com alguns hectares de terra durante a reforma agrária, mas que depois lhes foram tomados, sobrando--lhes apenas as pequenas hortas familiares. O longo caminho que cruzava o vale unindo os lotes foi traçado pelos camponeses com o trabalho de toda a comunidade, inclusive dos idosos e das crianças, que contribuíram carregando pedras. Por ali entraram os veículos militares invadindo uma por uma das casas. Separaram os homens numa fila interminável, selecionaram um de cada cinco ao acaso e os fuzilaram como exemplo, dispararam contra os animais, incendiaram os pastos e se foram deixando atrás um rasto de sangue e violência. Nesse lugar eram raras as crianças, porque em muitos lares faltava o homem havia vários anos. Os poucos nascimentos eram celebrados com emoção e as crianças recebiam os nomes dos mortos, para que ninguém pudesse esquecê-los.

Ao chegar, Irene acreditou que a casa estava desabitada, tal era seu aspecto de desolação e tristeza. Ficou um momento chamando sem ouvir sequer o latido de um cachorro. Ia dar meia-volta e ir embora, quando surgiu entre as árvores uma mulher cinzenta, indistinta na paisagem, informando-lhe que a senhora Flores e sua filha estavam no mercado, onde vendiam hortaliças.

A poucos passos da praça de Los Riscos se erguia o mercado como uma explosão de ruído e cor. Irene procurou entre as pilhas de frutas da estação, pêssegos, melões, melancias, atravessou labirintos de verduras frescas, montanhas de batatas e milho verde, bancas de esporas, estribos, montarias e chapéus de palha, fileiras de cerâmica vermelha e preta, gaiolas de galinhas e coelhos, em meio ao tumulto de pregões e pechinchas. Mais para dentro estavam as barracas de carne, presunto, peixes, mariscos, toda espécie de queijos, um desenfrear de cheiros e sabores. Percorreu-o lentamente em todas as direções, apreciando-o com o olhar, cheirando essas fragrâncias da terra e do mar, parando para provar uma das primeiras uvas, um morango maduro, uma ostra viva em sua concha de madrepérola, um suave bolo de massa folhada preparado pelas mesmas mãos que o vendiam. Fascinada, pensou que nada terrível cabia no mundo onde florescia uma abundância como aquela. Mas então deparou, por fim, com Evangelina Flores e lembrou por que se encontrava ali.

A moça era tão parecida com Digna Ranquileo que Irene se sentiu imediatamente à vontade com ela, como se a conhecesse de antes e já tivesse estima por ela. Como sua mãe e todos seus irmãos, tinha o cabelo liso e negro, a pele clara e os olhos grandes muito escuros. De pernas curtas, estrutura robusta, enérgica e saudável, movimentava-se com vitalidade e falava com certeza e simplicidade, acentuando suas palavras com largos gestos das mãos. Diferenciava-se de sua mãe, Digna Ranquileo, no caráter jovial e na serenidade para emitir opiniões sem temor. Parecia mais velha, muito mais madura e desenvolvida que a outra Evangelina, a que ocupou seu destino por engano e morreu em seu lugar. O sofrimento acumulado em seus quinze anos de vida, longe de marcá-la com a resignação, dotou-a de vivacidade. Ao sorrir, seu rosto de feições rudes se transformava e resplandecia. Era suave e carinhosa com sua mãe adotiva, a quem tratava com ar protetor, como se desejasse preservá-la de novas dores. Juntas tomavam conta de um minúsculo local onde vendiam os produtos de sua horta.

Sentada num tamborete de vime, Evangelina contou sua história. Sua família foi mais castigada que outras, porque pouco depois da primeira batida a polícia lhes caiu em cima. Nos anos posteriores, os filhos sobreviventes comprovaram como era inútil procurar os que lhes foram levados e como era perigoso falar deles. Mas a menina possuía uma alma indômita. Ao saber do descobrimento dos corpos na mina des Los Riscos, teve a esperança de conseguir notícias de seu pai e de seus irmãos adotivos; por isso recebeu a jornalista desconhecida e se dispôs a falar. Sua mãe, ao contrário, se manteve afastada e em silêncio, observando Irene com desconfiança.

— Os Flores não são meus pais, mas me criaram, por isso gosto deles como se fossem — explicou a jovem.

Podia estabelecer a data da aparição da desgraça em sua vida. Um dia de outubro, cinco anos atrás, entrou pelo caminho do loteamento um jipe da guarda e estacionou diante da casa. Iam prender Antonio Flores. A Pradelio Ranquileo coube cumprir a ordem. Bateu na porta vermelho de vergonha, porque a essa família o uniam os laços do destino, tão fortes como os de sangue. Respeitosamente explicou que se tratava de um interrogatório de rotina, permitiu que o prisioneiro vestisse um pulôver e sem tocá-lo o conduziu até o veículo. A senhora Flores e seus filhos puderam ver o patrão do vinhedo Los Aromos sentado ao lado do assento do motorista e estranharam, porque nunca haviam tido problemas com ele, nem sequer durante a época tumultuada da reforma agrária; por isso não podiam imaginar o motivo dessa denúncia. Depois que levaram Antonio Flores, acudiram os vizinhos para consolar a família e a casa se encheu de gente. Houve muitas testemunhas quando meia hora mais tarde apareceu uma caminhonete repleta de guardas armados. Desceram com manobras de combate e gritos de ataque, para prender os quatro irmãos maiores. Golpeados, meio aturdidos, arrastados, colocaram-nos no veículo e deles não restou senão uma poeirada no caminho. Os que viram o que ocorreu ficaram atônitos diante dessas demonstrações de brutalidade, porque nenhum dos irmãos tinha antecedentes políticos e seu único erro conhecido consistia em terem se filiado ao sindicato. Um deles nem sequer vivia na região, trabalhava como operário da construção na capital e nesse dia visitava seus pais. Os camponeses pensaram que era um engano e ficaram sentados à espera de que os devolvessem. Podiam identificar os guardas, conheciam todos por seus nomes, haviam nascido na região e frequentado a mesma escola. Pradelio Ranquileo não fazia parte do segundo grupo e pensaram que o haviam deixado vigiando Antonio Flores na Delegacia. A ele se dirigiram mais tarde para fazer-lhe algumas perguntas, fora de seu período de serviço, mas não puderam esclarecer nada, porque era impossível tirar uma palavra do filho mais velho dos Ranquileo.

— Até então nossa vida era tranquila. Éramos gente trabalhadora e nada nos faltava. Meu pai tinha um bom cavalo e estava economizando para comprar um trator. Mas a autoridade nos caiu em cima e tudo isso mudou — disse Evangelina Flores.

— A desgraça se leva no sangue — murmurou a Senhora Flores, pensando nessa mina maldita onde talvez houvesse seis dos seus.

Elas os procuraram. Durante meses fizeram a peregrinação obrigatória daqueles que seguiam o rasto de seus desaparecidos. Foram de um lado a outro perguntando inutilmente e só receberam o conselho de considerá-los mortos e assinar uma declaração legal, assim teriam direito a auxílio de orfandade e viuvez. Pode encontrar outro marido, senhora, a senhora ainda é bem apessoada, lhe diziam. Os trâmites eram longos, incômodos e caros. Consumiram todas as suas economias e se endividaram. Os papéis se perdiam nos escritórios da capital e com o passar do tempo sua esperança foi se esfumando como um desenho antigo. Os filhos que ficaram vivos tiveram de abandonar a escola e buscar trabalho nas propriedades vizinhas, mas não os aceitavam porque estavam marcados. Empacotaram seus míseros bens e partiram por vários caminhos em busca de outros lugares onde ninguém conhecesse seu infortúnio. A família se dispersou e com o correr dos anos só ficou com a Senhora Flores uma menina trocada. Evangelina tinha dez anos quando prenderam seu pai e seus irmãos adotivos. Cada vez que fechava os olhos voltava a ver esse instante quando os arrastavam sangrando. Perdeu o cabelo, emagreceu, caminhava enquanto dormia e parecia flutuar senil quando estava acordada, atraindo a zombaria de outras crianças na escola. Pensando na conveniência de tirá-la desse lugar cheio de más recordações, a Senhora Flores mandou-a para outro povoado, à casa de um tio, próspero comerciante de lenha e carvão, que podia lhe oferecer melhor condição de vida, mas a menina não pôde suportar a falta de amor e seu estado piorou. Levaram-na de volta ao que restava de seu lar. Por um longo tempo nada pôde consolá-la, mas quando completou doze anos e teve sua primeira menstruação, repeliu definitivamente a tristeza, amadureceu de repente e certa manhã despertou transformada em mulher. Foi sua a ideia de vender o cavalo e montar uma barraca de verduras no mercado de Los Riscos e foi também sua a decisão de não continuar enviando comida, roupa e dinheiro por intermédio dos militares a seus parentes perdidos, já que nesse tempo todo não houve provas de que se encontravam vivos. A jovem trabalhava dez horas por dia vendendo e transportando hortaliças e frutas e, nas seis restantes, antes de cair extenuada na cama, estudava nos cadernos preparados pela professora como um favor especial. Não voltou a chorar e começou a falar no passado em relação ao pai e aos irmãos, para pouco a pouco habituar sua mãe à ideia de não vê-los nunca mais.

Quando abriram a mina, ela estava atrás dos soldados com sua tarja negra atada ao braço, perdida na multidão. Viu de longe os grandes sacos amarelos e apertou os olhos para distinguir algum indício. Alguém lhe falou da impossibilidade de identificar os restos sem um estudo das arcadas dentárias e de cada pedaço de osso ou de roupa encontrados, mas ela estava certa de que, se pudesse vê-los de perto, seu coração lhe indicaria se eram eles.

— Pode me levar até onde eles estão guardados agora? — pediu a Irene Beltrán.

— Farei o possível, mas não é fácil.

— Por que não nos devolvem os nossos? Só queremos um túmulo para que descansem tranquilos, para colocar flores, rezar, acompanhá-los no dia de todos os mortos...

— Você sabe quem prendeu seu pai e seus irmãos? — perguntou Irene.

— O Tenente Juan de Dios Ramírez e nove homens de seu batalhão — respondeu sem vacilar Evangelina Flores.

Trinta horas depois da morte do Sargento Faustino Rivera, Irene foi baleada na porta da editora. Saía de seu trabalho, já tarde, quando um carro estacionado na calçada em frente pôs o motor em marcha, acelerou e passou a seu lado como um vento fatídico, disparando uma rajada de metralhadora antes de se perder no tráfego. Irene sentiu um golpe terrível no centro de sua vida e não soube o que havia acontecido. Desmaiou sem um grito. Todo o ar se esvaziou de sua alma e a dor a avassalou inteiramente. Teve um instante de lucidez no qual conseguiu apalpar o sangue crescendo a sua volta, em um charco incontrolável e em seguida mergulhou no sonho.

O porteiro e outras testemunhas do fato tampouco se deram conta do ocorrido. Ouviram os disparos e não souberam identificá-los, pensando numa explosão de motor ou na passagem de um avião, mas ao vê-la cair correram para socorrê-la. Dez minutos mais tarde Irene era levada numa ambulância com as sirenes ligadas e as luzes acesas. Tinha inúmeras perfurações de bala no ventre por onde se lhe escapava a vida aos borbotões.

Francisco Leal soube por acaso, duas horas mais tarde, quando ligou para sua casa para convidá-la a jantar, porque haviam passado vários dias sem se encontrar a sós e o amor já o afogava. Chorando ao telefone, Rosa lhe comunicou a notícia. Esta foi a noite mais longa de sua vida. Passou-a sentado junto a Beatriz num banco no corredor da clínica, diante da porta de Terapia Intensiva, onde sua amada deambulava perdida nas sombras da agonia. Depois de várias horas na sala de operações, ninguém imaginava que sobreviveria. Ligada a meia dezena de tubos e cabos, aguardava sua morte.

Os cirurgiões haviam feito um corte longitudinal e percorrido suas vísceras, descobrindo depois de cada ponto um novo orifício para costurar. Ministraram-lhe litros de sangue e soro, encheram-na com antibióticos e por fim a crucificaram sobre uma cama com o suplício permanente das sondas, mantendo-a adormecida na névoa da inconsciência para que suportasse seu martírio. Com a cumplicidade do médico de plantão, compadecido por tanta dor, Francisco pôde vê-la por alguns minutos. Estava nua, transparente, flutuando na luz difusa e branca da sala, com um respirador ligado a um tubo traqueal, cabos que a uniam a um monitor cardíaco onde um sinal quase imperceptível mantinha a esperança, várias agulhas em suas veias, tão pálida como o lençol, com duas luas roxas nos olhos e uma massa compacta de bandagens no ventre por onde surgiam tentáculos dos drenos abdominais. Um grito mudo se atravessou no peito de Francisco e ali permaneceu por muito tempo.

— É culpa sua! Desde que você apareceu na vida de minha filha começaram os problemas! — acusou-o Beatriz logo que o viu.

Estava aniquilada, fora de controle. Francisco teve por ela um impulso de simpatia, porque pela primeira vez a via sem artifícios, em carne viva, sólida, humana, doída, próxima. A senhora se deixou cair num banco e chorou até esvaziar todas as suas lágrimas. Não entendia o que acontecera. Desejava crer que era um ato de delinquência comum, como assegurou a polícia, porque não suportava a ideia de que pudessem perseguir sua filha por razões políticas. Não tinha a menor ideia de sua participação na descoberta dos corpos na mina e não queria imaginá-la envolvida em assuntos suspeitos contra a autoridade. Francisco foi buscar duas xícaras de chá e se sentaram juntos a bebê-las em silêncio, unidos pela mesma sensação de naufrágio.

Como tantos outros durante o governo anterior, Beatriz Alcántara havia saído à rua batendo panelas em sinal de protesto. Foi favorável ao Golpe Militar porque lhe parecia mil vezes preferível a um regime socialista e, quando lançaram o bombardeio aéreo no antigo Palácio dos Presidentes, ela abriu uma garrafa de champanhe para celebrá-lo. Ardia de fervor patriótico, mas seu entusiasmo não a atingiu a ponto de doar as joias ao fundo de reconstrução nacional, pois temia que elas servissem para enfeitar as esposas de coronéis, como fofocavam as más línguas. Acomodou-se ao novo sistema como se houvesse nascido nele e aprendeu a não mencionar o que era melhor não saber. A ignorância lhe era indispensável para a paz da alma. Nessa noite nefasta na clínica, Francisco quase chegou a lhe falar de Evangelina Ranquileo, dos mortos de Los Riscos, das milhares de vítimas e de sua própria filha, mas teve pena. Não quis aproveitar esse momento no qual estava transtornada, para destruir-lhe os esquemas que até então a sustentaram. Limitou-se a perguntar por Irene, pelos seus anos de infância e adolescência, deleitando-se com as pequenas histórias, solicitando detalhes mínimos, com a curiosidade dos apaixonados por tudo o que se refere à pessoa escolhida. Falaram do passado e entre confidências e lágrimas passaram-se as horas.

Duas vezes durante aquela noite de tormentos, Irene esteve tão perto da morte que devolvê-la ao mundo dos vivos foi uma proeza. Enquanto os médicos se desdobravam ao seu redor para reativar seu coração com descargas elétricas, Francisco Leal sentiu que sua razão se ia e retrocedia à idade mais antiga, à caverna, à escuridão, à ignorância, ao terror. Viu forças maléficas arrastando Irene para as sombras e pensou, desesperado, que só a magia, o acaso ou uma intervenção divina impediria sua morte. Desejou rezar, mas as palavras aprendidas na infância pela boca de sua mãe não vieram à sua memória. Transtornado, tentou resgatá-la através da força de sua paixão. Exorcizou a fatalidade com a recordação de seu gozo, opondo às trevas da agonia a luz de seu encontro. Implorou por um milagre, para que sua própria saúde, seu sangue e sua alma passassem a ela e a ajudassem a viver. Reiterou seu nome mil vezes, suplicando que não se desse por vencida e continuasse lutando; falou-lhe em segredo do banco do corredor; chorou abertamente e se sentiu esmagado pelo peso dos séculos esperando-a, buscando-a, desejando-a, amando-a, recordando suas sardas, seus pés inocentes, o orgulho de suas pupilas, o aroma de sua roupa, a seda de sua pele, a linha de sua cintura, o cristal de seu sorriso e o tranquilo abandono com que repousava em seus braços depois do prazer. E assim ficou como um insensato murmurando entre dentes e sofrendo sem consolo, até que apareceram as luzes da aurora, a clínica despertou, ouviu os ruídos das portas ao baterem, os elevadores, os passos das sapatilhas, os instrumentos batendo nas bandejas metálicas e o som de seu próprio coração desenfreado; sentiu então a mão de Beatriz Alcántara na sua e lembrou de sua presença. Olharam-se extenuados. Ela tinha o rosto desfeito, nada restava de sua maquiagem e eram visíveis as finas cicatrizes de sua cirurgia plástica, seus olhos estavam inchados, o cabelo escorrido de suor e a blusa amassada.

— Você a ama, filho? — perguntou.

— Muito — respondeu Francisco Leal.

Então se abraçaram. Por fim descobriam uma linguagem comum.

Por três dias Irene Beltrán andou pelas fronteiras da morte, ao final dos quais emergiu da inconsciência suplicando com o olhar que a deixassem lutar com seus próprios meios ou morrer com dignidade. Tiraram-lhe o respirador e pouco a pouco se estabilizaram o ar em seus pulmões e o ritmo do sangue em suas veias, então a transferiram para um quarto onde Francisco Leal pôde ficar a seu lado. A jovem estava mergulhada no torpor das drogas, perdida na bruma dos pesadelos, mas reconhecia sua presença e, quando ele se afastava, o chamava com voz débil e desvalida como um recém-nascido.

Nessa tarde apareceu Gustavo Morante na clínica. Soubera ao ler a coluna policial, onde foi publicada a notícia com muito atraso, entre outros fatos sangrentos, atribuindo o atentado a delinquentes comuns. Só Beatriz Alcántara se aferrou a essa versão do ocorrido, assim como considerou que a invasão a sua casa era uma extravagância da polícia. O capitão, no entanto, não teve dúvidas. Conseguiu licença para viajar da guarnição onde estava designado, para visitar sua antiga noiva. Apresentou-se vestido de civil, obediente a uma recomendação do Alto Comando, que não desejava fardas na rua para evitar a impressão de um país ocupado. Bateu na porta do quarto e Francisco a abriu, surpreso por vê-lo. Mediram-se com os olhos, averiguando cada um as intenções do outro, até que um suspiro da doente os atraiu precipitadamente para seu lado. Irene estava imóvel sobre a cama alta, como uma donzela de mármore branco esculpida em seu próprio sarcófago. Só a folhagem viva do seu cabelo mantinha a luz. Seus braços estavam marcados pelas agulhas e sondas, respirava mal, tinha os olhos fechados e através de suas pálpebras luziam sombras escuras. Gustavo Morante sentiu uma descarga de horror que o percorreu inteiro e o deixou trêmulo, ao ver essa mulher, cujo frescor o apaixonara, reduzida a um pobre corpo dilacerado a ponto de se evaporar no ar irreal do quarto.

— Ela viverá? — balbuciou.

Há muitos dias e noites Francisco Leal a velava e se habituara a decifrar os mais leves sinais de melhora, contava seus suspiros, media seus sonos, observava seus gestos fugazes. Estava eufórico porque ela respirava sem ajuda de uma máquina e podia mover com leveza as pontas dos dedos, mas deu-se conta de que para o capitão — ausente quando ela agonizava — essa visão era um golpe desapiedado. Esqueceu por completo que o outro era um oficial do Exército e só pôde vê-lo como um homem sofrendo pela mulher que ele também amava.

— Quero saber o que aconteceu — pediu Morante inclinando a cabeça, descomposto.

E Francisco Leal lhe contou, sem omitir sua própria participação na descoberta dos cadáveres, esperando que o amor por Irene superasse a lealdade ao uniforme. No mesmo dia do atentado vários homens armados invadiram a casa da jovem, revirando tudo que encontraram em seu caminho, dos colchões que abriram a faca, até os frascos de cosméticos e os recipientes da cozinha jogados no chão. Levaram seu gravador, suas anotações, sua agenda e uma caderneta de endereços. Antes de partirem, atiraram gratuitamente em Cleo, abandonando-a agonizante numa poça de sangue. Beatriz não estava lá, porque nesse momento velava sua filha moribunda no corredor da clínica. Rosa tentou detê-los, mas recebeu uma coronhada no peito que a deixou sem voz e sem ar até que partiram, então pegou a cachorra em seu avental e a embalou para que morresse acompanhada. Os homens deram uma vistoria rápida em A Vontade de Deus, semeando o pânico entre os hóspedes e as enfermeiras, mas se retiraram apressadamente ao compreender que esses idosos aterrorizados estavam à margem da vida e portanto também da política. Na manhã seguinte invadiram a sede da revista e vasculharam tudo que se achava no escritório de Irene Beltrán, inclusive a fita de sua velha máquina de escrever e o papel-carbono usado. Francisco também contou ao capitão sobre Evangelina Ranquileo, a morte sem explicação do Sargento Rivera, o desaparecimento de Pradelio e a família Flores, os massacres de camponeses, o Tenente Juan de Dios Ramírez e tudo o mais que lhe veio à mente, pondo de lado a prudência que carregou como uma segunda pele durante vários anos. Esvaziou a raiva acumulada em tanto tempo de silêncio e lhe mostrou a outra face do governo — a que o oficial não via porque se achava fora do cerco — sem esquecer os torturados, os mortos, os pobres irremediáveis e os ricos repartindo entre si a pátria como um negócio a mais, enquanto o capitão, pálido e mudo, escutava o que jamais teria tolerado que se dissesse em sua presença.

Na mente de Morante se chocavam violentamente as palavras de Francisco com outras aprendidas em seus cursos de guerra. Pela primeira vez se encontrava junto às vítimas do regime, não entre os que exerciam o poder absoluto, e lhe tocava sofrê-lo onde mais o feria, nessa jovem adorada, imóvel entre os lençóis, cuja imagem estremecia sua alma como um sino repicando sem vida. Não havia deixado de amá-la nem um só momento ao longo de sua vida, e nunca a amou tanto como nesse momento, quando já a havia perdido. Recordou esses anos crescendo juntos e seus planos de se casar e fazê-la feliz. Silenciosamente lhe foi dizendo tudo aquilo que não tiveram oportunidade de falar antes. Censurou-lhe sua falta de confiança nele, por que não lhe contou? Ele a teria ajudado e com suas próprias mãos teria aberto o maldito túmulo, não só para acompanhá-la, mas também pela honra das Forças Armadas. Esses crimes não podiam ficar impunes, porque então a sociedade iria para o diabo e não teria sentido haver tomado as armas para derrubar o governo anterior acusando-o de ilegalidade, se eles mesmos exerciam o poder fora de toda lei e moral. Os responsáveis por essas irregularidades são alguns oficiais que deviam ser castigados, mas a pureza da instituição está intacta, Irene, em nossas fileiras há muitos homens como eu, dispostos a lutar pela verdade, a remover escombros até tirar todo o lixo e a morrer pela pátria, se for necessário. Você me traiu, amor, talvez nunca tenha me amado como eu a você, e por isso me deixou sem me dar oportunidade de provar que não sou cúmplice dessas barbaridades, tenho as mãos limpas, sempre agi com boa intenção, você me conhece; estive no Polo Sul durante o Pronunciamento, meu trabalho são os computadores, os quadros-negros, os arquivos confidenciais, a estratégia, não disparei a arma de serviço exceto nos treinamentos de tiro. Acreditava que o país necessitava de um recesso político, de ordem e disciplina para vencer a miséria. Como ia imaginar que o povo nos odeia? Eu te disse muitas vezes, Irene, este processo é duro, mas superaremos a crise. Embora eu já não esteja tão certo, talvez seja a hora de voltar aos quartéis e restabelecer a democracia. Onde estava eu que não vi a realidade? Como não me disse isto a tempo? Não era necessário levar uma rajada de balas para me abrir os olhos, você não tinha que ir, deixando-me este amor desmedido e a vida futura para vivê-la sem você. Desde pequena você perseguia a verdade, por isso te amo tanto e por isso mesmo agora você está aqui morrendo calada.

O capitão ficou um longo tempo observando Irene. A luz da janela se dissipou e o quarto mergulhou suavemente na penumbra, desfazendo o contorno das coisas e transformando a jovem numa mancha leve sobre a cama. Morante estava se despedindo, convencido de que nunca amaria ninguém como a ela, e reunindo forças para a tarefa a enfrentar. Inclinou-se para beijar seus lábios gretados, detendo-se na carícia, gravando em sua lembrança esse rosto atormentado, aspirando o odor de medicamentos de sua pele, adivinhando a forma delicada de seu corpo, roçando esses cabelos rebeldes. Quando saiu, o Noivo da Morte tinha os olhos secos, o olhar duro e o coração decidido. Ele a amaria para sempre e não voltaria a vê-la nunca mais.

— Não a deixem só, porque virão acabar com ela. Já não posso protegê-la. É preciso tirá-la daqui e escondê-la — foi tudo o que disse.

— Está bem — respondeu Francisco.

Apertaram-se as mãos com firmeza, longamente.

* * *

A melhora de Irene foi muito lenta, parecia que jamais se restabeleceria de todo, sofria grandes dores. Francisco se apoderou de seu corpo para cuidar dele com o mesmo empenho antes destinado a dar-lhe prazer. Não se afastava de seu lado durante o dia e à noite deitava-se num sofá junto à cama. Normalmente tinha o sono tranquilo e pesado, mas nesse tempo aperfeiçoou o ouvido como animal furtivo. Despertava alerta ao escutar uma mudança de sua respiração, um movimento, um queixume.

Nessa semana deixaram de alimentá-la pelas veias e tomou um prato de caldo. Francisco o deu a colheradas com a alma partida. Ao notar sua ansiedade, ela sorriu como não o havia feito há muito tempo, com esse gesto sedutor que o cativara desde o instante em que a conhecera. Enlouquecido de alegria, saiu pulando pelos corredores da clínica, correu para a rua, cruzou ziguezagueando pelos carros e se deixou cair sobre a relva da praça. Rompido o dique da emoção contida por tantos dias, ria e chorava sem disfarce diante do olhar assombrado de babás e aposentados que a essa hora passeavam ao sol. Sua mãe foi até lá buscá-lo para compartilhar sua felicidade. Hilda passava muitas horas tricotando silenciosa junto à doente e acomodando pouco a pouco seu espírito à ideia de que também seu filho mais novo partiria, porque nunca mais seria igual a vida para ele nem para a mulher que amava. De sua parte, o Professor Leal levou seus concertos a Irene para encher-lhe o quarto com música e devolver-lhe a alegria de viver. Visitava-a todos os dias e se sentava para contar-lhe histórias felizes, sem mencionar jamais a guerra da Espanha, sua passagem pelo campo de concentração, a dureza do exílio nem outros temas penosos. Seu carinho por ela lhe bastava até para tolerar Beatriz Alcántara, sem perder o bom humor.

Pouco depois Irene deu alguns passos, apoiada por Francisco. A palidez de seu rosto dava a medida de seu mal-estar, mas pediu que lhe reduzissem os calmantes, porque precisava recuperar a clareza de pensamento e o interesse pelo mundo.

Francisco chegou a conhecer Irene tanto quanto a si mesmo. Nessas longas noites de insônia, contaram-se suas vidas. Não lhes restou nem uma recordação do passado, nem um sonho do presente, nem um plano para o futuro sem ser compartilhado. Entregaram-se todos os seus segredos, abandonaram-se para além dos limites físicos, entregando também o espírito. Ele a lavava com uma esponja, massageava-a com água de colônia, penteava seus cabelos para desenredar os cachos rebeldes, movimentava-a para mudar os lençóis, dava-lhe de comer, adivinhava suas menores urgências. Em cada pequeno serviço, em cada gesto, em cada olhar, recebia-a e fazia-a sua. Nunca percebeu nela um resquício de pudor, dava-lhe sem reservas seu corpo atormentado pelas misérias da enfermidade. Irene precisava dele como do ar e da luz; reclamava-o, parecia-lhe natural tê-lo a seu lado dia e noite. Se ele saía do quarto, ela fixava os olhos na porta esperando-o. Se uma dor a incomodava, procurava sua mão e murmurava seu nome pedindo ajuda. Abriram todas as suas comportas e isso criou entre ambos um vínculo indissolúvel, que os ajudava a suportar o medo, que se instalara em suas vidas como uma presença maldita.

Assim que Irene teve autorização para receber visitas, apareceram seus amigos da revista. Chegou a astróloga envolta numa túnica teatral, com suas negras madeixas caindo pelos ombros e um misterioso frasco de presente.

— Esfreguem-na dos pés à cabeça com esse unguento. É um remédio infalível contra a debilidade do corpo — recomendou.

Foi inútil explicar-lhe que a causa dessa prostração eram balas de metralhadora. Insistiu em culpar o zodíaco: Escorpião chama a sua morte. Tampouco adiantou lembrar-lhe de que Irene não era desse signo.

Na clínica se apresentaram jornalistas, diagramadores, desenhistas, rainhas da beleza e também a faxineira com saquinhos de chá e um pacote de açúcar para a doente. Nunca pusera antes os pés numa clínica particular e acreditou necessário cooperar com algum alimento, pensando que ali os pacientes passavam fome, como nos hospitais dos pobres.

— Assim dá gosto morrer, senhorita Irene — exclamou a mulher deslumbrada diante do quarto ensolarado, das flores sobre a mesa e da televisão.

Os hóspedes de A Vontade de Deus em condições de se movimentar se revezaram para ir vê-la, acompanhados pelas enfermeiras. A ausência da jovem foi sentida na casa geriátrica como uma prolongada falta de luz.

Os idosos adoeceram esperando seus bombons, suas cartas, suas brincadeiras. Ficaram a par de sua desgraça, mas alguns a esqueceram imediatamente, porque não podiam reter as más notícias em suas mentes fugidias. Josefina Bianchi foi a única a compreender exatamente o ocorrido. Insistiu em ir com frequência à clínica, levando sempre um mimo para Irene: uma flor do jardim, um antigo xale de seus baús, um verso escrito com sua elegante letra inglesa. Aparecia flutuando em tules pálidos ou em rendas estrangeiras, perfumada a rosas, diáfana como um fantasma de outro tempo. Surpresos, os médicos e enfermeiros paravam suas atividades para vê-la passar.

No dia seguinte ao que Irene foi baleada, antes que fosse publicada na imprensa, a notícia chegou por caminhos secretos ao ouvido de Mario. Apresentou-se imediatamente para oferecer sua ajuda. Foi o primeiro a se dar conta de que a clínica estava vigiada. Dia e noite um carro de vidros escuros se postava na rua e, perto da entrada do edifício, rondavam impassíveis os agentes da polícia secreta, inconfundíveis em suas novas aparências de jeans, camisa esportiva e jaqueta de couro falso em que sobressaíam as armas. Apesar de sua presença, Francisco atribuiu o atentado a grupos paramilitares ou ao próprio Tenente Ramírez, porque se houvesse uma ordem oficial para eliminar Irene, simplesmente teriam entrado chutando portas até mesmo na sala de cirurgia para matá-la. Em compensação, essa vigilância dissimulada indicava que não podiam se dar ao luxo de agir com estardalhaço e preferiam aguardar o momento oportuno para acabar seu serviço. Mario havia adquirido experiência nesses assuntos durante suas tarefas clandestinas e tratou de elaborar um plano de fuga para Irene no mesmo instante em que ela pudesse se levantar.

Mas Beatriz Alcántara insistia que a saraivada que esteve a ponto de acabar com sua filha era destinada a outra pessoa.

— São coisas de gangue — dizia. — Quiseram matar um delinquente e as balas feriram Irene.

Passou dias telefonando para suas amizades para lhes dar sua versão dos fatos. Não desejava que houvesse a menor dúvida sobre sua filha. Aproveitou para lhes dar notícias de seu marido, a quem, por fim, depois de vários anos de busca e tantos tormentos íntimos, os detetives conseguiram localizar na vasta extensão do mundo. Eusebio Beltrán, cansado da enorme mansão, das censuras de sua mulher, da carne de ovelha e da pressão de seus credores, partiu nessa tarde e depois de andar um pouco compreendeu que ainda lhe restavam muitos anos de vida e que não era tarde para recomeçar. Seguindo o impulso de seu espírito aventureiro, partiu para o Caribe com um chamativo nome falso e pouco dinheiro no bolso, mas o cérebro cheio de ideias magníficas. Por um tempo viveu como cigano e em alguns momentos chegou a temer que a febre do esquecimento o tragasse. No entanto, seu bom olfato para detectar fortuna o transformou num homem rico por meio de sua máquina de colher cocos. Esse aparelho extravagante, que tão pouco tinha de científico quando o desenhou, entusiasmou um milionário local. Em pouco tempo as regiões tropicais estavam cheias de derruba-cocos sacudindo palmeiras com seus tentáculos articulados e Beltrán pôde se dar novamente àqueles luxos perturbadores aos quais estava acostumado e que só os ricos podem comprar. Era feliz. Amancebou-se com uma moça trinta anos mais nova, morena e bunduda, sempre disposta ao prazer e ao riso.

— Legalmente este desgraçado continua sendo meu marido. Tirarei dele até o ar que respira, para isso existem bons advogados — assegurava Beatriz Alcántara a suas amigas, mais preocupada com a forma de dar o troco a esse inimigo escorregadio que com a saúde da filha. Sentia-se satisfeita por provar que Eusebio Beltrán era um sem-vergonha, mas de modo algum um esquerdista, como afirmavam seus caluniadores.

Beatriz não se pôs a par dos acontecimentos do país porque na imprensa só lia as notícias agradáveis. Não soube que identificaram os cadáveres da mina de Los Riscos através do estudo das arcadas dentárias e de outros sinais específicos. Pertenciam a camponeses da região, presos pelo Tenente Ramírez pouco depois do Golpe Militar, e a Evangelina Ranquileo, a quem eram atribuídos pequenos milagres. Ignorou o clamor público que sacudiu a nação apesar da censura e que percorreu os dois hemisférios, pondo outra vez em primeiro plano o tema dos desaparecidos sob as ditaduras latino-americanas. Foi a única que, ao escutar de novo o bater das panelas ressoando em diferentes bairros da cidade, acreditou que apoiavam a ação dos militares, como nos tempos do governo anterior, incapaz de compreender que o povo se valia do mesmo recurso contra os que o inventaram. Quando ouviu comentar que um grupo de juristas defendia os familiares dos mortos numa ação contra o Tenente Ramírez e seus homens por delitos de invasão, sequestro, pressões ilegítimas e homicídios qualificados, apontou o Cardeal como responsável por essa monstruosidade e opinou que o papa deveria destituí-lo, porque o campo de ação da Igreja deve ser só espiritual e em nenhum caso se estende aos sórdidos acontecimentos terrenos.

— Acusam esse pobre tenente pelos assassinatos, Rosa, mas ninguém pensa que ajudou a nos libertar do comunismo — comentou a senhora nessa manhã na cozinha.

— Mais cedo ou mais tarde, quem faz paga — respondeu Rosa imperturbável enquanto observava pela janela as primeiras flores do não-me-esqueças.

Levaram perante os tribunais o Tenente Juan de Dios Ramírez e vários homens de sua tropa. Novamente os crimes de Los Riscos foram notícia nos jornais, porque pela primeira vez desde o Golpe Militar compareciam diante de um juiz membros das Forças Armadas. Um sopro de alívio percorreu o país de ponta a ponta, as pessoas imaginaram uma fissura na monolítica organização que exercia o poder e sonharam com o fim da ditadura. Entretanto, o General, imperturbável, colocava a pedra inaugural no monumento dos Salvadores da Pátria, sem que aparecessem suas intenções ocultas atrás dos óculos escuros. Não respondia às cautelosas perguntas dos repórteres e fazia um gesto de menosprezo se o assunto era mencionado em sua presença. Quinze cadáveres numa mina não justificavam tanto escarcéu. E quando surgiram outras denúncias e apareceram novos túmulos, fossas comuns nos cemitérios, sepulcros nas estradas, bolsas no litoral arrastadas pelas ondas, cinzas, esqueletos, pedaços humanos e até corpos de crianças com uma bala entre os olhos — acusadas de mamar no peito materno doutrinas estrangeiras, nocivas à soberania nacional e aos mais altos valores da família, da propriedade e da tradição —, deu de ombros tranquilamente, porque a pátria vem antes de tudo e a História que me julgue.

— E o que fazemos com a confusão que está se armando, meu General?

— O de sempre, Coronel — respondeu de sua sauna, três andares abaixo da terra.

A declaração do tenente em juízo foi publicada em grandes manchetes e serviu para Irene Beltrán recuperar de repente os desejos de viver e de lutar.

O chefe da Delegacia de Los Riscos manifestou diante da Corte que, pouco depois do Pronunciamento, o patrão da propriedade Los Aromos acusou a família Flores de constituir um perigo para a segurança nacional, porque estava vinculada a um partido de esquerda. Eram ativistas e planejavam um ataque ao quartel, por isso fui prendê-los, Sua Excelência. Prendi cinco membros dessa casa e mais nove indivíduos por culpas diversas, desde a posse de armas até o uso de maconha. Orientei-me por uma lista encontrada em poder de Antonio Flores. Também achei um mapa da Delegacia, prova de suas más intenções. Nós os interrogamos de acordo com os procedimentos costumeiros e obtivemos sua confissão: haviam recebido instrução terrorista de agentes estrangeiros infiltrados no país pelas fronteiras marítimas, mas foram incapazes de dar detalhes e seus testemunhos me pareceram contraditórios, o senhor sabe como essa gente é, Excelência. Concluímos o interrogatório depois da meia-noite e então ordenei que os mandassem para o estádio da capital, usado nessa época como campo de prisioneiros. No último momento um dos presos pediu para falar comigo e assim soube que os suspeitos haviam incorrido no delito de ocultar armas numa mina abandonada. Coloquei-os no caminhão e os levei ao lugar indicado. Quando o caminho se tornou intransitável, descemos com os ativistas, que tinham os braços amarrados, sob estrita vigilância, e fizemos a marcha a pé. Ao avançar na escuridão fomos vítimas de um repentino ataque com armas de fogo proveniente de diferentes pontos, não tendo outra opção senão ordenar a meus homens que se defendessem. Não posso dar muitos detalhes porque estava escuro. Só lhe posso assegurar que houve uma abundante troca de tiros durante vários minutos, ao fim dos quais cessou o tiroteio e pude reorganizar minha tropa. Iniciamos a busca dos presos pensando que teriam escapado, mas os vimos por terra, todos mortos, espalhados aqui e ali. Não posso determinar se morreram atingidos pelos nossos projéteis ou pelos dos que nos atacavam. Depois de pensar muito, resolvi fazer o mais acertado, a fim de evitar represálias contra meus homens e suas famílias. Escondemos os corpos na mina e ato contínuo fechamos a entrada com escombros, pedras e terra. Não efetuamos obra de alvenaria, de modo que sobre esse tema não posso declarar. Uma vez fechada a entrada, concordamos em guardar o segredo. Aceito minha responsabilidade como chefe do grupo e devo esclarecer que não houve feridos entre o pessoal a meu cargo, somente arranhões de menor gravidade por nos arrastarmos em terreno escarpado. Ordenei que se fizessem diligências nos arredores em busca daqueles que nos atacaram, mas não encontramos seus rastos e tampouco cápsulas das balas. Admito haver faltado com a verdade ao escrever em meu relato que os prisioneiros foram remetidos à capital, mas repito que o fiz para proteger meus homens de uma eventual vingança. Nessa noite faleceram catorze indivíduos. Eu me surpreendo que mencionem também uma cidadã supostamente chamada Evangelina Ranquileo Sánchez. Ela esteve detida na Delegacia de Los Riscos durante algumas horas, mas foi posta em liberdade como consta no Livro de Guarda. É tudo que posso dizer, senhor juiz.

Esta versão do ocorrido gerou tanto na Corte quanto na opinião pública a mesma incredulidade. Como era impossível aceitá-la sem fazer papel de ridículo, o juiz se declarou incompetente e o julgamento passou a um tribunal militar. Entre seus lençóis de convalescente, Irene Beltrán viu se afastarem as possibilidades de castigar os culpados e pediu a Francisco para ir imediatamente até A Vontade de Deus.

— Leve este recado meu para Josefina Bianchi — suplicou a jovem. — Ela guarda algo importante para mim e, se se salvou da invasão, ela te entregará.

Mas ele não pensava em deixá-la sozinha e diante de sua insistência lhe contou que os vigiavam. Até esse momento lhe ocultara, para não assustá-la mais, mas percebeu que ela já o sabia, pois não deu sinais de surpresa. Em seu íntimo, Irene havia aceitado a morte como uma possibilidade próxima e compreendia que seria difícil iludi-la. Só quando apareceram Hilda e o Professor Leal para substituí-lo junto à enferma, Francisco partiu para visitar a anciã.

Rosa lhe deu boas-vindas movendo-se com muito custo porque tinha três costelas quebradas. Havia emagrecido e se sentia cansada. Conduziu-o através do jardim e ao passar lhe indicou a terra recém-revolvida onde enterrou Cleo, perto do túmulo do menino que caiu da claraboia.

Josefina Bianchi se encontrava em seu aposento recostada em almofadões. Vestia uma camisa de amplas mangas trabalhadas em bilro e festão, uma mantilha primorosa nos ombros e uma faixa na nuca sustentando seu cabelo de neve. Ao alcance de sua mão havia um espelho de prata lavrada e uma bandeja entulhada de frascos com pó de arroz, pincéis de pelo de marta, cremes de seráficas tonalidades, aspersórios de pena de cisne, grampos de osso e concha. Estava se maquiando, tarefa delicada que cumpria há sessenta e tantos anos, sem falhar um só dia. Na clara luz da manhã, seu rosto surgia como uma máscara japonesa na qual um pulso vacilante estampou o traço púrpura da boca. Suas pálpebras tremiam, azuis, verdes, prateadas, sobre a alva superfície empoada. Por breves instantes a velha atriz não reconheceu Francisco, mergulhada em um sonho remoto, talvez entre as bambolinas de um teatro antes de levantar o pano numa noite de estreia. Suas pupilas perdidas no passado vacilaram e lentamente seu espírito regressou ao presente. Sorriu e duas fileiras de perfeitos dentes artificiais rejuvenesceram sua expressão.

Durante os meses de amizade com Irene, Francisco aprendeu a conhecer as peculiaridades dos idosos e assim descobriu que o afeto é a única chave para se comunicar com eles, porque a razão é um labirinto onde se perdem com facilidade. Sentou-se na beirada da cama e acariciou a mão de Josefina Bianchi, acomodando-se ao seu tempo interior. Era inútil apressá-la.

Ela evocou a época esplêndida de sua existência, quando a plateia se enchia com seus admiradores e em seu camarim resplandeciam os buquês de flores, quando percorria o continente em turnês tumultuadas e eram necessários cinco carregadores para subir e descer sua bagagem dos barcos e trens.

— O que aconteceu, filho? — Onde estão o vinho, os beijos, o riso? Onde estão os homens que me amaram? E as multidões que me aplaudiram?

— Tudo está aqui, em sua memória, Josefina.

— Sou velha, mas não idiota. Percebo que estou só.

Notou a maleta da câmera fotográfica e quis posar para deixar uma recordação sua quando estivesse morta. Enfeitou-se com colares de falsos diamantes, laços de veludo, véus cor de malva, seu leque de plumas e um sorriso de outro século. Manteve a postura por uns minutos, mas se cansou bem rápido, fechou os olhos e se recostou respirando com dificuldade.

— Quando Irene volta?

— Não sei. Mandou-lhe este recado. Diz que a senhora guarda algo para ela.

A velha pegou o papel em seus dedos de renda e o apertou contra o peito sem o ler.

— Você é o marido de Irene?

— Não, sou seu namorado — respondeu Francisco.

— Menos mal! Então a você posso dizer. Irene é como um pássaro, não tem sentido de permanência.

— Eu tenho o suficiente para os dois — riu Francisco.

Ela concordou em lhe entregar três fitas gravadas que tinha escondidas em uma carteira de baile, bordada com miçangas. Irene nunca pôde explicar por que as confiou à atriz. A única razão para fazê-lo foi um impulso de generosidade. Não tinha como saber que tentariam assassiná-la e invadiriam sua casa e seu escritório procurando-as, mas suspeitava de seu valor como evidências. Passou-as à idosa para convertê-la em cúmplice de algo que ainda não era um mistério e dar-lhe um sentido a sua vida. Foi um gesto espontâneo como tantos outros que fazia aos hóspedes de A Vontade de Deus, tal como celebrar aniversários inexistentes, organizar jogos, inventar representações teatrais, dar presentes ou escrever cartas de familiares imaginários. Certa noite visitou Josefina Bianchi e a encontrou triste, murmurando que preferia morrer, pois já não tinha amor e ninguém precisava dela. Seu corpo se deteriorara no último inverno e ao se ver indisposta e envelhecida caía em frequentes depressões, embora jamais lhe faltassem a prudência e a memória. Irene quis lhe dar algo que desviasse sua atenção da solidão e a impelisse para outros interesses, por isso lhe passou as fitas avisando-a de sua importância e lhe pedindo que as escondesse. Esta missão encantou a velha dama. Enxugou as lágrimas e prometeu se manter viva e saudável para ajudá-la. Acreditou que guardava um segredo de amor. Assim, o que começou como uma brincadeira terminou realizando um propósito e as gravações não só se salvaram da curiosidade de Beatriz Alcántara, como também da inspeção policial.

— Diga a Irene que venha. Prometeu me ajudar na hora de minha morte — disse Josefina Bianchi.

— Não chegou ainda esse momento. A senhora pode viver muito mais, está sã e forte.

— Escute, menino, vivi como uma senhora e assim quero morrer. Sinto-me um pouco cansada. Preciso de Irene.

— Não poderá vir agora.

— O mal da velhice é que ninguém nos respeita, nos tratam como crianças teimosas. Fiz minha vida à minha maneira. Nada me faltou. Por que me privar de uma morte limpa?

Francisco lhe beijou as mãos com carinho e respeito. Ao sair viu os hóspedes no jardim atendidos pelas enfermeiras, decrépitos, solitários nas cadeiras de rodas, com seus xales de lã e suas mesquinharias, surdos, quase cegos, mumificados, sobrevivendo muito longe do presente e da realidade. Aproximou-se para se despedir. O coronel, com suas medalhas de latão penduradas ao peito, saudava como sempre o pavilhão nacional drapejando só para seus olhos. A viúva mais pobre do reino apertava em seu colo uma caixa de lata com algum mísero tesouro. O paralítico continuava esperando o correio por força do hábito, embora no fundo tenha imaginado desde o princípio que Irene inventava as respostas para lhe alegrar, enquanto ele fingia acreditar em suas mentiras piedosas para não embaraçá-la. Quando ela deixou de ir até A Vontade de Deus, ficou sem nada para sonhar. Outro idoso parou Francisco na porta.

— Olha, jovem, agora que estão abrindo túmulos, acredita que aparecerão meu filho, minha nora e o bebê?

Francisco Leal não soube responder e fugiu desse mundo de avôs patéticos.

As fitas gravadas por Irene Beltrán continham suas conversas com Digna e Pradelio Ranquileo, o Sargento Faustino Rivera e Evangelina Flores.

— Leve-as ao Cardeal para que as usem no julgamento dos guardas — pediu a Francisco.

— Sua voz está nelas, Irene. Se te identificam, será sua sentença de morte.

— Vão me matar de qualquer forma, se conseguirem. Você tem que entregá-las.

— Antes tenho que pôr você a salvo.

— Então chame Mario, porque esta tarde saio daqui.

Ao anoitecer, apareceu o cabeleireiro com sua célebre maleta das transformações e se fechou com eles no quarto da clínica, onde passou a lhes cortar e mudar a cor dos cabelos, modificar-lhes o arco das sobrancelhas, experimentar lentes, maquiagens, bigodes e toda espécie de artifícios de sua profissão, até convertê-los em seres diferentes. Os jovens se olharam assombrados, sem se reconhecerem sob essas máscaras, sorrindo incrédulos porque com essa nova aparência quase deveriam aprender a se amar desde o princípio.

— Você consegue andar, Irene? — perguntou Mario.

— Não sei.

— Vai ter que andar sem ajuda. Vamos, menina, ponha-se de pé...

Irene desceu lentamente da cama sem aceitar o braço de seus queridos. Mario lhe tirou a camisola de dormir, reprimindo uma exclamação diante do ventre coberto de bandagens e das manchas vermelhas de antisséptico no peito e nas coxas. Extraiu de sua poderosa maleta um recheio de espuma plástica para simular uma gravidez e o amarrou nos ombros e entre as pernas, porque ela não teria aguentado levá-lo atado à cintura. Em seguida vestiu-a com um traje maternal rosado, calçou-lhe sandálias de salto baixo e se despediu com um beijo de boa sorte.

Mais tarde Irene e Francisco saíram da clínica sem chamar a atenção do pessoal que os havia atendido durante esse tempo, passaram em frente ao veículo de vidros escuros estacionado na rua, caminharam sem pressa até a esquina e ali subiram no carro do cabeleireiro.

— Se esconderão em minha casa até que possam viajar — determinou Mario.

Conduziu-os a seu apartamento, abriu a porta de bronze e vidro, afastou os gatos angorá, ordenou ao cachorro que ficasse num canto e se inclinou com graciosa reverência para lhes dar boas-vindas, mas não chegou a completar o gesto, porque Irene caiu sobre o tapete sem um suspiro. Francisco a ergueu nos braços e seguiu seu anfitrião até o quarto que lhes fora destinado, onde uma cama larga com delicados lençóis de linho acolheu a doente.

— Você está arriscando a vida por nós — disse Francisco comovido.

— Preparei café, estamos todos precisando — respondeu Mario saindo.

Irene passou vários dias recuperando suas forças nesse ambiente refinado e tranquilo, onde Mario e Francisco se revezavam para cuidar dela. O dono da casa quis distraí-la com leituras frívolas, jogos de baralho e as intermináveis anedotas acumuladas em sua vida, histórias do salão de beleza, de seus amores, suas viagens e seus tormentos na época em que era só o filho repudiado de um mineiro. Quando notou que ela gostava dos animais, instalou em seu quarto o cachorro preto e os gatos, mudando de assunto se ela perguntava por Cleo, porque não desejava que ela soubesse de seu triste fim. Cozinhou para sua amiga dietas de doente, velou seu sono e auxiliou Francisco nos curativos. Fechou as janelas do apartamento, correu as pesadas cortinas, escondeu os jornais e desligou a televisão para que a desordem do exterior não a perturbasse. Se soavam as sirenes dos carros policiais, passavam zumbindo os helicópteros como pássaros pré-históricos, soavam ao longe as batidas de panelas ou o tiroteio das metralhadoras, aumentava o volume da música para que não os ouvisse. Dissolvia barbitúricos em sua sopa para obrigá-la a descansar e se abstinha de mencionar em sua presença os acontecimentos que convulsionavam a paz de opereta da ditadura.

Foi Mario que levou a Beatriz Alcántara a notícia de que sua filha já não estava na clínica. Pretendia lhe explicar a necessidade de tirá-la do país para salvar sua vida, mas na primeira frase viu sua incapacidade para se encarregar da situação. A senhora habitava um mundo irreal onde essas desgraças estavam anuladas por decreto. Preferiu dizer-lhe que Irene e Francisco haviam viajado para desfrutar de umas breves férias, história inverossímil, dado o estado de saúde da moça, mas a mãe acreditou nela porque qualquer pretexto lhe servia. Mario a observou sem piedade, irritado diante daquela mulher egoísta, indiferente, refugiada numa elegância de ritos e fórmulas, nesse salão hermético onde não entravam os rumores do descontentamento. Imaginou-a à deriva sobre uma balsa com seus idosos esquecidos e decrépitos em um mar imóvel. Como eles, Beatriz estava fora da realidade, havia perdido seu lugar neste mundo. Sua ínfima segurança podia se desmoronar em um instante, destruída pelo furacão furioso dos novos tempos. A imagem esbelta afundada em seda e camurça lhe pareceu enganosa, como que refletida num espelho de parque de diversões. Saiu dali sem se despedir.

Fiel a seu costume, Rosa aguardava do lado de fora escutando a conversa atrás da porta. Fez-lhe sinais para segui-la à cozinha.

— O que aconteceu com minha menina? Onde ela está?

— Está em perigo. Teremos que ajudá-la para que parta daqui.

— Exilada?

— Sim.

— Deus a cuide e a proteja! Voltarei a vê-la algum dia?

— Quando cair esta ditadura, Irene voltará.

— Dê-lhe isto de minha parte — suplicou Rosa entregando-lhe um pequeno pacote. — É terra de seu jardim, para que a acompanhe onde for. E, por favor, diga-lhe que floresceu o não-me-esqueças...

* * *

José Leal acompanhou Evangelina Flores para reconhecer os restos de seu pai e de seus irmãos. Irene lhe havia falado dela e pediu sua ajuda, porque tinha certeza de que a menina precisaria. Assim foi. No pátio do Departamento de Investigações, sobre as largas mesas de madeira rústica, haviam despejado o conteúdo das bolsas amarelas: roupa rasgada, pedaços de ossos, mechas de cabelos, uma chave oxidada, um pente. Evangelina Flores percorreu lentamente a terrível exposição, indicando em silêncio cada despojo conhecido: essa jaqueta azul, esse sapato gasto, essa cabeça de poucos dentes. Passou três vezes diante das mesas observando com cuidado, até encontrar cada um dos seus para provar assim que os cinco se encontravam ali, nenhum faltava. Só o suor que lhe empapava a blusa delatava o tremendo esforço que lhe custava cada passo. A seu lado caminhavam o padre, sem se atrever a tocá-la, e dois funcionários do Tribunal tomando notas. Por último a jovem leu e assinou a declaração com mão firme e saiu do pátio a passos largos, com a cabeça erguida. Na rua, depois de ouvir o portão se fechar a suas costas, recuperou por breves instantes seu aspecto de menina camponesa. José Leal a abraçou.

— Chora, criatura, vai te fazer bem — lhe disse.

— Chorarei depois, padre. Agora tenho muito a fazer — respondeu e estancando as lágrimas com a mão partiu depressa.

Dois dias depois foi convocada diante do Tribunal Militar para prestar testemunho sobre os supostos assassinos. Apresentou-se com sua roupa de trabalho e uma tarja negra atada ao braço, a mesma que usou quando abriram a mina de Los Riscos e sua intuição lhe advertiu que havia chegado a hora de vestir luto. O julgamento foi feito privadamente. Não lhe permitiram a companhia de sua mãe, de José Leal, nem do advogado do Vicariato designado pelo Cardeal. Um soldado a conduziu só por um amplo corredor onde o eco dos passos vibrava com som de igreja, até a sala de sessões da Corte. Era um enorme recinto bem iluminado, sem outro adorno além de uma bandeira e um retrato em cores do General com a faixa presidencial atravessada no peito.

Evangelina avançou sem mostrar temor até se colocar diante do alto estrado dos oficiais. Olhou-os um por um diretamente nos olhos e com voz clara repetiu a história que contara antes para Irene Beltrán, sem que as intimidações conseguissem mudar sua versão. Indicou sem vacilar o Tenente Juan de Dios Ramirez e cada homem que participou da prisão de sua família, porque durante estes anos os levara gravados a fogo na memória.

— Pode retirar-se, cidadã. Permanecerá à disposição deste tribunal. Não pode abandonar a cidade — ordenou o Coronel.

O mesmo soldado a guiou até a saída. Lá fora a esperava José Leal e juntos saíram andando pela rua. O sacerdote se deu conta de que um carro os seguia e, como estava preparado para essa eventualidade, pegou a jovem pelo braço e correu com ela empurrando-a, arrastando-a, misturando-se com a multidão. Procurou refúgio na primeira igreja que apareceu no caminho e dali se comunicou com o Cardeal.

Evangelina Flores foi tirada das garras da repressão e do país nas sombras da noite. Tinha uma missão para cumprir. Nos anos seguintes esqueceu o ameno campo em que nasceu, para ir pelo mundo denunciando a tragédia de sua pátria. Apresentou-se na Assembleia das Nações Unidas, em entrevistas coletivas da imprensa, em debates de televisão, em congressos, em universidades, por toda a parte, para falar dos desaparecidos e para impedir que o esquecimento apagasse esses homens, mulheres e crianças tragados pela violência.

Uma vez identificados os cadáveres de Los Riscos, seus familiares imploraram que os devolvessem para sepultá-los com decência, mas isso lhes foi negado por temor à desordem pública. Não desejavam mais distúrbios. Então os parentes dessas e de outras vítimas surgidas de novos túmulos clandestinos entraram em tropel na catedral, puseram-se diante do altar-mor e anunciaram uma greve de fome desse instante até que escutassem suas petições. Haviam perdido o medo e sem vacilações arriscavam a vida, a última coisa que lhes restava, porque de tudo o mais haviam sido despojados.

— O que significa essa loucura, Coronel?

— Perguntam por seus desaparecidos, meu General.

— Diga-lhes que não estão nem vivos nem mortos.

— E o que fazemos com os grevistas, meu General?

— O de sempre, Coronel, não me amole com asneiras.

A polícia tentou tirá-los do templo com jatos de água e gás lacrimogêneo, mas o Cardeal se colocou na porta junto a outras pessoas que jejuavam em ato solidário, enquanto observadores da Cruz Vermelha, da Comissão de Direitos Humanos e da imprensa internacional fotografavam a cena. Com três dias a pressão se tornou insustentável e o clamor da rua atravessou os muros do bunker presidencial. De muito má vontade o General ordenou a devolução dos corpos; no entanto, no último momento, quando as famílias aguardavam com grinaldas de flores e círios acesos, por ordem superior os carros funerários desviaram a rota, entraram disfarçadamente pela porta traseira do cemitério e esvaziaram as bolsas numa fossa comum. Só o cadáver de Evangelina Ranquileo Sánchez, ainda no Necrotério em processo de autópsia, pôde ser recuperado por seus pais. Levaram-no à paróquia do padre Cirilo, onde recebeu uma sepultura modesta. A menina teve ao menos um túmulo e não lhe faltaram flores frescas, porque os camponeses da região confiavam em seus pequenos milagres.

A mina de Los Riscos se transformou em lugar de peregrinação. Uma interminável fila encabeçada por José Leal acorreu em romaria. Iam a pé, cantando hinos religiosos e palavras de ordem rebeldes, levando cruzes, tochas e os retratos de seus mortos. No dia seguinte o Exército fechou o lugar com uma alta cerca de arame farpado e um portão de ferro, mas nem as cercas espinhosas nem os soldados postados com ninhos de metralhadoras puderam impedir as procissões. Então usaram cargas de dinamite para apagar a mina da paisagem, pretendendo eliminá-la também da História.

Francisco e José Leal entregaram as gravações de Irene ao Cardeal. Sabiam que assim que chegassem às mãos do Tribunal Militar, a jovem seria identificada e presa. Por isso deviam pô-la em lugar seguro o quanto antes.

— De quantos dias precisam para fugir? — perguntou o prelado.

— Uma semana até que possa caminhar sem ajuda.

Combinaram assim. O Cardeal mandou fazer cópias das fitas e sete dias depois as distribuiu entre a imprensa e entregou os originais ao promotor. Quando quiseram eliminar as provas, já era tarde, porque as entrevistas apareciam publicadas nos jornais e davam volta ao mundo, levantando uma onda de repúdio unânime. No estrangeiro o nome do General foi escarnecido e seus embaixadores receberam chuvas de tomates e ovos podres toda vez que apareceram em público. Desafiada por tanto alvoroço, a justiça militar declarou culpados de homicídio o Tenente Juan de Dios Ramírez e os homens de sua tropa que participaram da matança, baseando-se em seus testemunhos contraditórios, nas provas de laboratório para determinar o modo como ocorreram os fatos e nas gravações de Irene Beltrán. A jornalista foi intimada a prestar declarações em repetidas oportunidades e a Polícia Política a procurou com extremo empenho, mas não pôde encontrá-la.

A satisfação provocada pela sentença durou só algumas horas, até que os culpados fossem postos em liberdade, amparados por um decreto de anistia improvisado no último instante. O furor popular se traduziu em manifestações de rua tão turbulentas, que nem sequer as tropas de choque do Exército puderam controlar a população insurreta nas ruas. Diante do monumento em construção dos Salvadores da Pátria, o povo soltou um enorme porco enfeitado com divisas, faixa em diagonal, capa de gala e quepe de general. O animal correu espavorido no meio da multidão que cuspia nele, chutava-o e o insultava diante dos olhos furiosos dos soldados, que empregaram toda a sua destreza para interceptar o porco e resgatar os sagrados emblemas pisoteados, e finalmente acabaram matando-o a tiros entre gritos, cacetadas e o soar de sirenes. Do animal não restou senão um grande cadáver humilhado numa poça de sangue negro onde navegavam suas insígnias, seu quepe e sua capa de tirano.

O Tenente Ramírez foi promovido a capitão. Circulava satisfeito por todos os lugares com a consciência tranquila, até que soube que pelos caminhos do sul vagava um gigante coberto de farrapos, faminto e com olhos enlouquecidos, à procura do assassino de sua irmã. Ninguém lhe prestou atenção, é um louco, diziam. Mas o oficial conhecia a vingança pendente sobre sua cabeça e perdeu o sono. Não haveria paz para ele enquanto Pradelio Ranquileo permanecesse com vida.

Longe da capital, numa guarnição de província, Gustavo Morante seguia atentamente os acontecimentos, informava-se e punha seu plano em marcha. Quando colheu todas as evidências da ilegitimidade do regime, mobilizou--se em segredo entre seus companheiros de armas. Havia perdido as ilusões, convencido de que a ditadura não era uma etapa provisória no caminho do desenvolvimento, mas a etapa final no caminho da injustiça. Não suportava mais o aparato repressivo ao qual servira com lealdade, pensando sempre nos interesses da pátria. O terror, longe de propiciar a ordem, como lhe ensinaram nos cursos para oficiais, havia semeado um ódio cuja colheita seria fatalmente maior violência. Seus anos de carreira militar lhe proporcionaram um profundo conhecimento da instituição e decidiu empregá-lo para derrubar o General. Considerava que essa tarefa cabia aos oficiais jovens. Acreditava não ser o único a acalentar essas inquietações, porque o fracasso econômico, a acentuada desigualdade social, a brutalidade do sistema e a corrupção das autoridades superiores faziam outros militares refletir. Estava convencido de que havia outros com ele, desejosos de lavar a imagem das Forças Armadas e tirá-las da cova em que estavam metidas. Um homem menos audaz e apaixonado talvez tivesse conseguido seu objetivo, mas Morante tinha tanta urgência em obedecer aos impulsos do seu coração, que cometeu o erro de subestimar o Serviço de Inteligência, cujos tentáculos conhecia tão bem. Foi preso e sobreviveu por setenta e duas horas. Nem os peritos conseguiram obrigá-lo a delatar os nomes de outros implicados na rebelião, e então o esfacelaram, e como exemplo seu cadáver foi simbolicamente fuzilado pelas costas ao amanhecer. Apesar das precauções, a história vazou. Quando Francisco Leal soube do ocorrido, pensou com respeito no Noivo da Morte. Se nas fileiras do Exército existem homens assim, comentou, ainda há esperança. A insurreição não poderá ser sempre controlada, crescerá e se multiplicará dentro das casernas, até que as balas não consigam esmagá-la. Então os soldados se unirão à população da rua e, da dor tomada e da violência superada, poderá surgir uma nova pátria.

— Você está sonhando, filho! Embora haja militares como esse Morante, na essência as Forças Armadas não mudam. O militarismo já causou muitos males à humanidade. Deve ser eliminado — retrucou o Professor Leal.

Finalmente Irene Beltrán pôde se movimentar. José Leal obteve passaportes falsos para ela e Francisco, nos quais colaram as fotografias de seus novos rostos. Estavam irreconhecíveis. Ela estava de cabelo curto, tingido, e lentes de contato para mudar a cor das pupilas. Ele usava um basto bigode e óculos. A princípio se olharam fazendo esforço para se reconhecerem, mas logo se acostumaram aos disfarces e ambos esqueceram os rostos por que se haviam apaixonado. Francisco se surpreendeu tratando de recordar o tom do cabelo de Irene, que tanto o fascinara. Havia chegado o momento de eles abandonarem o mundo conhecido e fazerem parte dessa imensa onda itinerante própria de sua época: desterrados, emigrantes, exilados, refugiados.

Na véspera da partida, os Leal foram se despedir dos fugitivos. Mario preparou o jantar trancado na cozinha durante horas, sem permitir que ninguém participasse de seu trabalho. Arrumou a mesa com flores e frutas, colocou sua melhor toalha, disposto a atenuar um pouco a tragédia que a todos envolvia. Escolheu música discreta, acendeu velas, pôs o vinho para gelar, fingindo uma euforia que estava muito longe de sentir. Mas era impossível fugir ao tema da separação próxima e dos perigos espreitando o casal assim que pusesse os pés fora do refúgio.

— Quando passarem a fronteira, filhos, creio que devem ir para nossa casa em Teruel — disse de repente Hilda Leal, diante da surpresa de todos, porque pensavam que essa recordação era uma das tantas apagadas pela amnésia.

Mas ela não havia esquecido nada. Contou-lhes da sombra imensa do maciço de Albarracín recortado no crepúsculo, semelhante a esses morros aos pés dos quais se estendia a pátria adotiva; dos vinhedos nus, tristes e retorcidos no inverno, juntando seiva para o espocar da uva no verão; dessa natureza seca e abrupta rodeada de montanhas, e da casa que um dia deixara para seguir seu homem à guerra, nobre e simples morada de pedra, madeira e telhas, pequenas janelas aferrolhadas, uma alta chaminé com lajotas de cerâmica mudéjar incrustadas na parede como olhos observando através dos anos. Recordava com precisão o cheiro da lenha ao acender o fogo à tarde, a fragrância dos jasmins e a hortelã-pimenta debaixo da janela, o frescor da água do poço, a grande arca de roupas, as cobertas de lã sobre as camas. A sua evocação, seguiu-se um longo silêncio, como se seu espírito houvesse se transportado para o antigo lar.

— A casa ainda é nossa. Está esperando por vocês — disse por fim, suprimindo com essas palavras o tempo transcorrido e a distância.

Francisco pensou no destino instável que obrigou seus pais a abandonarem a terra natal para se exilarem e que tantos anos mais tarde talvez o levasse de volta pelo mesmo motivo. Imaginou-se abrindo a porta, com o mesmo gesto empregado por sua mãe quase meio século atrás para fechá-la, e sentiu que em todo esse tempo haviam andado em círculos. Seu pai adivinhou seu pensamento e falou do significado que teve para eles deixar a própria terra e buscar outros horizontes; precisaram de coragem para enfrentar os sofrimentos, para cair, extrair forças do espírito e voltar a se levantar mil e uma vezes, para se adaptar e sobreviver entre estranhos. Instalaram-se firmes e decididos em cada lugar que pisaram, embora fosse por uma semana ou um mês, pois nada esgota tanto a força interior como o transitório.

— Vocês só terão o presente. Não percam energia chorando pelo ontem ou sonhando com o amanhã. A nostalgia desgasta e aniquila, é o vício dos desterrados. Devem se estabelecer como se fosse para sempre, é preciso ter o sentido de permanência — concluiu o Professor Leal e seu filho recordou as mesmas palavras na boca da velha atriz.

O professor chamou Francisco a um canto. Estava muito comovido, abraçou-o com olhos aflitos, trêmulo. Tirou do bolso um pequeno objeto e passou-o envergonhado: era sua régua de calcular, único tesouro para simbolizar o desamparo e a dor dessa separação.

— É só uma recordação, filho. Não serve para calcular a vida — disse com voz rouca.

Na verdade sentia isso. Ao final do longo caminho de sua vida, dava-se conta da inutilidade de seus cálculos. Nunca imaginou se encontrar um dia cansado e triste com um filho no túmulo, outro no exílio, os netos distantes num povoado perdido e José, o único próximo, ameaçado pela Polícia Política. Francisco lembrou dos anciãos de A Vontade de Deus e se inclinou para beijar sua testa, desejando veementemente poder desviar dos desígnios da fatalidade para que seus pais não morressem solitários.

Ao notar os ânimos deprimidos, Mario decidiu servir o jantar. De pé ao redor da mesa, os olhos úmidos e as mãos crispadas, levantaram juntos suas taças.

— Brindo a Irene e Francisco. Que a sorte os acompanhe, filhos — disse o Professor Leal.

— E eu brindo para que seu amor cresça dia a dia — acrescentou Hilda sem olhá-los, para não mostrar sua dor.

Durante um instante fizeram o esforço de parecer festivos, louvaram os refinados pratos e agradeceram as atenções desse nobre amigo, mas logo o desalento se estendeu como uma sombra, engolfando a todos. Na sala de jantar só se ouvia o som dos talheres e do cristal.

Hilda, sentada ao lado do filho mais querido, fitava-o, gravando para sempre em sua memória os traços de seu rosto, a expressão de seu olhar, as finas rugas ao redor dos olhos, a forma comprida e firme de suas mãos. Sustentava entre seus dedos a faca e o garfo, mas seu prato estava intacto. Severa com sua própria dor, continha as lágrimas, mas não podia ocultar sua aflição. Francisco envolveu com um braço os ombros de sua mãe e a beijou na fronte, tão emocionado como ela.

— Se algo de mau te acontecer, filho, não poderei resistir — sussurrou Hilda a seu ouvido.

— Nada vai acontecer, mamãe, fique tranquila.

— Quando nos veremos de novo?

— Logo, tenho certeza. Até então estaremos juntos em espírito, como sempre estivemos...

O jantar terminou sem ruído. Permaneceram sentados na sala, olhando-se, sorrindo sem alegria, até que a proximidade do toque de recolher marcou o instante da despedida. Francisco os guiou até a porta. A essa hora a rua estava vazia e silenciosa, as portas fechadas, nenhuma luz nas janelas vizinhas, suas vozes e seus passos produziam um eco surdo que vibrava como mau presságio nesse recinto desolado. Tinham de se apressar para chegar a tempo em casa. Tensos, calados, abraçaram-se pela última vez. Pai e filho se uniram em um longo e forte abraço cheio de mudas promessas e advertências. Logo Francisco sentiu entre os braços sua mãe, pequena e frágil, o rosto adorado perdido em seu peito, o pranto por fim transbordando, as mãos finas apertando convulsas o pano de sua jaqueta, aferrada como uma criança desesperada. José a separou, obrigando-a a dar meia-volta e a andar sem olhar para trás. Francisco viu se distanciar pela rua sombria as figuras de seus pais, vacilantes, vulneráveis, encolhidas. A de seu irmão, ao contrário, lhe pareceu sólida e decidida, a de um homem que conhece seus riscos e assume seu destino. Quando se perderam na esquina, um rouco soluço de adeus atravessou seu peito e todas as lágrimas contidas nessa terrível noite vieram de repente a seus olhos. Caiu no limiar da porta com o rosto entre as mãos, sacudido pela mais profunda tristeza. Ali Irene o encontrou e em silêncio sentou-se a seu lado.

Francisco Leal nunca se ocupou em contar os desesperados que ajudou durante esses anos. No começo atuava sozinho, mas pouco a pouco formou-se a seu redor um grupo de amigos incondicionais, todos unidos no mesmo empenho de esconder perseguidos, asilá-los quando fosse possível ou levá-los através da fronteira por diversos caminhos. No princípio aquilo foi para ele só um trabalho humanitário e de certa forma inevitável, mas com o tempo se transformou numa paixão. Evitava os riscos com uma emoção confusa, mistura de raiva e de feroz alegria. Sentia a impetuosidade dos jogadores, uma provocação constante ao destino, mas nem mesmo nos momentos de maior audácia perdia de vista suas virtudes de homem cauteloso, porque sabia que qualquer arrebatamento se pagava com a vida. Planejava cada ação até o menor detalhe e procurava efetuá-la sem surpresas, o que lhe permitiu sobreviver à beira do abismo por mais tempo que outros. A Polícia Política nada suspeitava de sua pequena organização. Mario e seu irmão José trabalhavam muitas vezes com ele. Nas ocasiões em que prenderam o padre, o interrogaram apenas por suas atividades no Vicariato e em seu povoado, onde eram muito notórios seus clamores por justiça e seu valor para enfrentar a autoridade. O notável cabeleireiro, por sua vez, tinha uma fachada formidável. A seu salão de beleza acorriam as esposas dos coronéis e com certa frequência uma limusine blindada o pegava para conduzi-lo ao palácio subterrâneo, onde o esperava a primeira-dama em seus aposentos de fausto e ouropel. Assessorava-a na escolha de seu vestuário e joias, criava novos penteados para acentuar a altivez do poder e dava sua opinião sobre a ráfia romana, o mármore faraônico e as lâmpadas de cristal cortado trazidos do estrangeiro para decorar a mansão. Às recepções de Mario compareciam as personagens destacadas do regime e, atrás dos biombos Coromandel de sua loja de antiguidades, promoviam-se transações com jovens bem-dotados para os prazeres proibidos. A Polícia Política cumpria a ordem de protegê-lo em seus contrabandos, seus tráficos, sua fonte de discretos vícios, sem imaginar que o distinto estilista zombava dela sob seu nariz.

Francisco havia dirigido seu grupo em tarefas difíceis, mas nunca pensou que um dia o utilizaria para salvar sua própria vida e a de Irene.

Eram oito da manhã quando chegou uma caminhonete carregada de plantas exóticas e árvores anãs para os terraços de Mario. Três empregados vestidos com calções, capacetes e máscaras de fumigação descarregaram filodendros do trópico, camélias em flor e laranjeiras chinesas, depois ligaram as mangueiras aos tanques de inseticida e passaram a desinfetar as plantas cobrindo os rostos com os protetores. Enquanto um se instalou de vigia no corredor, a um sinal do dono da casa os outros dois tiraram a roupa de trabalho. Irene e Francisco se vestiram com elas e cobriram os rostos com as máscaras, desceram sem pressa para encontrar o motorista e partiram sem que ninguém lhes olhasse duas vezes. Gastaram certo tempo dando algumas voltas pela cidade, de um táxi para outro, até serem recolhidos numa esquina por uma avó com aspecto de sincera inocência, que lhes entregou as chaves e os documentos de um pequeno carro.

— Até aqui vamos bem. Como está se sentindo? — perguntou Francisco acomodando-se ao volante.

— Muito bem — respondeu Irene, tão pálida que parecia prestes a se transformar em névoa.

Saíram da cidade pela rodovia rumo ao sul. Seu plano consistia em localizar uma passagem da montanha e cruzar a fronteira antes que o cerco da repressão se fechasse inexorável sobre eles. O nome e a descrição de Irene Beltrán já estavam nas mãos das autoridades de ponta a ponta do território nacional e sabiam que tampouco nas ditaduras vizinhas estariam a salvo, porque trocavam informações, presos e cadáveres. Nesses acordos às vezes sobravam mortos por um lado e carteiras de identidade pelo outro, produzindo confusão no momento de reconhecer as vítimas. Assim houve presos num país que apareciam assassinados em outro com nome estranho, e parentes que receberam um desconhecido para dar sepultura. Embora também do outro lado contassem com ajuda, Francisco sabia que deveriam se dirigir depressa para qualquer democracia do continente ou alcançar seu objetivo final, a mãe-pátria, como os que fugiam da América acabaram chamando a Espanha.

Fizeram o caminho em duas etapas, porque Irene estava ainda muito frágil e não suportaria tantas horas imóvel, enjoada, dolorida, pobre amor meu, emagreceu muito durante as últimas semanas, perdeu o tom dourado de suas sardas ao sol, mas está tão linda como sempre, apesar de terem cortado seu longo cabelo de rainha. Não sei como te ajudar, quisera pôr sobre meus ombros seu sofrimento, suas incertezas; maldita sorte, que nos leva aos tropeços com o medo preso nas entranhas. Irene, como quisera te devolver aos tempos despreocupados quando passeávamos com Cleo pelas colinas, quando nos sentávamos sob as árvores a observar a cidade a nossos pés, enquanto bebíamos vinho no topo do mundo, sentindo-nos livres e eternos; então não imaginava que hoje te levaria por essa interminável estrada de pesadelo com todos os sentidos sobressaltados, suspensos a cada ruído, vigiando, desconfiando. Desde o instante terrível em que essa rajada de balas quase a partiu em duas, não tenho descanso acordado ou dormindo, Irene, tenho que ser forte, enorme, invencível, para que nada possa te prejudicar, para te manter protegida da dor e da violência. Quando te vejo assim, vencida pela fadiga, apoiada no encosto, abandonada aos solavancos do carro, com os olhos fechados, uma ansiedade tremenda me oprime o peito, ânsias de cuidar de você, temor de te perder, desejos de permanecer a seu lado para sempre e te proteger de todo o mal, velar seu sono, te dar dias felizes...

Ao anoitecer, pararam num pequeno hotel interiorano. A fraqueza da jovem, seus passos vacilantes e essa aparência de sonâmbula que penetrara em seus ossos comoveram o gerente, que os acompanhou até o quarto e insistiu em lhes servir algum alimento. Francisco tirou a roupa de Irene, acomodou as bandagens leves que levava como proteção e a ajudou a se deitar. Trouxeram uma sopa e um copo de vinho quente com açúcar e canela, mas ela não pôde nem olhá-los, estava extenuada. Francisco se estendeu a seu lado e ela fechou os braços ao redor de seu corpo, pôs a cabeça em seu ombro, suspirou e imediatamente mergulhou no sono. Ele não se moveu, sorrindo na escuridão, feliz como sempre quando estavam juntos. Essa intimidade que compartilhavam há algumas semanas continuava lhe parecendo maravilhosa. Conhecia essa mulher em seus mais sutis segredos; não tinham mistério para ele seus olhos altivos que se tornavam selvagens no prazer e se umedeciam agradecidos ao realizar o inventário de seu amor; tantas vezes a percorrera que podia desenhá-la de memória e tinha certeza de que até o final de sua vida poderia evocar essa suave e firme geografia; mas cada vez que a tinha entre seus braços, o embargava a mesma emoção sufocada do primeiro encontro.

No dia seguinte Irene amanheceu tão bem disposta como se houvesse passado a noite brincando, mas toda a sua boa vontade não foi suficiente para disfarçar a cor de cera de sua pele e os círculos de doente ao redor dos olhos. Francisco lhe serviu um café da manhã abundante, para ver se recuperava um pouco as forças, mas ela quase não o experimentou. Estava olhando pela janela e verificando que a primavera havia terminado. Depois de ter estado tanto tempo nos territórios da morte, a vida havia adquirido para ela outro valor. Percebia maravilhada os contornos do mundo e agradecia as pequenas coisas de cada dia.

Como teriam que enfrentar muitas horas de viagem, cedo se puseram no carro e partiram. Atravessaram um povoado bêbado de luz, cruzado pelas carroças de verduras, vendedores ambulantes de aves, as bicicletas e os destrambelhados automóveis carregados até o teto. Soaram os sinos da paróquia e duas velhas ataviadas de preto avançaram pela rua com seus véus póstumos e seus livros de viúvas. Uma fila de estudantes passou com sua professora rumo à praça, cantando "cavalinho branco, leva-me daqui, leva-me para minha terra, onde nasci". No ar ondeavam um cheiro delicado de pão recém-assado e um coro de cigarras e pardais. Tudo estava limpo, ordenado, tranquilo, as pessoas ocupadas em seus afazeres cotidianos num clima de paz. Por um momento duvidaram de seu juízo. Talvez fossem vítimas de um delírio, de uma atroz fantasia e na realidade nenhum perigo os ameaçasse. Perguntaram-se se não estariam fugindo de suas próprias sombras. Mas então apalparam os documentos falsos queimando em seus bolsos, viram seus rostos transformados e se lembraram do clamor da mina. Não estavam loucos. Era o mundo que se transtornara.

Tantas horas rodaram por esses caminhos eternos, que perderam a capacidade de ver a paisagem e no final do dia tudo lhes parecia igual. Sentiam-se como um par de náufragos astrais. Somente as barreiras policiais nos postos da estrada interromperam sua viagem. A cada vez que entregavam os papéis, sentiam o medo como uma descarga elétrica que os deixava suados e sem forças. Os guardas olhavam distraídos as fotografias e lhes faziam sinais para seguir. Mas num posto os obrigaram a descer, detiveram-nos durante dez minutos para responder perguntas categóricas, revistaram o carro por todos os lados e quando Irene estava a ponto de gritar, certa de terem sido finalmente pegos, o sargento os autorizou a continuar.

— Tenham cuidado, nessa região há terroristas — recomendou-lhes.

Por um longo tempo não puderam falar. Nunca haviam sentido o perigo tão perto e determinado.

— O pânico é mais forte que o amor e o ódio — concluiu Irene assombrada.

A partir desse momento, assumiram o medo com espírito brincalhão, gracejando para afastarem inquietações inúteis. Francisco adivinhou que esse era o único recato de Irene. Ela desconhecia qualquer forma de timidez ou vergonha, entregava-se a suas emoções limpidamente, em pleno uso de sua liberdade. Mas em seu interior existia um reduto de extremo pudor. Ruborizava-se diante daquelas fraquezas que lhe pareciam intoleráveis nos demais e inadmissíveis nela. Esse terror descoberto em seu próprio espírito a enchia de vergonha e ela procurava ocultá-lo também aos olhos de Francisco. Era um temor profundo, totalitário, que em nada se parecia ao susto essencial que enfrentou algumas vezes e do qual se defendia com o riso. Não fingia coragem diante daqueles pavores simples, como o massacre de um porco ou o ranger de uma porta numa casa assombrada; no entanto, envergonhava-se desse sentimento novo aderido a sua pele, invadindo-a, fazendo-a gritar dormindo e tremer acordada. Por momentos era tão forte a impressão de pesadelo, que não tinha certeza se vivia sonhando ou sonhava que estava vivendo. Nesses instantes fugazes, quando deixava entrever o limiar de sua vergonha, de seu medo, era o momento em que Francisco mais a amava.

Abandonaram finalmente a estrada principal e adentraram pelo caminho das montanhas, até alcançar um antigo estabelecimento termal, que em épocas passadas foi célebre por suas águas milagrosas, mas que a farmacopeia moderna mergulhara no esquecimento. O edifício conservava a lembrança de um passado esplendoroso, quando no início do século abrigava famílias distintas e estrangeiros vindos de longe em busca de saúde. O abandono não destruiu o encanto de seus amplos salões com balaustradas e frisos, de seus móveis antigos, de suas lâmpadas de bronze e de seus cortinados de franjas e pompons. Indicaram para eles um quarto provido de uma cama enorme, um armário, uma mesa e duas cadeiras. A eletricidade era cortada a certa hora e depois era preciso circular com velas. Ao pôr do sol descia bruscamente a temperatura, como sempre acontece nessas alturas, e então acendiam as lareiras com aromáticos troncos de espinheiro. Pelas janelas entrava um odor picante e áspero de folhas secas e esterco queimados no pátio. Além deles e do pessoal da administração, os moradores do lugar eram pacientes afligidos por diversos males ou aposentados em tratamento de alívio. Tudo ali era lento e suave, desde os passos dos hóspedes deslizando pelos corredores, até o som ritmado das máquinas bombeando água e lama curativa para as grandes piscinas de mármore e ferro. Durante o dia, uma fila de esperançados subia pela borda de um despenhadeiro até as evaporações vulcânicas, apoiando-se em bengalas, envoltos em lençóis pálidos, como espíritos remotos. Mais acima, nas saias do vulcão, brotavam lagoas de água quente e colunas de espesso vapor sulfuroso, onde os doentes se sentavam, perdidos na bruma. Ao entardecer soava uma campainha no hotel e seu vibrante chamado ressoava nas paragens da montanha, nos precipícios, nas tocas ocultas. Era o sinal de regresso para os reumáticos, os artríticos, os ulcerados, os hipocondríacos, os alérgicos e os velhos irremediáveis. As refeições eram servidas em horários pontuais numa ampla sala de jantar onde cantavam as correntes de ar e passeavam os odores da cozinha.

— O único problema é que não estamos em lua de mel — observou Irene encantada com o lugar, temendo que seu contato aparecesse muito rápido para levá-los através da fronteira.

Esgotados pela fadiga da viagem, abraçaram-se estreitamente sobre o leito nupcial que a sorte lhes coube e perderam imediatamente a noção do tempo. Despertou-os a primeira luz de uma madrugada radiante. Francisco comprovou aliviado que Irene estava com um aspecto muito melhor e até anunciou que tinha uma fome de marinheiro. Vestiram-se depois de fazer amor com alegre parcimônia e saíram para tomar o ar da cordilheira. Muito cedo começava o tráfego impassível dos hóspedes rumo às termas. Enquanto os demais tentavam se curar, os jovens passaram as horas disponíveis para se amarem com beijos furtivos e promessas eternas. Amaram-se passeando pelos ásperos atalhos do vulcão, amaram-se sentados sobre o húmus fragrante do bosque, amaram-se em sussurros entre as enevoadas espirais amarelas dos vapores vulcânicos, até que ao meio-dia apareceu um montanhês com rústicas botas de pele, poncho preto e chapéu de aba, levando três montarias e uma má notícia.

— Acharam sua pista. Vocês têm que partir agora mesmo.

— Quem pegaram? — perguntou Francisco temendo por seu irmão, por Mario ou por qualquer outro amigo.

— Ninguém. O gerente do hotel onde estiveram ontem à noite desconfiou de vocês e os delatou.

— Você pode montar a cavalo, Irene?

— Sim — sorriu ela.

Francisco enrolou uma firme faixa ao redor da cintura de sua namorada, para que suportasse melhor o bambolear da cavalgada. Acomodaram a bagagem e empreenderam a marcha em fila indiana por um caminho pouco visível que conduzia a uma passagem esquecida entre dois postos de fronteira, antiga rota de contrabandistas, já esquecida. Quando os vestígios desapareceram de todo, engolidos por essa natureza indômita, o vaqueano orientou-se por sinais talhados nas árvores. Não era a primeira vez — nem seria a última — que usava essa via tortuosa para salvar perseguidos. Os bosques de lariços, as emaranhadas tepas, os carvalhos e mañíos vigiavam a passagem dos viajantes e em algumas partes sua folhagem se juntava no alto, formando uma impenetrável cúpula verde. Avançaram durante horas sem parar. Em todo o trajeto não cruzaram com nenhum ser humano; era uma solidão úmida, fria, sem margens, um labirinto vegetal pelo qual iam como únicos caminhantes. Logo puderam tocar as grandes manchas de neve deixadas pelo inverno. Penetraram as nuvens baixas e por um tempo os envolveu uma espuma impalpável que esvaecia o mundo. Ao saírem, apareceu de repente diante de seus olhos o majestoso espetáculo da cordilheira ondulando até o infinito com seus picos cor de amora, seus vulcões coroados de brancura, seus barrancos e quebradas, cujas paredes de gelo se derretiam no verão. De vez em quando divisavam uma cruz marcando o lugar onde algum viajante deixou a vida, abatido pela desolação e ali o montanhês se persignava, reverente, para aliviar o espírito.

Na frente cavalgava o guia, atrás ia Irene e fechava a fila Francisco, sem tirar os olhos de sua amada, alerta a qualquer sinal de fadiga ou dor, mas a jovem não dava mostras de cansaço. Deixava-se levar pelo passo sereno da mula, os olhos perdidos na prodigiosa natureza que a rodeava, a alma em lágrimas. Ia se despedindo de seu país. Junto a seu peito, sob a roupa, tinha a bolsinha com terra de seu jardim que Rosa lhe enviara para plantar um não-me-esqueças do outro lado do mar. Pensava na importância de sua perda. Não voltaria a percorrer as ruas de sua infância, nem a ouvir o doce sotaque de sua língua *criolla*; não veria o perfil de seus montes ao entardecer, nem a embalaria o canto de seus próprios rios, não teria o aroma de alfavaca em sua cozinha nem da chuva evaporando no teto de sua casa. Não só perdia Rosa, sua mãe, os amigos, o trabalho e seu passado. Perdia sua pátria.

— Meus país..., meu país... — soluçou. Francisco apressou seu cavalo e pondo-se a seu lado pegou-lhe a mão.

Ao cair a escuridão, decidiram acampar para passar a noite, porque não se podia avançar sem luz naquele labirinto de colinas, de ladeiras escarpadas, de tremendos despenhadeiros e profundidades insondáveis. Não se atreveram a acender uma fogueira, temendo que houvesse patrulhas de vigilantes nas cercanias da fronteira. O guia dividiu com eles a carne salgada e seca, a bolacha dura e a aguardente de seus alforjes. Abrigaram-se o melhor possível com os pesados ponchos e se encolheram entre os animais, abraçados como três irmãos, mas de todo modo o frio lhes penetrou os ossos e a alma. Tremeram a noite inteira sob um céu de luto, de cinza, de negro gelo, rodeados de sussurros, de suaves silvos, das infinitas vozes da mata.

Por fim amanheceu. A aurora avançou como uma flor de fogo e lentamente recuou a escuridão. O céu clareou e a enevoada beleza da paisagem surgiu diante de seus olhos como um mundo recém-nascido. Puseram-se de pé, sacudiram o orvalho de suas mantas, movimentaram os membros intumescidos e beberam o resto da aguardente para voltar à vida.

— Ali está a fronteira — disse o guia indicando um ponto na distância.

— Então aqui nos separamos — decidiu Francisco. — Do outro lado haverá amigos nos esperando.

— Deverão passar a pé. Sigam as marcas das árvores e não poderão se perder, é um caminho seguro. Boa sorte, companheiros...

Despediram-se com um abraço. O vaqueano retornou com os animais e os jovens puseram-se a andar até a linha invisível que dividia essa imensa cadeia de montanhas e vulcões. Sentiam-se pequenos, sozinhos e vulneráveis, dois navegantes desolados em um mar de cumes e nuvens, num silêncio lunar; mas também sentiam que seu amor havia adquirido uma nova e formidável dimensão e seria sua única fonte de força no exílio.

Na luz dourada do amanhecer pararam para ver sua terra pela última vez.

— Voltaremos? — murmurou Irene.

— Voltaremos — respondeu Francisco.

E nos anos que se seguiram, essa palavra selaria seus destinos: voltaremos, voltaremos...

Este livro foi composto na tipografia
Minion Pro , em corpo 11/16, e impresso em
papel off-white no Sistema Digital Instant Duplex
da Divisão Gráfica da Distribuidora Record.